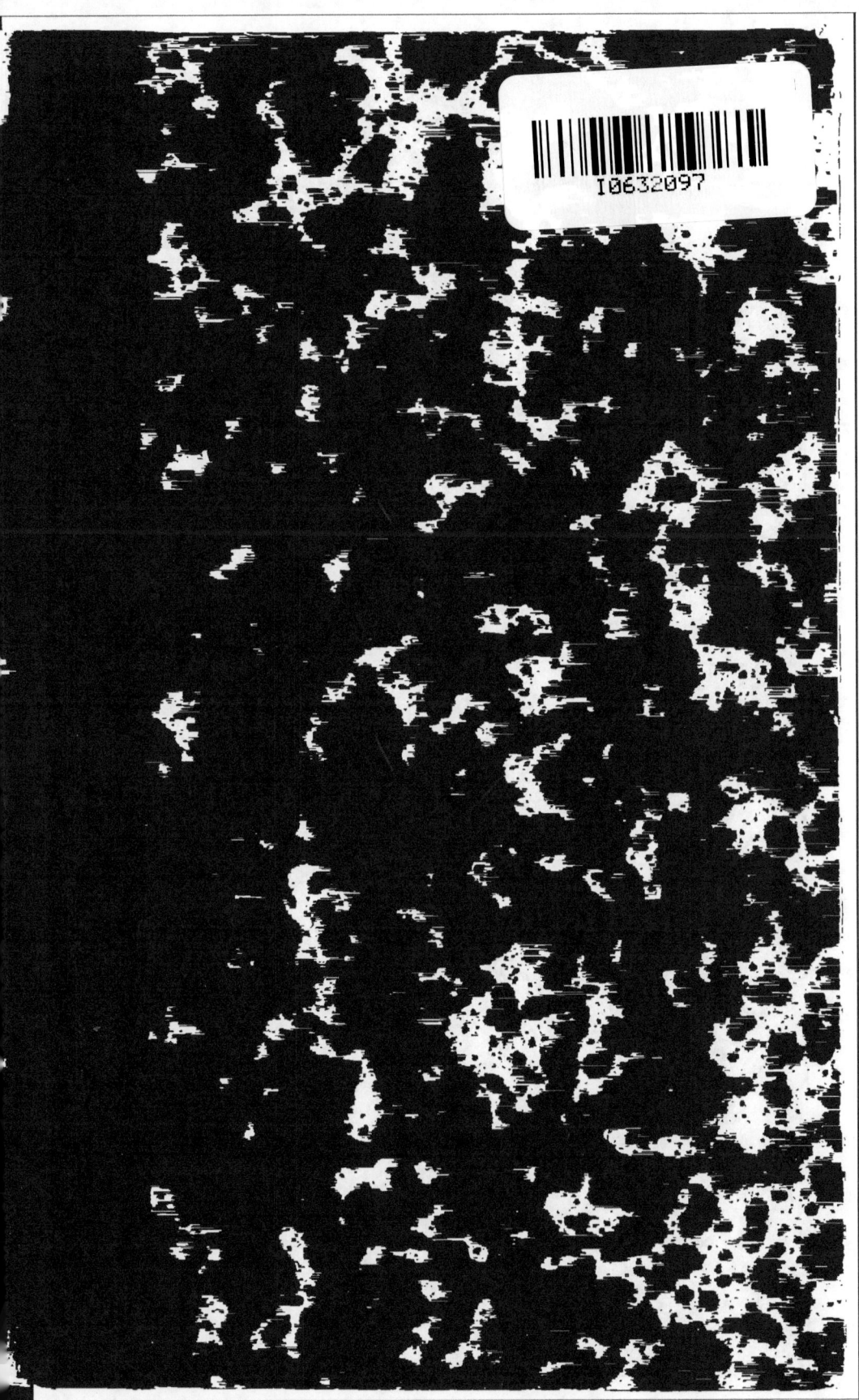
I0632097

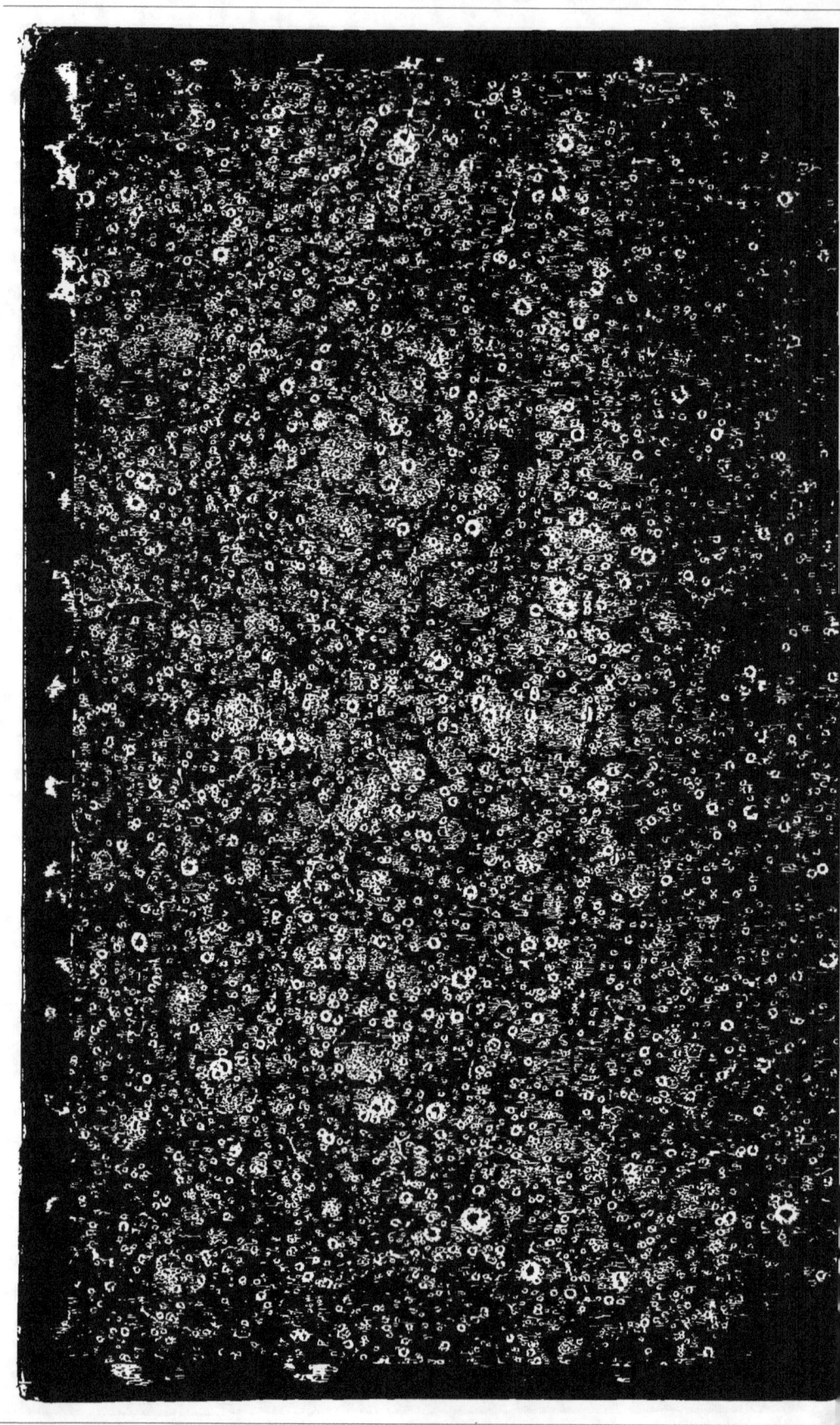

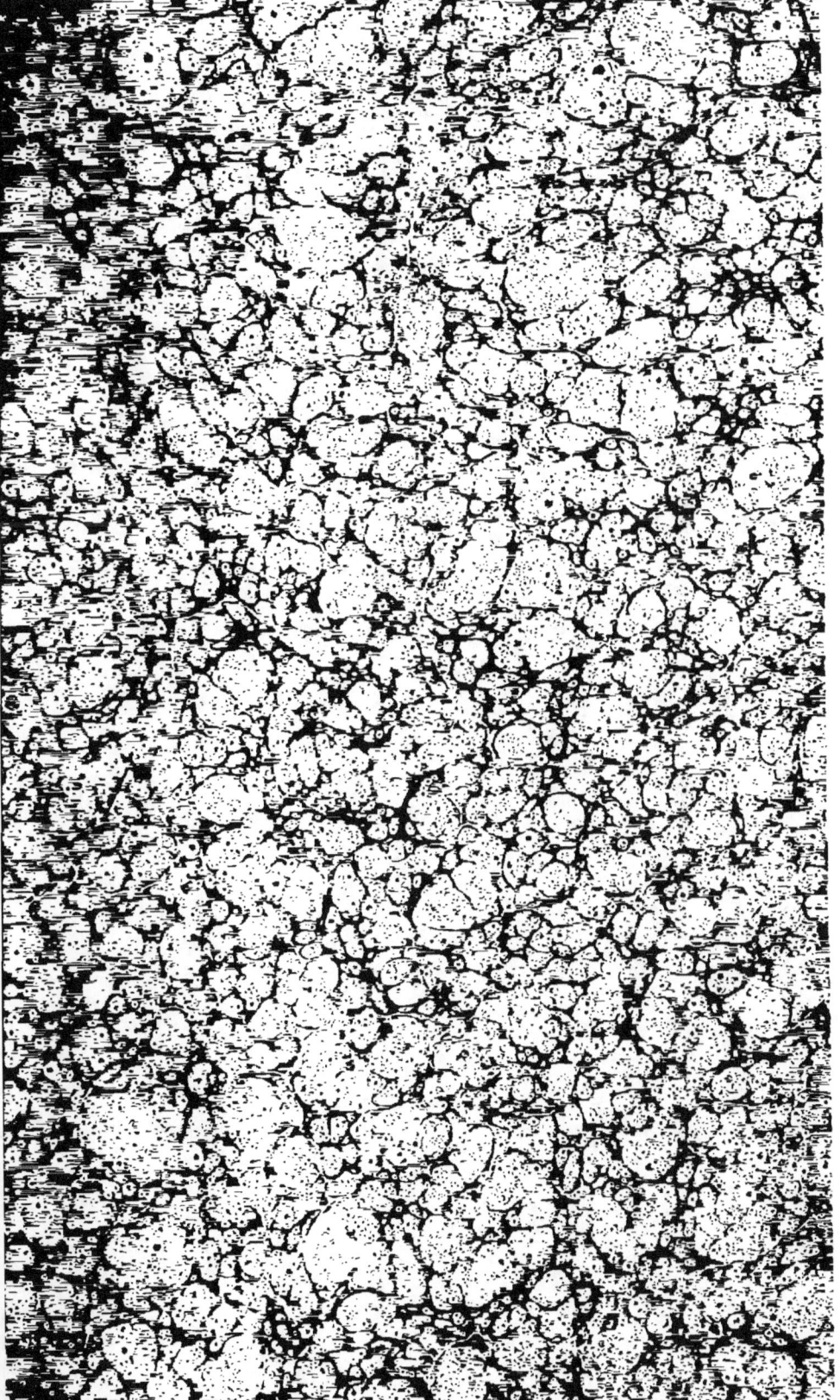

MESDAMES

LES PARISIENNES

8°Z Le Senne 3671

Il a été tiré vingt-cinq exemplaires numérotés sur papier de Hollande.

Paris. — Impr. Viéville et Capiomont, rue des Poitevins, 6.

ERNEST D'HERVILLY

MESDAMES

LES

PARISIENNES

2368

PARIS

CHARPENTIER ET Cie, LIBRAIRES-ÉDITEURS

13, RUE DE GRENELLE-SAINT-GERMAIN, 13

—

1875

Tous droits réservés

A CELLES

(RARES D'AILLEURS)

QUI S'ARRÊTERONT A LIRE CE COURT AVANT-RÉCITS

SALUT!

MESDAMES ET CHÈRES COMPATRIOTES,

Un mot, un seul, et je termine :

La Parisienne, c'est la Française — *taillée en brillant.*

L'atelier merveilleux où trois joailliers au génie inépuisable, l'Art, le Goût, la Mode, opèrent cette métamorphose étincelante, c'est Paris.

Entre parenthèses, Paris travaille également pour l'exportation ; c'est lui qui fournit aux Étrangères — (ces pierreries de valeurs si diverses) — la sertissure toujours nouvelle et toujours originale, le *chaton-toilette*, en un mot, qui fait d'elles, parfois, des bijoux charmants et bizarres.

*

C'est pourquoi Paris, depuis des siècles, a bien mérité des hommes de la plupart des parties du monde.

Mais revenons au diamant poli au moyen de sa propre poudre, à la Française taillée en Parisienne.

Nombreuses, étonnamment nombreuses, sont les *facettes* de la Parisienne !

L'austère Statistique n'a pas cru devoir nous en donner encore le chiffre total.

Mais, alors, à quoi sert la statistique ?

Passons.

Nombreuses sont les facettes de la Parisienne, et chacune d'elles émet un feu personnel.

Eh bien, mes chères compatriotes, souvent, fort souvent, l'humble observateur qui s'incline en ce moment devant vous a été charmé, ému, ébloui, ravi, intrigué, transporté par le feu, parfois éphémère et presque toujours séduisant, de ces, de vos facettes, et il a essayé d'en rendre, en vile prose, la clarté perçante ou la douce lueur, le rayon tendre ou la flamme troublante, la lumière sereine ou l'étrange éclair...

Oui, j'ai eu cette témérité, souvent.

Et ce sont ces essais téméraires, ce sont ces tentatives audacieuses, que vous allez trouver dans ce modeste volume.

Ai-je besoin de le dire? C'est avec un enthousiasme ardent, sincère, inextinguible — diapré çà et là, je l'avoue, des remarques d'une innocente critique, — mais toujours profondément respectueux, — que j'ai osé esquisser les tableaux, quelquefois légers, dont se compose ce livre.

Mais, ô Mesdames les Parisiennes, j'espère qu'il me sera beaucoup pardonné, parce que je vous ai beaucoup appréciées.

Donc, si, de loin en loin, — dans un instant d'*humour* — j'ai trouvé et montré gaiement du bout de la plume les vagues points noirs qui peuvent altérer la limpidité magnifique du plus précieux des joyaux français, — ne m'en gardez point de rancune.

Et, en vous disant qu'après tout on ne peut pas exiger du strass qu'il se reconnaisse complétement aveuglé et vaincu par l'éclat du diamant, — accordez-moi magnanimement la grâce que je sollicite en ce moment, prosterné à vos pieds exigus.

E. D'H.

MESDAMES

LES PARISIENNES

J'AI MODÈLE

Soyons indiscret. — Voici une lettre trouvée dans la rue du village de Barbizon, ce nid d'artistes qui s'abrite sous les premiers rameaux des chênes et des hêtres majestueux de la forêt de Fontainebleau. Décachetons-la.

— Diable! une écriture de femme : de l'anglaise timide, menue et grêle. C'est une jeune fille qui a dû griffonner cela? Beau papier vélin, du reste; *chiffre* lilas; odeur fine.

A qui cette lettre est-elle adressée?

A MADAME D'ABLON,

A Yport, par Fécamp,

SEINE-INFÉRIEURE.

« — Ma belle petite, ce n'est que moi. Ne te dérange pas. Je ne serai pas bavarde aujourd'hui, je viens simplement te confier ma nouvelle adresse.

4

Nous habitons Barbizon, par Melun (Seine-et-Marne), « souvenez-vous-en » — depuis deux semaines. Nous avons quitté Paris trois jours après toi. Eh bien! ma Lucie, comment te trouves-tu de la mer? Pour moi, je suis folle de *ma* forêt. Ah! on ne fait pas quatre toilettes par jour ici. Nous vivons en sauvages. — J'ai une petite blouse et des guêtres. Anatole a fait une moue d'enfant gâté quand je lui ai demandé la permission de me mettre en *rapin*. Mais j'ai bien vu que ça lui faisait plaisir. Et puis, après deux mois de ménage, je voudrais bien voir qu'il ne fût pas mon esclave absolument respectueux! Je pense que tu approuves ces sentiments. M. d'Ablon, ton mari, me paraît un peu indiscipliné, je te l'avoue. Vous êtes déjà de vieux époux : cinq mois, c'est long! Tiens-lui la bride. (S'il lit cela, il va être furieux.) Pardon, ô monsieur d'Ablon !

« Pour te finir mon histoire, sache que nous allons en forêt, tous les matins, faire du *chic* d'après nature, comme dit la *Complainte des bisons*. Les *bisons*, ce sont des peintres qui logent, par bandes, dans notre cher village.

« Anatole peint. Moi, à côté de lui, me grisant de l'odeur fraîche et pénétrante du bois, je lis, ou bien — cela me fait battre le cœur de te dire cela — ou bien je travaille. Je taille et je couds de petits vêtements, tout petits, pas plus gros que cela. Il y a deux ans, ç'aurait été pour ma poupée... Et toi, Lucie, ma chère, travailles-tu aussi, dis?

« Ah! je suis bien heureuse! beaucoup, va! — Anatole est le meilleur des maris, si doux, si original dans les manifestations de son amour. C'est égal, il a été flatté de me voir en gamin. Je l'ai surpris, dans la glace, souriant derrière moi.

« Croirais-tu, Lucie, qu'il y a eu un nuage dans l'azur de notre ciel? — Déjà? — Oh! pas bien gros. Mais j'ai pleuré comme une fontaine neuve.

« Je vais te dire cela; mais *motus!* — Huit jours avant de venir à Barbizon, comme je me disposais à aller à *l'atelier*, un matin, travailler à côté d'Anatole, il m'a mis la main sur le bras. — Pas aujourd'hui, petite, m'a-t-il dit. — Pourquoi cela, ami? — Non : *j'ai modèle.* — Un modèle? — *Une modèle: c'est pour ma Bacchante.* O ma Lucie, je suis devenue toute rouge en entendant cela. — Je n'avais pas pensé aux *modèles* en me mariant. Un modèle, ma Lucie, c'est une dame qui... On dit qu'il y en a d'honnêtes... Mais, vois-tu, une femme qui se met comme ça, pour de l'argent! Oh! je n'ai rien dit à Anatole. Je suis rentrée dans ma chambre, toute triste. Je sais bien que ces femmes-là sont indispensables aux peintres, mais... Oh! ce n'est pas que je craigne rien : non, Anatole l'appelle son *mannequin qui parle;* pourtant... Enfin, cette idée-là ne peut m'entrer dans la tête.

« Je ne faisais que me lever et m'asseoir. J'étais nerveuse. Être toute seule et penser que son mari examine tranquillement une autre femme!... Il n'y a aucun rapport, je le sais, entre ces créatures-là et nous, c'est vrai. Cependant, ce sont des femmes aussi. Ah! que j'étais malheureuse! Enfin, n'y pouvant tenir, j'ai été regarder cette... dame, par un trou. C'est mal. Anatole ne me le pardonnerait pas, s'il le savait. Que veux-tu? Je mourais de désespoir; j'étais tout en larmes. — Je l'ai vue... cette fille! — Ma chère, je ne le pouvais croire, je doutais encore; pourtant je l'ai vue! Elle était toute nue, oh! mais toute nue, et fumait en riant.

« — Par le trou, je ne pouvais apercevoir Anatole. J'étais agacée!... — Avec cela, cette *modèle* se démenait comme un diable. Oh! la vilaine femme! je la déteste! — Certes, elle est jolie et bien faite... oui, mais... après cela je ne saurais peut-être pas poser pour la *Bacchante*, moi!

« C'est, du reste, ce que m'a dit Anatole le soir. Pauvre garçon! il était bien ennuyé de me voir un peu moins gaie qu'à l'ordinaire. — « Pourquoi ne me prends-tu pas pour modèle? » lui ai-je crié tout à coup en l'embrassant, tout en pleurs. J'étouffais. J'allais me trouver mal. — « Voyons, Anatole, est-ce que je suis laide ou mal tournée, dis? » *Je piquais un soleil* en disant cela, ma Lucie, tu comprends?

« — Non, mon petit chat, répondit Anatole en

me caressant comme on console un enfant malade.
Ah! bien oui! Tu es la plus jolie petite modèle de la
terre. Mais, voyons... d'abord, ma *Bacchante* est plus
mûre que toi de formes... — Non... — Si, ma chérie.
— Non! — Eh bien, je veux bien ; tu as l'âge et la
taille pour le service... Mais, mignonne, ma *Bacchante*
est peu vêtue. — Ah? — Oui, peu vêtue... de sa
grâce seulement ; et alors... si mon tableau va à l'Ex-
position... je ne veux pas que les camarades sachent
comme moi comment ma reine est faite...

« — Je suis bien méchante, Anatole, ai-je san-
gloté ; je suis absurde ! Tu as raison. Je ne peux pas
aller me montrer en bacchante au Salon... Mais
pourquoi fais-tu cette vilaine femme ?... Un tableau
avec des coqs... et des petits lapins... c'est... bien plus
joli... Je ferai la petite servante qui donne à manger,
si tu veux...

« En disant cela, je versais des torrents de larmes
et de gros soupirs m'étranglaient. Mon bon, mon trop
bon mari m'avait pris dans ses bras, et, pour endormir
mon chagrin, me berçait en riant, les yeux humides :

« Allons, allons, Nini, ne vous désolez pas. Oh ! la
vilaine ! Les beaux yeux tout rouges ! Vite, vite,
taisons-nous. Où est ce mouchoir ?

« Cher Anatole ! il me promit de renoncer à son
effrontée... *Bacchante* et de peindre beaucoup, beaucoup de petits lapins... avec des feuilles de chou d'un
joli ton.

1.

« Je me mis à sourire et ce fut fini de mon désespoir, ma Lucie. Anatole, après être resté un instant
rêveur, me demanda si je voulais aller à Barbizon.
Je ferai du paysage cette année, a-t-il repris, en rou-
lant une cigarette. Je vais écrire à Maria de ne pas
venir demain. — Maria! qu'est-ce que cela? — C'est
la modèle. — Un vilain nom, ai-je ajouté.

« Voilà l'histoire tout entière de notre brouille,
ma bonne Lucie. Ce n'est pas bien terrible, comme
tu vois. Mais, aujourd'hui, je dors bien plus placidement. Quelquefois je me dis : C'est mal. Je ne devrais
pas tourmenter Anatole. Il peindra ce qu'il voudra.
Mais, au moment où je vais le lui permettre, je me
rappelle la dame toute nue, et je deviens muette.

« A bientôt, ma Lucie bien-aimée.

« Barbizon, juillet 18..

« DENISE L... »

DAME QUI MANGE

Au restaurant. Toute seule, en garçon. Mon Dieu,
oui.

On avait fait des courses matinales, on sortait des
magasins. Midi sonnait. On avait faim.

La dame, assise commodément, — un coup à la jupe par-ci, un coup à la jupe par-là, — dans un bon petit coin, avait d'abord dénoué les brides de son chapeau, pour mettre à l'aise son précieux maxillaire inférieur ; et ses brides, obstinées à flotter sur le corsage, étaient sans cesse rejetées en arrière sur le dos soutaché à profusion d'un *dolman* de la « plus haute nouveauté ».

— Garçon, la carte ? avait dit la dame, très-gravement.

— Ah ! c'est que l'on n'était plus une petite fille, une tendre demoiselle avide de n'importe quoi, et mangeant selon les opinions absurdes d'un estomac atteint du *pica*.

Non.

On était une grande personne, svelte, avec de petites oreilles pâles, des cheveux très-noirs ; on avait — voyons, combien ? — vingt-quatre ou vingt-sept ans, vingt-huit peut-être, et l'on comprenait toute l'importance d'un déjeuner fait à l'instant précis de l'appétit, quand le cœur est libre, toute seule, en garçon.

Le cœur était-il libre ? Évidemment. Car un cœur gonflé de souvenirs troublants, et des yeux qui auscultent l'avenir, ne s'appesantissent pas comme cela sur une carte de restaurant.

L'amour ignore tout à fait ce qui différencie, dans la grande question des hors-d'œuvre, le radis nouveau-né de la sardine qui a trois ans de boîte.

Donc, on avait une âme calmée. Et l'on était venue s'asseoir dans un bon petit coin pour manger, tout simplement, en garçon.

En attendant que les ordres donnés reçussent leur soudaine exécution, on contemplait sa modeste demi-bouteille avec de furtifs gonflements des glandes salivaires.

On avait grand'faim, répétons-le.

Enfin « Madame fut servie! » Un glorieux beef-steack orné de sa couronne civique de cresson lustré, tel fut l'innocent holocauste sacrifié par la dame sur l'autel de son légitime appétit.

Les mains, effilées, saisirent la fourchette et le couteau avec assurance. On était toute seule, en garçon. L'acier sillonna le faux-filet, et celui-ci, fumant, contraignit le beurre jonquille à se marbrer de pourpre.

Les tressaillements du maxillaire inférieur prirent alors de l'intensité. J'en étais tout ému. Entre déjeuneurs sincères, des courants de sympathie s'établissent, éphémères, mais puissants.

La « dame qui mange » n'était pas gourmande. Hélas! — Son honnêteté était poussée jusqu'à faire suivre chaque morceau de beefsteack d'une bouchée de pain! Et ces fragments étaient bien petits, tandis que les bouchées me paraissaient formidables.

Cet excès de conscience me refroidit un peu.

Mais la dame mangeait si agréablement, si nettement, tendant son cher petit bec à la fourchette,
pour ne pas la faire attendre, que je sentis bientôt
qu'il fallait être miséricordieux, et pardonner.

Je pardonnai. D'ailleurs, la dame se conduisait
avec la nourriture d'une façon convenable et expérimentée qui me ramena pour toujours à elle.

Elle mastiquait, *piano*, sans que le haut de son
beau visage, sans que les admirables sourcils qui dé-
crivaient une pure accolade au-dessus de ses yeux
larges et doux, témoignassent de quelque effort den-
taire.

Point de grimaces! Autour d'elle, les hommes, y
compris votre serviteur, avalaient leur pitance avec
des contorsions buccales de singes comblés de noix
vertes.

Mais elle, elle! ah! elle mangeait si bien! avec
une si noble et si correcte perfection! Pas de gri-
gnotage! pas d'air de rat ou de perroquet épluchant
un grain de maïs! — C'était exquis!

Elle mangeait. Voilà tout. — Et, de temps en
temps, un délicieux soupir de satisfaction, une subite
humidité de la prunelle, disaient à mes regards pieux
que Madame mangeait avec plaisir, toute seule, en
garçon.

On buvait son vin, — à peine trempé d'une goutte
d'eau — une courte citation de la Seine! — avec une
élégance et une conviction charmantes.

Les doigts, étagés en flûte de Pan, se courbaient, blancs, sur le cristal rempli de la liqueur rouge.

Et le vin se glissait dans le gosier, — comme un oiseau qui rentre au nid, en faisant vibrer les parois flexibles de cet aimable tunnel.

En vérité, la dame qui mange fut adorable, — respectable, pour un mangeur, — de l'exorde à la péroraison de son festin.

Je faillis même en oublier l'attention due à mon propre repas, si ingénieusement combiné.

Mais bientôt, revenant « à mon petit mouton » — rôti — et mon ventre affamé fermant les yeux, je repris paisiblement mon déjeuner, sans plus jamais contempler la dame.

Cependant, entre deux bouchées, je me dis tout à coup, rêveur :

— L'idéal du bonheur, ne serait-ce point un dîner fait en compagnie de cette personne, qui mange d'une manière si distinguée ? — Sans arrière-pensée ! oh ! sans arrière-pensée ! — le cœur froid et les mets chauds, tout est là ! Qu'est-ce que je demande au ciel ? Un estomac et une chaumière... bourgeoise... à Paris !

— Me les accorderez-vous, Seigneur ?

LA POSTE RESTANTE

Honni soit qui mal y pense!

Les yeux baissés, pensive sous un voile à pois qui donne à son visage fin et doux l'air d'un charmant gâteau aux raisins de Corinthe, elle marche lentement, balançant son *en-tout-cas* suspendu à son petit doigt par l'un des anneaux sculptés du manche en corne de rhinocéros!

Elle marche lentement, sans communiquer à sa robe le va-et-vient suggestif de ses hanches honorablement étoffées. Et la main, gantée très-juste, qu'elle a de libre, fermée nerveusement comme le petit poing d'un enfant qui dort, pend au bout de son bras délicat, immobile.

Elle traverse lentement la place des Victoires.

Et les moineaux, perchés irrévérencieusement sur les nobles épaules de Louis XIV, calme et fier, quoique peu vêtu, sur son gros mecklembourgeois qui se cabre, se disent entre eux :

— Quelle est donc cette dame, belle à ravir les anges, qui va si lentemement, les yeux baissés, sans regarder un seul instant les vitrines des magasins?

Et les cochers, devisant par groupes à la tête de leurs chevaux, à côté de leurs fiacres stationnaires, murmurent :

— Voilà une petite particulière...

Permettez-moi de passer le reste de la confidence. Les cochers ne s'expriment pas en latin ; mais dans leurs mots, en français, ils savent très-bien braver l'honnêteté.

Détachée des choses de ce monde, pas tout à fait cependant, mais pas mal comme cela, la dame, pensive sous sa voilette à pois qui continue de donner à son intéressant petit minois l'aspect d'un délicieux gâteau aux raisins de Corinthe, se dirige vers cette infecte petite rue — son nom? je l'ai toujours ignoré — qui mène à la grande poste... et à la *poste restante.*

— Ah! ah!! ah!!! Mais qu'un rire satanique ne s'échappe pas encore de vos lèvres, lecteurs pervers.

— Honni soit qui mal y pense!

Toujours très-calme, en apparence du moins, la dame descend la petite rue infecte, dont le nom n'est pas un mystère, sans doute, mais qu'il m'est impossible de révéler pour l'instant, et, sur le trottoir étroit, ses pieds paresseux caressent longuement les dalles.

Enfin, au coin de la rue Coq-Héron, se dessine dans l'éloignement l'entrée de la *poste restante,* seuil bénit et maudit tour à tour, mais sur lequel, en entrant, on n'abandonne jamais toute espérance.

Le « *lasciate ogni speranza voi ch' intrate* » de Dante ne peut s'inscrire au fronton de ce bureau, qui, du reste, n'a aucune espèce de ressemblance avec le portail des enfers.

Et, d'ailleurs, le spectacle toujours si séduisant d'un *tourlourou* armé de toutes pièces, à la porte du dépôt des lettres, éloigne de l'idée toute espèce de comparaison.

— Bon soldat, qu'un chassepot décore, ne croise pas *ette* devant la dame pensive et voilée qui s'approche de la maison aux barrières de laquelle tu veilles avec ennui ; je t'en prie, bon soldat, ne croise pas *ette*, et laisse-la gravir tranquillement les huit degrés du temple.

Or, les voilà gravis, ces huit degrés ; la dame a poussé de sa main frêle et nerveuse la porte docile, et le battant, qui n'a besoin d'aucun *sésame* pour obéir, s'ouvre sans bruit, puis retombe silencieusement derrière la belle créature aux yeux de plus en plus baissés.

Dois-je le dire ? oui, ses yeux sont de plus en plus baissés ; mais tout à l'heure, avant de franchir le pas redoutable de la porte, avant de doubler le cap du bon soldat qu'un chassepot décore, la dame a jeté un regard inquiet en arrière dans toute la longueur de la rue.

Hum ! que voulait dire ce regard, Messeigneurs ? Avait-elle peur, la chère mignonne, d'avoir été suivie ? Qui le sait ? qui le saura jamais ?

— Honni soit qui mal y pense !

La dame, un peu de rouge aux pommettes — il fait si chaud dans ces bureaux !... — s'avance dans la

2

salle d'attente d'un pas timide. La salle est assez encombrée en effet. Beaucoup de jeunes dames. Çà et là, un étranger, au volumineux portefeuille, et qui exhibe des passe-ports multicolores. En même temps, il pousse des cris trop bien articulés en langue bizarre. Au milieu de la salle, une longue banquette double offre aux visiteurs ses coussins poudreux.

La dame, plus rose que tout à l'heure encore — vraiment l'atmosphère de ces bureaux est étouffante!... — s'assied soudain au coin extrême de la banquette, et respire largement. On dirait qu'elle est obsédée intérieurement par les quelques regards distraits que les personnes de son sexe lui ont lancés à son arrivée.

Ah! si je pouvais poser une main honnête et médicale sur le côté gauche rebondi de cette dame, je suis certain que je constaterais des battements de cœur tout à fait insolites!

Oui, j'en suis certain! Mais je ne pourrai jamais poser, probablement, une main honnête et médicale sur le rebondi côté gauche de cette noble dame.

Je me perds donc tout bonnement en conjectures.

Enfin, la dame, d'un mouvement rapide, tirant plus que jamais sa voilette à pois sur son nez, — un nez si petit, qu'on doit le considérer comme un simple et charmant projet, — se décide à aller encadrer son visage, — vous savez, le joli gâteau aux raisins de Corinthe, fort en couleur, pour le moment, —

dans le guichet qui porte à sa partie supérieure ces trois lettres : DFK.

De l'autre côté du guichet, au bout d'un long instant, se présente la tête attristée d'un employé. La confusion qu'il lit, — hélas! — sur le front de la jeune femme le déride, et, plus aimable, mais d'un ton imperceptiblement railleur, qu'on devine plutôt qu'on ne l'entend, n'est-ce pas, ô Madame? il demande à la rougissante solliciteuse ce qu'elle veut.

Malheur! trois fois malheur! J'avais l'oreille ouverte, je comptais surprendre le nom de la dame. Et voilà que la rusée sœur d'Ève fait passer à l'employé une carte avec de simples initiales!

La dame à la voilette se fait écrire aux initiales? Elle est très-rouge! elle a regardé en arrière avant d'entrer. Ah mais! dites donc!... cela ressemble bien à...

A quoi? A une dame qui... Que vous êtes méchant! Son mari est peut-être en voyage. Oui, mais les initiales??... la rougeur???... le regard en arrière????

Ah! fi! — Honni soit qui mal y pense!

L'employé a fini sa recherche dans les casiers, et, d'un air riant et satisfait, il tend une petite lettre, à *timbre jaune*, à la dame, qui, preste, s'enfuit et descend l'escalier quatre à cinq.

Oh! — un *timbre jaune*. Deux sous! Cela vient de Paris.

La dame, toujours voilée, mais qui n'est plus pensive, et dont les joues sont roses, oh mais! roses
comme des pétales de pivoine, à peine arrivée au
bas de l'escalier, avant même d'avoir franchi le bon
soldat qu'un chassepot décore, ouvre sa lettre fiévreusement.

Une fleur, une pensée, je crois, si je me rappelle
bien, s'échappe de l'enveloppe, et, voltigeant au gré
des zéphyrs, s'en va tomber sur le pavé !

De même que, dans les fauves déserts de l'Afrique, une lionne mourant de faim se précipite avec
rage sur le botaniste égaré près de son repaire, de
même la dame à la voilette à pois se jette sur la fleur
que le vent essaye de lui dérober.

Éros soit loué ! la dame a repris possession de sa
pensée. Et précieusement, dévotement, elle la remet
dans l'enveloppe. Puis, dépliant la lettre où de noirs
gribouillages, pleins de passion sans doute, s'étalent
avec un sans-gêne remarquable, elle la savoure, l'œil
brillant et humide !

La dame marche plus lentement que tout à l'heure,
si cela est possible. Et les passants, jeunes ou vieux,
respectant son allure, descendent du trottoir étroit
pour lui faire place, tandis qu'elle remonte la petite
rue infecte dont le nom m'échappe totalement !

J'en mettrais ma main au feu, comme Scævola,
cette dame, avec son joli petit en-tout-cas à manche
de corne de rhinocéros, va aller s'asseoir dans un

square solitaire, et relire au moins cinq fois la lettre chérie, la lettre désirée ardemment, la lettre de son...?

De son...? Résumons : *Regard en arrière, lettre à la poste restante, aux initiales, rougeur, timbre jaune, pensée...* hum ! j'ai bien peur que cette lettre ne vienne pas de son mari... Mais, après tout, qu'est-ce que cela me fait ?

Et puis : — Honni soit qui mal y pense !

LA DAME QUI TRAVERSE

Voici le tableau :

Les tonneaux d'arrosage de la salubrité céleste viennent de crever là-haut. — Le boulevard est transformé en un fleuve de badigeon épais qui clapote lourdement sous les pieds des chevaux. — L'averse a cessé de tomber. Le soleil étincelle de nouveau entre les gros nuages menaçants qui font semblant de se sauver à toute vapeur ; il irise gentiment les gouttes de pluie que les arbres et les candélabres égrènent sur les chapeaux des passants.

Mais laissons de côté les passants. Occupons tout ce que nous possédons de prunelles à contempler la charmante, la ravissante petite dame, blonde comme l'ambre, aux yeux à là fois innocents et pervers dans la pénombre de la voilette, qui vient de s'arrêter tout à coup sur le bord du trottoir, son *en-tout-cas* fermé à la main.

Cette passante, exquise de la bottine au chignon, va traverser le Niagara parisien qui s'étend de la Madeleine à la Bastille.

Si vous croyez qu'une femme va confier comme cela, tout d'un seul morceau, son hermine de petite personne à la boue que les tritons de M. le préfet de la Seine refoulent à grands coups de balais dans les gueules béantes des égouts, vous vous trompez fort!

Regardez-la plutôt. Si la charge du fusil qui n'a pas d'aiguille exige douze temps bien comptés, la dame qui traverse emploie au moins sept temps à la manœuvre de son beau petit être. Nous les décrirons tout à l'heure.

Je suis du tempérament de ceux qui passent de longues heures au bout de la jetée, dans les ports de mer, à voir entrer et sortir les navires légers.

La dame qui traverse est une jolie goëlette, pavoisée de l'arrière aux bossoirs, du pont aux pommes de perroquet; et moi, pauvre *terrien*, lorsque je la vois s'en aller vers des pays inconnus et charmants où j'irais si bien à sa remorque, je me sens une émotion vive au cœur et mille regrets dans l'âme.

Mais revenons à nos moutons, puisqu'il ne pleut plus, et que la bergère est sortie.

La dame qui traverse s'arrête : premier temps. Elle examine le ciel, le boulevard et les gens qui passent.

Puis, deuxième temps, elle médite : — « Pas « d'omnibus, pas de fiacre. Je puis me lancer. Un « jeune homme, pas trop désagréable, me regarde. « Qu'il examine donc mes chevilles délicates, je le « lui permets. S'il en perd la raison, les cantonniers « sont là pour le secourir. Amen ! »

Troisième temps. L'appareillage ! — Relever d'une main gracieuse, en la faisant valoir, sa robe sur ses jupons aux tuyaux immaculés. S'assurer si les *tirettes* des bottines sont rentrées en dedans. Tendre la robe en avant, la faire ballonner par derrière. Tenir son parapluie sans gaucherie.

Quatrième temps. Déraper ! — La dame qui quitte la terre ferme. La bottine se ride au cou-de-pied, la pointe se courbe ; le talon, une merveille d'art, plane comme une hirondelle ; le bas se tend sur le mollet. Pas une tache ! — Dieu ! un lourd équipage, à ma droite ! un cavalier à ma gauche ! Ne nous pressons pas. Je suis charmante en ce moment, je le sais. Arthur me l'a dit ; les tableaux le proclament ; les poëtes le chantent.

— File, gentil vaisseau ! Mes vœux, aussi ardents que ceux qu'Horace faisait pour Virgile, t'accompagnent, ô dame qui traverses !

Cinquième temps. L'arrivée. — Triomphante, un peu rouge de plaisir, la dame qui traverse a posé son adorable petit pied, cette chose éphémère, sur le bitume reluisant. Sauvée, mon Dieu, merci!

Sixième temps. La robe se déploie en arrière et s'arrête dans sa chute, juste à la hauteur de la bottine. Le « polisson » reprend sa forme habituelle. Et les pieds, ces jolis battants de la cloche en étoffe, se remettent en branle. Une deux, une deux!

Enfin, septième et dernier temps, jetant un dernier coup d'œil satisfait sur l'ensemble de ses vêtements, souriant sous le tulle de son voile, et levant son cher petit nez au vent, la dame reprend sa marche, illustrée de zigzags sans nombre — c'est la faute des magasins — et passe avec un calme et une indifférence qui n'ont rien d'affecté, oh! non, rien du tout, au milieu des messieurs qui murmurent : Elle est adorable!

ACTÉON, TU ES VENGÉ, MON BON!

— Pardon, Madame et lectrice!... l'adresse exacte des mânes d'Actéon, je vous prie?...

Allons, bon! voilà mon accès qui me prend! ah! que c'est contrariant! Juste au moment où je me promettais d'être si sérieux, je sens une douce folie m'envahir!

Permettez-moi donc un instant d'*insenséisme*, Madame et lectrice, je vous en conjure!

Il faut en passer par là. Du reste, cela ne dure jamais bien longtemps.

Oui, j'ai besoin de l'adresse exacte des mânes d'Actéon. Leur dernière demeure? la savez-vous, Madame, la savez-vous?

Non! voilà qui est triste. Et moi qui me faisais une joie de leur envoyer sous bande, et franc de port, le volume qui contient en ses flancs cette histoire!

Pauvre Actéon! pauvre chasseur dix cors si cruellement mis à mort par ta propre meute (ce qui a même donné lieu à ce proverbe : On n'est jamais trahi que par les *chiens*), que je suis affligé de ne pouvoir te raconter comment et où tu fus vengé, ces jours derniers!

Enfin, au petit bonheur! Le récit qui va suivre t'est dédié. Je te l'adresse, Olympe restant, en Grèce.

Et maintenant, madame et lectrice, ces regrets exprimés, daignez me prêter l'une et l'autre de vos oreilles délicates.

Au château de... situé à... (contrée fort giboyeuse), par une adorable matinée de ce mois, à l'heure où l'Aurore, mal réveillée encore, frissonne dans son peignoir de brumes argentines, une dame que j'appellerai Diane, à cause de ses intentions cynégétiques, quittait furtivement sa chambre parfumée, traversait le parc, et, par la petite porte qui donne sur les bois, s'enfuyait de son pied très-léger, sans rien dire à personne.

Bien avant elle, ces messieurs avaient vidé le château, arme sur l'épaule gauche; et déjà, dans le lointain, des coups de feu éclataient par intervalles irréguliers.

Madame de... chut! Diane, veux-je dire, avait endossé le plus délicieux costume masculin qu'un tailleur ait jamais conçu dans ses rêves; un habit de chasse qui lui allait comme un gant, et qui collait sur son exquise personne comme une peau d'abricot sur ce fruit parfumé. Tout un mignon attirail de chasseresse accompagnait cet habit. Et la carnassière se balançait, soulevée avec une grâce qui, une grâce que... à sa place ordinaire.

Diane en outre, et naturellement, ce me semble, tenait sous le bras un Lefaucheux de dame, léger comme le fusil de paille de la chanson.

Madame Diane s'en allait à la chasse, à la chasse aux perdrix, carabi, pour la première fois.

Elle voulait surprendre son monde.

« J'arriverai au rendez-vous à l'heure du déjeuner, triomphante, chargée des dépouilles des hôtes de ces bois, » se disait-elle.

Et ce projet la faisait sourire en marchant de ses plus grands petits pas. Sa chère jambe, guêtrée à ravir, se tendait nerveusement, et ses *gros* souliers — (qu'on me les apporte, je les mets sur mon cœur) — foulaient les fleurettes avec résolution.

Oh! madame..... Diane avait bien pris toutes ses précautions. On était à cent lieues et quart de se douter de son dessein. Son permis, son fusil, son costume, étaient venus de Paris sous le plus strict incognito.

« Quel bonheur! » murmurait Diane, heureuse comme une enfant.

Pourtant elle regrettait qu'aucune de ces dames ne fût là pour la voir. Sans doute, plusieurs d'entre elles seraient tombées roides mortes de dépit en l'apercevant si charmante dans cette toilette si inattendue!

Pendant que cette réflexion charitable germait dans le délicieux cerveau de Diane, la brume matinale s'était transformée en bruine. Il pleuvait. Puis la belle chasseresse, un peu gênée dans son... costume neuf (elle se l'avouait tout bas), trouvait encore que le fusil est à la longue un fardeau. Mais bah!

Elle marchait droit devant elle en essayant de *siffler* d'un petit air crâne, voyez-vous cela!

Depuis une demi-heure elle errait sous bois, se demandant à chaque carrefour laquelle des longues allées qui s'offraient, quatre par quatre, devant elle, il lui fallait suivre, pour ne pas s'égarer et arriver au rendez-vous bonne troisième au moins, comme disent les turfistes.

La pluie continuait de tomber, plus grosse. Mais quand on est un petit homme, il ne faut pas s'inquiéter de cela! Son... costume... (dame! le manque d'habitude) lui faisait mal ici et là. Les jambières, serrées par les mains inhabiles de la femme de chambre, frottaient rudement sur les mollets charmants de la pauvre Diane. Et son fusil lui semblait d'un lourd !...

Dois-je l'avouer ? Oui, avouons-le. De temps en temps, des craquements de mauvais augure se faisaient entendre dans le bois. On aurait dit que quelqu'un suivait à distance l'aventureuse jeune femme.

Diane ne songeait pas précisément à Actéon. Elle savait les bois infestés de braconniers. Et la peur glissait parfois sa main froide entre ses blanches épaules ! Diane avait armé son fusil bravement, — en tremblant.

Et puis, elle voulait tirer au moins un coup de fusil... sur quelque chose.

Car la pauvre petite commençait à s'ennuyer de la belle façon. Elle avait froid. La pluie tombait de plus belle, et les allées s'allongeaient à perte de vue devant ses jolis yeux. Et son... costume la gênait, oh ! mais la gênait, ici et là, comme j'ai eu l'honneur de vous le dire... Enfin, vous me comprenez.

Les bruits inquiétants de branches cassées sous un pied inconnu se rapprochaient.

Diane, pour secouer le découragement qui s'emparait d'elle et pour échapper à l'énervement qui rendait ses yeux humides par instants, marchait avec la vélocité d'un facteur en retard, dans les terres humides et grasses. Ses souliers de fillette étaient ornés de lourds échantillons du sol de la patrie.

Tout à coup, à cinq pas, au bout d'un sentier perdu, — Diane s'en allait au hasard maintenant, — un lapin passa gravement. Ajuster, tirer, le tout avec précipitation, fut pour madame... Diane l'affaire de sept secondes.

Pan ! — pan ! Diane lâcha ses deux coups. Le lapin — le hasard a de ces mystères — roula trois fois sur lui-même, complétement haché. On aurait pu en faire des saucisses !

Diane, triomphante, quoique l'épaule lui fît un mal horrible, courut en avant, sauta sur son lapin, qui avait l'air de sortir d'un accident de chemin de fer, et, le cœur très-ému, s'assit sur un tronc d'arbre.

Elle prit le pauvre petit animal, sa première victime, dans ses mains, et le regarda. Il tressaillait encore, chaud et doux ; son petit ventre blanc, criblé de gouttes sanglantes, s'agitait.

Madame.... Diane, en le contemplant, sentit son cœur lui monter à la gorge, et, énervée, éclata en bruyants sanglots. Le froid, la pluie, l'inquiétude, le lever matinal, la faim, l'agacement, la fatigue, son épaule meurtrie, son... costume trop juste, l'odeur de la poudre, la vue du sang, tout enfin se réunit pour déterminer une légère crise de nerfs chez la blonde chasseresse.

Elle pleura donc, abondamment, tenant son lapin assassiné sur son sein, comme pour le rappeler à la vie.

Personne ne pouvait la voir dans cet état, heureusement, ni ces dames ni ces messieurs. On aurait joliment ri.

Soudain, une grosse voix, derrière Diane, articula ces paroles terribles :

« Votre permis ? »

Diane en pleurs, à moitié morte d'effroi, se retourna.

Un vilain homme, en blouse, se tenait, le fusil en bandoulière, sur le bord du sentier.

« Mon permis?...

— Oui. Vous chassez sans permis, n'est-ce pas?

— Je suis madame de....

— Ça m'est égal. Vos papiers? Votre fusil d'abord? Je le confisque.

— Mais?...

— Pas de mais ! »

Le vilain homme prit le fusil, en grimaçant, pendant que Diane, fébrilement, cherchait son permis dans toutes ses poches (le costume en avait huit!). — Diane avait oublié son permis !

« C'est bon, on la connaît, fit remarquer le vilain homme. Votre affaire est dans le sac. A bientôt, Madame. Ah ! le lapin!... »

Et le vilain homme, qui n'était autre qu'un braconnier habile à lancer les blagues, rentra dans l'épaisseur des forêts, emportant le fusil et le lapin de Diane suffoquée.

La tête perdue, la pauvre enfant, mouillée jusqu'aux os, écorchée ici et là, s'enfuit au pas de course, à l'aventure.

Vers le soir, les habitants du château de.... situé à.... (contrée fort giboyeuse), virent arriver, par la pelouse, sous une pluie battante, un être étrange, couvert de boue et de feuilles, et qui pleurait à chaudes larmes.

C'était Diane !

On respecta sa douleur.... jusqu'au lendemain.

La chère enfant se mit au lit avec la fièvre. Mais rassurez-vous, âmes sensibles, madame de... en fut quitte pour la peur et de grandes tasses de tisane... très-sucrée.

Et maintenant que j'ai dit, tu peux te frotter les mains, Actéon. Diane chasseresse a eu aussi son quart d'heure d'embêtement bien carré. Tu es vengé, mon bon !

LA PRINCESSE BADROULBOUDOUR

Vous en souvenez-vous?

Dans un célèbre conte arabe, l'un des plus chers amis de notre jeunesse, Aladin, caché derrière une porte, heureusement remplie de fentes, voit arriver

aux bains, dévoilée et charmante, à la tête de ses
femmes, l'incomparable Badroulboudour, princesse
de la Chine!

Heureux Aladin !

Mais qu'il fut impatient, cet indiscret jeune
homme !

Que n'attendit-il la sortie de la princesse Badroulboudour?

Il eût assisté à quelque chose de ravissant, de très-
difficilement exprimable, au spectacle séduisant et
suggestif que donne la femme qui revient chez elle,
légère et pourtant alanguie, après un bain parfumé.

Plus calme qu'Aladin, — peut-être parce que aucune *lampe merveilleuse* ne nous attendait chez
nous, — nous avons eu la joie, hier, de suivre une
dame, retour de l'onde.

Nous appellerons cette dame : la princesse Badroulboudour, si vous le permettez.

La princesse, cachant sous son paletot de velours
un paquet tout petit, composé de menus objets de
toilette qu'on ne trouve pas au bain, quitta le seuil de
l'établissement — *balnéaire,* comme on dit dans la
Gazette des Eaux, — en jetant, à droite et à gauche,
un regard furtif, presque inquiet, plein de pudeur, puis
s'élança sur le trottoir, le voile collé au visage, accroché qu'il était à un nez gros comme rien.

Lente, nonchalante, comme lassée, elle allait, l'œil
humide et brillant, l'air très-doux ; le vent se parfu-

mait en caressant ses joues d'un rose tendre, d'un rose *rajeuni*, d'un rose *poudredcrizé*, rendu plus suave encore par le voisinage de la dentelle noire du chapeau et de la voilette.

La princesse Badroulboudour n'était pas une jeune fille. C'était une femme fort jeune encore. Le duvet éphémère de la première floraison avait disparu. Mais le rose frais de son visage mignon était des plus agréables à l'œil. Et le bain lui avait donné cet éclat exquis que l'Amour, peintre délicat, sait si bien trouver sur sa palette pour en orner le minois des timides amoureuses, ces sensitives toujours émues.

A cinq cents pas du bain, la dame à la démarche pleine de morbidesse reprit son assurance, et, comme une Diane qu'aucun Actéon n'a pu rendre confuse, elle se mit à flâner, bayant aux magasins, lorgnant les cols, admirant les manchettes, enviant les robes, critiquant en elles-même les femmes qui passaient.

Pourtant, ô princesse Badroulboudour! vous saviez bien que nous étions de l'autre côté de la rue, sur le trottoir, et vous admirant. Nos deux regards, le nôtre hardi et railleur, le vôtre boudeur et craintif, s'étaient rencontrés, juste au moment où vous quittiez la maison des bains.

Vous vous doutiez parfaitement que nous vous suivions ; et dans les glaces des vitrines, lorsque nos yeux retrouvaient les vôtres, vous nous faisiez une mine fâchée et charmée à la fois.

3.

Fâchée parce que honnête, charmée parce que
femme!

Et puis, notre examen prolongé n'avait rien de
brutal. Un simple examen admiratif de poëte curieux, voilà tout.

Aussi, parfois, un sourire imperceptible se jouait
dans le fin duvet du coin de vos lèvres serrées.

O princesse Badroulboudour! ce sourire à peine
dessiné, si vague, si aérien, nous allons avoir l'audace
de le traduire, malgré vous, ici même.

Ce sourire ténu, narquois et triomphant, voulait
dire, en vingt mots :

« Oui, mon bon Monsieur, vous avez raison de
me trouver jolie, et d'essayer de me le faire comprendre. Je sais ce que je suis, et peut-être mieux
que vous. Je viens de le constater ; et vous, vous ne
pouvez que le deviner. Sans cesser d'être chaste, en
restant vertueuse comme Suzanne, on peut être coquette au bain. Oui, je suis belle lorsque rien ne me
pare plus. Seulement, mon bon Monsieur, cela me
fait rougir de penser que votre esprit observateur ait
fait toutes ces réflexions en même temps que moi, et
votre regard téméraire m'embarrasse. La foule, ce
vulgaire qui bat le pavé autour de nous, se dit en me
voyant : — *Ah! voilà une charmante créature;*
mais vous, vous vous écriez dans le fond de votre âme
perverse : — *Voilà une créature charmante, con-
vaincue de nouveau et depuis peu qu'elle est réelle-*

ment adorable. Eh bien, mon bon Monsieur, cela me courrouce de vous savoir tant d'esprit. Il est de ces mystères du cœur féminin qu'il n'est pas galant de montrer qu'on a approfondis. Gardez votre science pour vous. N'osez pas me faire entrevoir que vous êtes savant. Je vous sais gré, néanmoins, de ne pas être une bête ; mais, au nom du ciel, n'ayez pas l'air de vous apercevoir de mon contentement intérieur. Pour le monde, pour la décence, je prends une mine austère et furieuse ; pour vous seul, j'y mêle un grain de satisfaction. Allez, et ne péchez plus ! »

Oui, princesse de la Chine, votre petit sourire voulait dire tout cela, et plus encore que notre imperfection masculine ne saurait rendre avec des mots lourds comme des maisons.

Et, ravissante, le sourcil légèrement froncé, mais l'œil pétillant, vous alliez du pas preste et irrésolu des demoiselles qui, au printemps, songent à sainte Catherine.

Vous, vous ne pensiez guère à sainte Catherine la bien coiffée, ô princesse Badroulboudour ! Non, épouse légitime de quelque homme en place, — une pièce de résistance, — vous reveniez au domicile conjugal sans tristesse, mais aussi sans enthousiasme, par raison, par devoir, ne vous avouant pas que vous êtes bien trop belle pour votre seigneur et maître (maître?), mais un peu... *embêtée,* lâchons le mot, de savoir que votre retour du bain ne sera salué, ce soir, par votre mari, que d'un : *Oh! que tu sens bon, ma chère!...*

Bien heureuse encore si cet être (*le père de vos enfants, tant pis!*) n'ajoute pas à cette phrase, qu'il croit très-gentille, ce mot impoli : *aujourd'hui!*

« — Princesse Badroulboudour, résignée et touchante, pauvre petite femme fière, pardonnez-moi mes regards indiscrets en faveur de leur intention consolatrice. »

C'est en disant ces mots, accompagnés d'un clin d'œil chargé de chaude compassion, que je quittai, à deux kilomètres des bains, la noble Badroulboudour, princesse de la Chine, laquelle, avec sa voilette exactement appliquée sur ses yeux, continuait son chemin, un sourire imperceptible dans la fossette rose de ses joues.

UNE HISTOIRE DE MARRONS D'INDE

Comme nous passions l'autre jour, G. Vérouillet et moi, sous les marronniers des Champs-Élysées, un des fruits de ces arbres tomba soudain à nos pieds; sa cosse verte hérissée de pointes éclata sur le coup, laissant rouler sur le sable deux marrons difformes, mais d'un beau ton de vieil acajou bien luisant.

G. Vérouillet grisonne. Votre serviteur compte
déjà de sept à dix fils d'argent dans sa barbe soyeuse.
Néanmoins, tous deux, avec un ensemble remarquable, nous nous baissâmes pour ramasser les jolis marrons vernissés.

Ramasser les marrons qui tombent, à l'automne,
est un geste familier à l'homme, quel que soit son
âge. Et j'ai toujours vu les vieillards faire cette récolte
généralement inutile, et de laquelle on se débarrasse
au bout de quelques instants avec autant d'entrain
que des écoliers en vacances.

Bref, G. Vérouillet et moi, chacun notre marron à
la main, nous échangeâmes un sourire de jeunesse en
nous relevant. Nous ne nous dîmes rien; mais en cet
instant je suis sûr que, dans la mémoire de G. Vérouillet comme dans la mienne, passaient des souvenirs d'enfance, et nous nous rappelions les colliers
immenses de marrons fabriqués jadis, et offerts avec
galanterie à nos sœurs et à leurs amies, surtout à
leurs amies.

— Ne trouvez-vous pas, dis-je enfin à G. Vérouillet, que les cosses de marrons d'Inde ressemblent
exactement à ces boules de fer à pointes d'acier que
des chaînettes reliaient au manche des étranges masses d'armes du moyen âge.

— Parfaitement, fit G. Vérouillet, je vous l'ac-
corde; mais, je vous l'avoue, ce n'est point jusqu'au
moyen âge que ces marrons ont fait rétrograder ma

pensée. Elle n'est point allée si loin que cela. Je viens simplement de revenir, en une seconde, à l'automne qui a suivi ma sortie du collége, et...

— C'est une histoire de marrons d'Inde que vous vous proposez de me raconter?

— Vous l'avez deviné.

— Est-elle longue, mon cher, sauf vot'respect?

— Point... C'est une histoire d'amour...

— Aïe!... Enfin!... Allons, je vous écoute. Parlez.

— Eh bien! voilà mon histoire, mon ami : — A la fin de l'automne qui suivit ma sortie du lycée, je passai huit jours à la campagne, chez un avoué retiré des affaires... des autres. Et quand je dis chez un avoué, je veux dire dans sa famille : car le brave homme prenait les eaux de Contrexeville à Contrexeville même, lorsque je fis mon apparition dans la belle propriété qu'il possède en Normandie.

— Je comprends. Madame l'avoué se trouvait seule...

— Non, pas seule! reprit vivement G. Vérouillet. Hélas! cette femme charmante, de trente ans plus jeune que son mari, était malheureusement accommodée à la sauce suivante, pendant l'absence de celui-ci : pincée de cousines, bouquet de tantes et d'oncles de province, le tout saupoudré de voisins de campagne.

— Diable!

— Emmeline...

— Ah! ah! G. Vérouillet! elle s'appelait Emmeline.

— Ai-je dit Emmeline? ·

— Parfaitement.

— Eh bien! Emmeline semblait mourir d'ennui
au milieu de cette famille aussi nombreuse que bavarde. Sa pâleur, son silence, son air de résignation,
me frappèrent vivement dès mon arrivée chez elle.
Dame! je sortais du lycée. La première redingote de
la liberté brillait sur mes épaules. En outre, le faux
col de l'indépendance ornait mon col d'éphèbe! Bref,
après douze heures de séjour, j'étais amoureux fou
d'Emmeline. Je voyais en elle une délicate victime
à consoler. Vous dire les romans *in-octavo* qu'écrivit
mon cœur au bout de ces douze heures me serait impossible à présent. — Quels rêves!

— Et le mari buvait toujours!... de l'eau de Contrexeville!

— Je ne pensais guère au mari. Je ne vivais que
pour sa femme. Elle avait un secret. Je le devinai
bien. Elle souffrait. J'aurais donné tout mon sang
pour rendre le sourire à sa belle bouche... J'aurais!...
Enfin, j'étais amoureux.

— Abrégeons.

— J'abrége. Donc, je résolus de me déclarer ou
de mourir! La veille de mon départ, prenant mon
courage à deux mains, je priai Emmeline, sous un
prétexte frivole, de me faire l'honneur d'accepter

mon bras, et de faire un tour de promenade dans le parc. Elle accepta. Et quand nous fûmes sous les vieux marronniers que l'automne rendait déjà chauves de feuilles, et dont les marrons tombaient au moindre souffle, je lui dis tout. Confession hardie et larmoyante !

— Hum ! et...

— Elle ne sourit point. Elle ne railla point. Elle m'écouta. Mais, quand j'eus terminé mon récit, elle me dit simplement — qu'elle en aimait un autre ! Et, comme à un ami, son seul ami, disait-elle, Emmeline me raconta toute sa vie..... sa vie si triste, si solitaire.... si....

— Passons !... Vous pleurâtes ?

— Nous pleurâmes. J'avais la tête en feu ! Elle aussi. L'histoire de sa vie fut longue... Oh ! mon ami... quelle existence !

— Passons, G. Vérouillet, passons.

— Pendant que nous nous promenions ainsi, fraternellement, sous les vieux marronniers, le vent s'était élevé, et les marrons tombaient sans cesse autour de nous... Machinalement, — comme cela est arrivé tout à l'heure, — nous nous baissions, les larmes aux yeux, sans interrompre pour cela notre conversation douloureuse, oui, sans y penser, involontairement, nous ramassions les marrons, et, un à un, après chaque soupir et après chaque larme, nous les mettions tristement dans nos poches... Puis l'heure de rentrer arriva : Emmeline me quitta. Il lui fallait reprendre sa chaîne à table, au salon, au milieu des hideux représentants de sa famille... Quant à moi, je n'eus pas le courage de me retrouver en présence de ces êtres, et je montai dans ma chambre, pour rêver à mon aise et pour serrer dans mon cœur les débris de mon amour tombé si brusquement à terre. Puis je me disposai à me coucher. Comme j'ôtais mon gilet, un marron en tomba sur le parquet. Ce bruit me rappela à la réalité. Et je me mis à chercher dans mes habits les marrons que j'avais ramassés dans le parc. Il y en avait 187 !

— 187 ?

— Oui, 95 dans les poches de la redingote, 24 dans les poches du gilet, 68 dans les poches du pantalon.

— Ça devait être lourd !

— Je ne m'en étais pas aperçu, reprit G. Vérouillet. Et j'ai su plus tard, beaucoup plus tard... à Paris... chez moi... qu'Emmeline en avait ramassé 203 ce jour-là. — Nous avons beaucoup ri en nous rappelant cela...

OH ! COMME UN OISEAU !

On vient de sonner à peine la clôture à la Bourse. Sur les boulevards, où tout s'anime et qu'une

4

armée de passantes adorables commence à peupler,
les marchands de journaux dorment au fond des
kiosques, les bras croisés, sur les feuilles de la veille.

D'une voix languissante et rêche, ouvrant l'œil à
demi... et quel œil! — ils répondent aux demandes
empressées de journaux du soir :

— Pas encore arrivés!

Bref, on vient de sortir de table depuis peu, et, à
la terrasse des cafés, les entrepreneurs qui se sont
donné rendez-vous pour affaires sirotent leur *mazagran*, considérablement allongé. Tandis que, l'oreille
rose, la pommette enflammée, le ventre tendu, les
flâneurs, mâchonnant leur second londrès, lorgnent
les demoiselles dans les magasins, s'extasient devant
les gravures un peu... gaies, ou s'abîment dans de
profondes réflexions en regardant les couverts Ruolz
amoncelés dans les boutiques.

N. B. — Le soleil est charmant.

Enfin, tout le monde est repu ou peu s'en faut, et
chacun commence à digérer sa fantaisie, qui dans
son bureau, qui sur la moleskine d'une *victoria* à
deux francs, qui à pied, jetant un regard d'astro-
nome, non point aux astres absents, mais aux têtes
fardées qu'on aperçoit aux fenêtres ouvertes.

Et pourtant madame vient de se déclarer qu'elle a
grand'faim et que son précieux petit estomac réclame
quelque chose de léger.

Madame qui? ah! voilà... madame *Trois-Étoiles*,

parbleu ! Cette frêle créature, là-bas, — je vais vous la montrer, — toute mignonne, haute comme la botte d'un ex-cent-garde, un petit rien comme os et chair, mais qu'un flot de soie, de dentelle, de fleurs, de rubans, sans compter le chignon et les bottes à hauts talons, arrive à faire passer aisément pour une femme, tout comme une autre, mon Dieu ! oui.

Ma parole ! cette enfant-là, le matin, sur le tapis de sa chambre, doit être grosse comme un rat à peu près.

O civilisation ! ô modiste ! ô couturière !

Eh bien ! à cette heure-ci, *armée en flûte*, comme on dit dans la marine, c'est-à-dire pour la *course*, la ravissante petite bonne femme a l'air de quelque chose. On a une allure imposante, des façons ducales de porter sa robe de poupée, l'œil fier, impertinent, sous la voilette étroite !

Et pour un peu, en petit comité, un grand gaillard de colonel de cuirassiers dont la taille ne finit plus — *mais pourquoi commence-t-elle ?* dit A. Vacquerie — se mettrait à genoux, éperons en l'air, aux pieds microscopiques de cette divine Lilliputienne de Paris !

Donc, madame *Trois-Étoiles*, dont je viens d'esquisser le portrait, à peine hors de chez elle et n'ayant encore vu que six ou huit magasins, se trouve en appétit.

Dame ! vous savez, ces jolis petits êtres-là, cela mange si peu.

Oh ! comme un oiseau !

C'est madame *Trois-Étoiles* qui l'a dit elle-même à ses amies, pas plus tard qu'avant-hier.

Et je n'ai aucune peine à le croire; oh! non, aucune peine.

Ayant faim, — une faim affreuse, Mesdames! — la jolie madame *Trois-Étoiles* se dirige vers le pâtissier de son cœur, et de loin, savourant les gâteaux aux couleurs tentantes, elle passe un petit bout de langue rose sur ses lèvres fines, humides et rouges.

Diable! il paraît que toutes ces dames se sont donné le mot. Quelle agréable collection de visages frais et gracieux dans la boutique du pâtissier! La pâtissière au corsage opulent et ses demoiselles ne savent plus où donner de la tête, et les petites assiettes circulent sans relâche, chargées jusqu'à leur filet d'or!

Des groupes se sont formés. On a pris d'assaut les chaises et les banquettes. Quelques-unes de ces mangeuses à qui un rien suffit — *oh! comme un oiseau, vous savez?* — se tiennent debout, prêtresses ferventes, auprès du petit temple mi-partie glaces et dorure où sommeille, au chaud du reste, leur dieu, sous les apparences de *bouchées à la reine, à la mayonnaise, pâtés d'huîtres* et *petits pâtés.*

La salle ne désemplit pas. La dame qui sort est immédiatement remplacée par une autre.

Et comme tout ce petit monde délicat, aux mains élégantes, se gave avec grâce, sans même avoir l'air d'y toucher! Les *babas,* les *savarins,* les *éclairs,* disparaissent par douzaines et comme par enchantement. En effet, ces dames ne sont-elles pas fées ?

Et avec tout cela, pas de grimaces, pas d'étouffements subits ; jamais on n'avale de travers. Rien n'est joli comme cet engloutissement exécuté par les dames.

Les verres de vin de Malaga, de vin de Bordeaux, les liqueurs fabriquées par des moines ou par de simples laïques, aident un peu, beaucoup, passionnément, à ce petit travail féminin, j'en conviens.

Mais on ne peut manger sans boire, voyons ? Et vous ne ferez pas un crime à ces pauvres anges de soigner la membrane intérieure de leur estomac. Les unes seront épouses, les autres sont mères, cruels censeurs ! Ne riez donc pas de les voir tarir les verres à patte, l'œil brillant, mais si plein d'innocence !

Madame *Trois-Étoiles*, arrivée chez le pâtissier, s'est bientôt mise au niveau des autres.

Elle a un joli coup de quenottes, madame *Trois-Étoiles !*

Pas tous les jours, aujourd'hui, par hasard : car, à Elle... oh ! mon Dieu ! que lui faut-il pour vivre ? Un grain de mil.

— *Oh ! comme un oiseau !*

Et déjà petits pâtés, sucreries, fruits glacés, madère, ont filé dans le gosier inflexible — le col de cygne — de madame *Trois-Étoiles*. Et avec quelle rapidité vertigineuse !

Pour exécuter la même besogne, un pauvre mon-

4.

sieur, fourvoyé dans la boutique à cette heure, aurait
fait des efforts à la Gargantua. A moitié suffoqué, la
barbe pleine de crème, des morceaux de pâté jusque
dans les sourcils, toussant, violet, les yeux remplis
de larmes, il aurait offert aux regards railleurs des
dames un spectacle absolument dépourvu de charmes.

Mais madame *Trois-Étoiles*, avec sa bouche grande
comme une *alliance* de mariage, s'est acquittée de
sa tâche avec une voracité exquise, et sans rien
perdre de ses avantages.

Et la preuve, c'est que si madame *Trois-Étoiles*
le voulait bien et qu'elle tournât vers vous, Monsieur, qui me lisez, ses longs yeux noirs alanguis,
au moment même où elle dévore un quartier d'orange
confite, vous tomberiez à genoux sur-le-champ.

Oui, Monsieur, c'est comme j'ai l'honneur de vous
le dire : à genoux. Vlan ! c'est comme cela.

Par exemple, ce soir, à table, devant sept personnes qui ne rappellent en rien les Sages de la
Grèce, et que les péchés capitaux parent assez élé-
gamment au contraire, madame *Trois-Étoiles*, d'une
petite voix mourante, déclarera qu'elle a pour la
bonne chère une invincible répugnance. Les fraises
elles-mêmes la dégoûtent : elles sont couleur de sang !

D'ailleurs, elle ne fait aucun sacrifice, la chère
madame ! Elle vit avec si peu de chose ! Un rien lui est
à peine nécessaire pour subsister. Elle mange si peu !

Oh ! comme un oiseau !...

LE VERRE DE CHARTREUSE

'O rêve !

C'était à la campagne, dans un jardin, le soir, l'été.

Oh ! pas le soir d'un dimanche assurément !

On n'entendait point, Dieu merci ! les refrains vulgaires des bourgeois allumés par le vin aigre, et qui reviennent à la gare prendre le train du retour, par les sentiers en fleurs, troublant la douce solennité du crépuscule.

Non, c'était le soir tranquille et pur d'un jour de la semaine, dans le jardin confortable d'une élégante villa enfouie sous de vieux arbres.

Et, se mêlant aux *bonsoirs* charmants que se souhaitent les oiseaux sur le bord de leurs nids respectés, arrivaient à mon oreille heureuse les notes lointaines, éparpillées, d'un piano invisible.

On sortait de table.

J'étais allé m'asseoir, agréablement repu de choses délicates, sur un banc quelconque, isolé, qu'un massif de syringats défleuris protégeait contre toute brise un peu trop fraîche.

Un excellent *londrès* aux dents, livré tout entier au présent plein de charmes, je fumais, laissant mon âme ouvrir ses ailes de toute leur envergure et planer loin de sa prison de chair, abjecte et lourde, dans l'air radieux et tiède.

Justement une petite étoile malicieuse venait d'ouvrir, œil d'or, sa paupière de flamme, et m'envoyait de scintillantes œillades du haut de l'azur.

Et je répondais de mon mieux à ses agaceries célestes, en clignant de l'œil à mon tour effrontément ; or, entre mes cils abaissés, la prunelle flamboyante de l'étoile semblait décocher vers moi de longues flèches de lumière. Cela m'intimidant, je cessai le jeu, et, regardant le sol, je me pris à rêver.

Des souvenirs oubliés, avec de chères voix d'outre-mémoire, me revinrent soudain. En même temps, je sentais se détacher de moi comme des effluves d'indulgence et de pardon. Et des faits passés, qui m'avaient courroucé abominablement autrefois, me parurent tout à coup de folles peccadilles, dignes tout au plus d'un haussement d'épaules.

Et les vers de Victor Hugo dans *Booz endormi* :

> Une immense bonté tombait du firmament ;
> C'était l'heure tranquille où les lions vont boire,

sortirent de mes lèvres, tout naturellement, entre deux divines bouffées de fumée aromatique.

Oui, je me sentais devenu très-bon, pur, candide, crédule, comme un jeune amoureux, dans les bois, en avril.

L'heure tranquille où les lions vont boire, heure auguste du repos, de l'oubli des affaires, de l'approche du sommeil consolant et réparateur, me pénétrait.

Et, sans savoir pourquoi, par un enchaînement bizarre de pensées, je songeai :

« Oh! me disais-je, combien au pauvre soldat égaré dans les sables incandescents du désert sans ombre, en plein midi, affolé par la nostalgie, le souvenir des grands bois de France, où, le jour, il fait frais et presque nuit, doit sembler doux et navrant! Qu'il doit souffrir en se rappelant le filet d'eau froide et claire qui file à travers les prêles et le cresson charnu, sur un lit de cailloux polis! et surtout, accablé, terrifié, la gorge sèche, les lèvres brûlées, comme le désir impérieux qu'il a de boire, ce pauvre soldat inconnu, doit lui déchirer le cœur cruellement et sans relâche!

. . . .

Oui, pauvre soldat!... Et cette amère pensée me faisait jouir plus délicieusement encore de ma quiétude présente, en égoïste, comme le poëte Lucrèce.

Cependant le dernier rayon du jour expirant faisait luire encore au bout de l'allée une de ces boules étamées qu'on suspend dans les jardins. Déjà les lumières, çà et là, entre les branches, étincelaient les unes après les autres.

Machinalement, tout en savourant mon cigare exquis, je regardais cette boule de verre, qui gardait encore une bribe de clarté et comme une sorte de râle de la lumière à l'agonie.

Et j'aperçus, passant silencieusement derrière les

buissons obscurs et les rosiers, à l'extrémité du jardin, une robe blanche, forme vague, aérienne.

On aurait dit une aile.

Pâle comme Eurydice à la sortie des enfers, et charmante comme elle, mademoiselle B..., la fille du brave homme très-riche chez lequel j'étais venu en villégiature, se promenait, solitaire, cueillant au hasard des doigts un bouquet pour un convive quelconque.

Mademoiselle B..., pareille au lis des eaux, dont l'arome est discret, et qui, à la surface des étangs perdus sous les branches, dans les forêts, s'épanouit pour Dieu seul, secrètement, fleurissait, plaisir des yeux émus de sa famille, sans avoir l'air de se douter du charme irrésistible de sa frêle personne.

Simple comme une rose, elle allait, venait, riait, chantait, semant la joie autour d'elle, dilatant les cœurs ridés, doux rayon du soleil de mars apportant l'espérance.

Je la regardais, la devinant dans l'obscurité et la retrouvant telle que j'étais habitué à la voir, et encore embellie à cette heure des grâces immaculées de l'ange errant dans le paradis terrestre.

C'était bien la jeune fille dont mon cher Coppée a dit dans son *Reliquaire* :

> Et les oisifs n'ont point de pensers d'infamies
>   Devant ses yeux calmes et doux,
> Lorsque dans le jardin, chez les fleurs, ses amies,
>   Elle arrive à ses rendez-vous.

O rêve!

« Si je m'agenouillais tout à coup, les mains
jointes, devant elle, aujourd'hui, tout de suite? me
dis-je; si, plein de ferveur, vaincu, suppliant, je me
prosternais à ses pieds, baisant dévotieusement les
pointes de ses frêles bottines? »

Oui, les yeux pleins de larmes de repentir, m'effor-
çant de rejeter avec véhémence tout ce passé mauvais
qui m'étreint et m'étouffe, si je lui disais, la rougeur
de trente ans de vice sur la joue : — Me voici, Mademoiselle, me voici, — oh! bien semblable à mes
frères, — vil, ignorant, sans pudeur, sans foi, fils de
la boue, comme les autres, ô Mademoiselle! mais un
être nouveau, en cette minute ineffable, germe en
moi, je le sens. Dieu fit un homme vierge avec un
peu d'argile immonde. Ange, imposez vos ravissantes
mains sur moi un seul instant, et je me relève noble,
grand, purifié, digne de vous!

Si je lui disais tout cela, et encore d'autres paroles
pleines d'humilité et de remords, d'une voix persuasive, que répondrait-elle?

O mon Dieu! dans cette seconde solennelle, mon
sort doit peut-être se décider? Inspirez-moi!

Et, comme un instant auparavant, je revis ce soldat égaré dans les sables incandescents du désert
sans ombre, en plein midi, fou de soif, et qui songe,
navré, combien il serait doux de s'asseoir, désaltéré,
au bord d'un mince filet d'eau froide et claire courant

sur un lit de cailloux polis, entre les cressons savoureux, au fond des grands bois de France, où le jour il fait frais et presque nuit !

. . . .

« Mon cher, venez-vous prendre un verre de chartreuse ? cria soudain une voie gaie, rompant le silence charmeur de la nuit mélancolique.

C'était mon hôte, un brave homme très-riche, qui, du haut de son balcon, m'invitait joyeusement ainsi à venir le retrouver.

Dame ! la table de whist était préparée, et, comme la marée, elle n'attend personne.

J'obéis... et ce fut tout !

. . . .

> O rêve commencé ! halte imprévue et brève !
> Conte si bien conté par mon âme à mon cœur
> Et dont je ne saurai jamais la fin ! — O rêve !

— . . . .

FASCINATION

Le Seigneur Dieu dit au serpent :

Je mettrai une inimitié entre toi et la femme, entre sa race et la tienne. Elle te brisera la tête, et tu tâcheras de la mordre par le talon.

(GENÈSE, chap. III, v. 15.)

Il faut croire que ce jour-là, c'est-à-dire hier matin, dix heures sonnant à Saint-Thomas-d'Aquin, le serpent, après avoir contemplé silencieusement une dame qui descendait la rue du Bac, tenant une grêle levrette en laisse, avait fait cette réflexion, qui ne manque pas d'une certaine justesse :

— Tout bien considéré, le talon de la jeune femme que voici est inattaquable. Impossible d'y porter une dent victorieuse! on les fait trop hauts et trop solides maintenant. Je n'ai pas envie de mettre en action de nouveau, au bénéfice des passants matérialistes, la jolie fable du *Serpent et la Lime*, que j'ai fort admirée dans les œuvres complètes de M. de la Fontaine, autrefois. Non, pas si... homme! Abandonnons ce projet et rusons. Au lieu du pied, prenons-nous-en aux yeux; mais avec gentillesse, en gentleman de serpent que nous sommes.

Ayant dit, le serpent s'installa au beau milieu de l'étalage d'un magasin célèbre dans ces parages reculés, et, caché sous mille petits bibelots appétissants, il attendit le passage de la dame ci-dessus signalée.

Celle-ci, la chère innocente! qui ne se souvenait probablement plus des prescriptions célestes, était à cent et une lieues de penser à écraser la tête des serpents qu'elle pouvait rencontrer sur sa route.

D'ailleurs, et Mgr Dupanloup sera de mon avis, il est extrêmement rare de se trouver nez à tête avec

un serpent, dressé sur sa queue comme un tire-bou-
chon vivant, dans les environs du quai d'Orsay et de
la frégate-école... de natation.

Rue Lacépède, c'est une autre affaire! Les boas du
Jardin des Plantes ont pris cette voie publique en
affection. Les habitants du quartier ont même l'habitude, maintenant, de ne jamais ouvrir leur porte
au premier bruit de sonnette qu'ils entendent chez
eux : c'est presque toujours un *crotale* qui s'annonce de cette façon. Et, dame! il ne serait peut-
être pas prudent d'introduire ce reptile au sein de
sa famille.

Mais rue du Bac, jamais, au grand jamais, les *py-
thons* ne folâtrent sur le trottoir.

Donc, la dame en élégante toilette du matin dont
nous parlons ne s'inquiétait pas plus du serpent bi-
blique que l'obélisque d'un coup de soleil, et, d'un
pas léger, elle marchait honnêtement droit devant
elle (ce qui n'exclut par un certain balancement
agréable), tirant par un cordon bleu sa maigre levrette, qui choisissait délicatement les places où poser
ses pattes fragiles.

Au moment où, l'œil presque indifférent, la dame
passa devant l'étalage du magasin renommé dans le
noble faubourg, cet étalage, tout à l'heure terne et
calme, sembla s'illuminer, s'animer, chatoyer, miroiter, faire la roue, sourire...

Hélas! vingt-six fois hélas!

La dame tomba en arrêt, les narines frémissantes, l'œil démesurément entr'ouvert, brusquement.

L'arrêt fut même si brusque, que la levrette, lancée en avant par sa propre impulsion et soudain retenue par son collier, tira une langue sans limites, en ouvrant une gueule de crocodile, fendue jusqu'aux oreilles!

De même que, dans une boussole bien constituée, l'aiguille aimantée, contrariée de cent façons, revient toujours obstinément dans la direction du pôle nord qui l'attire, de même après mille efforts (faibles, il faut l'avouer) pour s'arracher à la contemplation de ce divin étalage, la dame continuait de fixer ses yeux brillants sur les charmants riens fascinateurs du magasin aimé des grandes dames et des grandes demi-dames.

Elle les buvait, elle les mangeait du regard, éperdument!

Très-digne cependant, à la surface, elle se tenait devant la vitrine tentatrice, droite, pâle, promenant sa prunelle ardente sur les ravissants objets où le clinquant étincelle, et, incertaine, allant de celui-ci à celui-là.

En somme, avec l'avidité d'un enfant qui se précipite dans une boutique de joujoux et s'arrête d'abord ébloui, ahuri, muet, puis finit par s'écrier en tremblant de désir : *Tout! je veux tout!* — la dame examinait les brimborions à la mode, les fanfreluches exquises, *et à bon marché*, et faisait des additions dans sa tête fine et malicieuse.

Cette petite tête vaut bien six lignes de description.

D'abord le teint très-blanc, franchement rosé aux pommettes, particulier aux blondes tirant sur le roux ; ensuite une bouche immoralement tentante. Puis des yeux doux, — trop doux, sur mon âme ! — et très-cernés. Puis de minces oreilles un peu pointues vers le haut, des oreilles de faunesse. Eh, eh !

Un chapeau sans forme, et qui ne mérite pas de porter un nom particulier, composé de tulle, de perles, de trois marguerites blanches, d'un brin de myosotis et d'un peu d'herbe artificielle, dominait l'ovale assez régulier du visage ; il descendait bas sur le front, et du bord s'échappaient des mèches de cheveux d'un roux doré :

> Qui çà, qui là, sur le front vagabondes,

selon la charmante expression de Ronsard, donnaient un piquant, un ragoût, un brio, un je ne sais quoi des plus mutins à la physionomie de la promeneuse matinale.

Sans doute, pendant que nous l'admirions, spectateur charmé du duel éternel du serpent et de la femme, la chère créature se disait, qui sait ? en calculant ses ressources afin d'équilibrer son budget :

— Si je faisais croire à mon mari, ou à...?... que le

prix du beurre a encore augmenté, je pourrais peut-
être acheter cela qui me plaît tant? Oui, mais ma
conscience?

La conscience!... C'est alors que le serpent, enfoui
sous les fruits défendus, les fit briller de leur plus
doux éclat; leurs couleurs devenaient plus tendres,
leurs formes plus élégantes.

Et la dame, clouée au sol, réfléchissait.

Quant à la pauvre levrette, revenue de sa première
surprise, elle s'ennuyait considérablement. On le
comprend de reste.

D'abord, elle avait flairé la boutique dédaigneuse-
ment, comme une vieille ennemie, et l'avait outragée
d'une façon qui se devine. Puis, se dressant contre la
robe de sa maîtresse, suppliante, les larmes aux yeux,
elle l'avait priée en son langage de s'en aller tout de
suite. Cette tentative n'ayant pas été couronnée de
succès, désespérée, la bête maigrelette s'était assise,
morne, insensible aux regards flatteurs de l'énorme
terrier d'un boucher voisin. Au bout d'un instant,
trouvant le trottoir un peu frais sans doute, elle avait
repris sa marche, à bout de laisse, tirant à son tour
la dame immobile par la main. Vain appel!

Cette lutte inégale eut une fin néanmoins. Le serpent fut vaincu par la femme, la femme par l'animal. La dame ne triompha pas de ses désirs sans dé-
faillances, il est vrai. Par deux fois elle revint se
planter devant le magasin, maudite intérieurement

par la levrette, de plus en plus intriguée; enfin, elle fut victorieuse tout à fait. Elle s'éloigna d'un pas rapide. Bravo, Madame!

Le serpent en fut pour ses frais de mise en scène.

DÉMOLITION

On a démoli, voilà deux mois bientôt, l'antique maison vermoulue au cinquième étage de laquelle (la dernière porte à gauche au fond du corridor) j'ai demeuré deux ans autrefois; où j'ai aimé, où j'ai souffert.

Pauvre vieille baraque!

Elle s'élevait modestement dans l'une de ces petites rues obscures et tortueuses que le boulevard de Rennes traverse brutalement; — la rue?... attendez donc. Bon! voilà que je ne sais plus comment elle s'appelait!... c'est singulier. « *Oh!* — comme dit Perillo dans *Carmosine* — *c'est étrange, j'ai oublié le nom de cet homme, et je me souviens de l'avoir aimé!* »

Qu'importe son nom, après tout?

Il y a quelques semaines, curieux, je suis entré dans cette rue. J'ai cherché ma demeure de jadis.

Des murs il ne reste plus que la vaste muraille, anciennement mitoyenne, de la maison voisine, toujours debout ; une oubliée de l'expropriation...

Sur cette muraille immense, seul témoin du passé, se dessinaient les lignes superposées des étages et la distribution intérieure des appartements. Chaque compartiment de la ruche humaine, où les papiers de tenture montraient encore leurs teintes décolorées par la pluie, me semblait grand comme l'intérieur d'une malle. Qu'il faut peu d'espace pour contenir ce qui tient tant de place dans le cœur : la famille, l'amour !

J'ai gravi par la pensée l'escalier absent, reconnaissable à son zigzag creusé dans les moellons, où de chers petits pieds impatients faisaient leur doux bruit autrefois. Qu'il y a longtemps !

Je suis arrivé sur mon palier. Voici le corridor, ai-je dit, en retrouvant le papier de coutil bleu sur lequel je frottais sans pudeur les allumettes rebelles.

Et je suis entré dans ma chambre. La cheminée, arrachée, ne laissait plus voir que sa plaque et son conduit noir de suie, une vraie bande de drap mortuaire.

Voilà où mènent les mauvaises mœurs ! Cette cheminée fumait atrocement. On lui intima souvent l'ordre de changer de conduite. Elle résista. On l'a assassinée. Tant mieux !

Le papier à fleurs, ô Mademoiselle Trois-Étoiles,

existe encore. Vous le rappelez-vous, ce papier tatoué de liserons verts et de roses bleues?

Que je l'ai souvent contemplé de mon lit, terrassé par la fièvre, ce papier abominable et si charmant, où vous accrochâtes, pour me faire plaisir, le portrait de Victor Hugo, l'*Autre* des poëtes, ces doux Chauvins!

J'ai revu aussi (il n'en reste que les gonds) la porte revêche que vous faisiez toujours grincer cruellement, dans votre tendresse maladroite, juste au moment où j'allais m'endormir, accablé, affamé de sommeil.

O Mademoiselle Trois-Étoiles, les clous négligés où pendaient vos robes couleur du temps, surtout du temps de pluie, sont encore fixés dans les murailles.

Mais ce mur discret et glacé, vous savez bien? ce mur qui rafraîchissait si bien votre front brûlant, la nuit, il est parti en poudre.

Et, dans un tombereau qui s'en allait je ne sais où, j'ai vu des plâtras qui savent bien des choses, et n'en sont pas plus fiers pour cela.

— Mon enfant, vous souvenez-vous, quand le vent d'hiver hurlait le soir, des rêves que nous faisions, les pieds au feu, en écoutant la bouilloire chanter sur les cendres?

Nous étions loin de Paris, sur mer, dans la cabine d'un vaisseau. Le bruit des voisins dans leur chambre se transformait en allées et venues des matelots sur le pont et dans les cales. Enfantillages divins! Vous

étiez *Rodrigue* et moi le *Corsaire rouge*, ô ma belle
petite ! Et vous ne détestiez pas un coup de rhum,
mon joli marin.

Ou bien, petite, tu venais sur mes genoux, quand
le bois manquait dans l'âtre. Mon paletot te couvrait,
pauvre oiseau frileux, et tu revenais à la vie sur mon
cœur, et je me sentais alors dans l'âme comme une
sorte de paternité.

Que fais-tu, maintenant, ô ma disparue ?

. . . .

Pendant quelques jours, par une habitude bien
vite prise, je passai le matin devant la grande muraille,
dernier souvenir de la maison qui n'est plus ; et toujours avec une émotion délicate, je regardais, tout
en haut de la ruine, le carré de papier à fleurs excentriques, unique vestige de la chambre abandonnée.

Mais hier, voilà qui est triste en vérité, en arrivant
devant *ma* maison, j'ai vu des ouvriers, armés de
vastes pinceaux, et suspendus dans les airs, comme
des araignées, au bout d'un fil, badigeonner la muraille qui me parlait des choses d'autrefois. Ceci tuait
cela !

Aujourd'hui, je sais le pourquoi de ce badigeonnage
infâme : l'affiche d'un dentiste célèbre va couvrir de
ses lettres gigantesques le mur qui m'a abrité, et,
lorsque quelques amis, touchés, me demanderont avec
courtoisie de leur montrer la place qu'occupait la

chambre dont je leur avais parlé, je serai désormais forcé — c'est absurde — de leur répondre : J'ai demeuré, là-haut, dans :

. . . . . ORIGNY

. . . . . O — DODAT

UNE MAIN

C'était, dans l'omnibus, le soir, une main sur un manchon. C'est bien simple!

De la dame, assise vis-à-vis de moi, qu'ornait cette main, je ne vous dirai pas un mot. Je ne regardais point son visage, d'ailleurs caché par un Othello de voile d'un noir absolu! Et puis, il faisait froid : j'avais mon collet relevé, un foulard sur le nez et le chapeau rabattu sur les yeux; et, dame! mon rayon visuel tombait uniquement sur cette main et sur ce manchon, que la lueur absurde de la voiture éclairait en plein.

Parlons un peu de cette main; nous examinerons ce manchon plus tard.

Si je dis : cette main, n'allez pas croire d'après cela que la dame fût manchote. Non : la chère créature possédait le nombre ordinaire de ses membres délicats. Mais, tandis que sa main gauche, gantée, se fourrait dans le tunnel ouaté du manchon, l'autre main, nue (la dame venant de payer sa place, sans doute, et n'ayant pas remis son gant) reposait tranquillement sur le poil soyeux de sa fourrure.

C'était donc bien dans l'omnibus, le soir, une main sur un manchon.

*
* *

Point grasse, mais point maigre du tout, cette main charmante avait été moulée avec amour, là-haut, par un Phidias aux ailes blanches. Cet artiste céleste devait avoir obtenu une médaille d'or pour ce chef-d'œuvre, j'en suis sûr. Le jury divin, satisfait, l'avait dû combler d'éloges.

Oh! la belle petite main, frêle et nerveuse! faite également pour souligner, par une douce pression, le mot : *Je t'aime*, et pour écarter brusquement les mains brutales, trop empressées, les mains masculines! Les doigts étaient exquis d'un bout à l'autre. Point de nodosités aux jointures des phalanges. Desbarolles dirait là-dessus des choses bien indiscrètes, mais bien curieuses. A la base des doigts se dessinait un petit renflement voluptueux. Quelles courbes ravissantes affectait sur la rotondité du manchon, à partir du poignet rond et blanc, cette main de duchesse! Quelle souplesse! Ai-je dit qu'elle était blanche, mais de cette blancheur où l'on sent courir la vie et le sang jeune et pur? Quelques veines bien fines, peu apparentes, Dieu merci! glissaient à fleur de peau, bleuâtres et coquettes. Oh! la délicieuse petite main, sans nerfs outrageusement tendus comme des chanterelles de violon! Des ongles fins, polis, rosés comme des pétales de camélia blanc près de leur point d'attache, terminaient les doigts adorables de cette main, vue à la lueur absurde de l'omnibus, le soir, à moitié perdue dans la broussaille fauve d'un manchon de prix.

*
* *

Et, regardant avec une certaine émotion d'homme et d'artiste cette jolie chose qui rappelait aussi l'héroïque petite main d'une chasseresse antique, appuyée victorieusement sur la dépouille d'un monstre, dans les forêts grecques, je me disais :

— Voilà la *main* qu'il serait doux peut-être de *demander?*

Oh! tenir, retenir tendrement cette main effarouchée comme un oiseau, dans les siennes! ou bien, doucement, doucement, poser ses lèvres brûlantes sur ces doigts ravissants et frais! quelle vie!

N'est-elle point faite, cette main loyale et pure, pour être tendue amicalement, le soir, au coin du feu, et pour affirmer pudiquement l'amour de jeune fille qui reste muette et rougissante?

Petite main parfumée, main de femme où la *menotte* de l'enfant n'est pas encore entièrement fondue, ô main désirée ! qu'il serait cruel, qu'il serait navrant, *au moment d'un départ*, de vous voir tenir le mouchoir des adieux, au bout de la jetée, dans un port de mer !

Comme vos contours divins resteraient longtemps dans la mémoire de l'absent ! Et quand passerait soudain dans le ciel bleu une mouette blanche, le voyageur, triste sur les flots vastes, croirait apercevoir encore comme un mouchoir lointain palpitant dans l'air...

. . . .

*
* *

— Conducteur !

— Voilà, Madame.

Hélas ! le manchon, la main et la dame se lèvent. Mon rêve descend de l'omnibus !

— Dois-je le poursuivre ? dois-je *la* suivre ?

Et, comme je me disposais à quitter la voiture à mon tour, je vis (de mes yeux !) la dame à la main charmante prendre le bras d'un monsieur descendu tout à coup de l'impériale.

Je retombai sur mon siége, atterré.

Quel coup en plein cœur !

Adieu, pauvre poëme si laborieusement échafaudé, le soir, dans l'omnibus, en regardant une main sur un manchon !

UNE FACTION DANS LES ROSES

Cette histoire m'a été contée, au théâtre de la Porte-Saint-Martin, pendant un entr'acte, par un jeune pompier mélancolique, dont j'avais troublé la rêverie.

Tandis que les machinistes mettaient en coupe réglée les chênes séculaires d'une *forêt* de carton, ce pompier et moi, nous nous promenions côte à côte, au milieu de meubles précieux, renversant parfois les *flacons de vin de Chypre* et les coupes d'or fin.

Naturellement nous causions : car il n'est pas sans exemple de voir des dialogues s'établir entre les hommes à casque et les simples mortels à chapeau noir.

Nous causions donc, et voici ce qu'il me disait :

« J'ai fait trop de nombreuses factions dans mon existence. Des coulisses de l'Opéra aux coulisses de la salle Molière, en passant par tous les endroits publics imaginables, il n'est pas un plancher à trappes que n'ait foulé ma botte. Je connais tous les *dessous* possibles. Le théâtre n'a plus de mystères pour moi. Je suis blasé sur le plaisir que les enfants, petits ou grands, trouvent à ouvrir le ventre des choses pour voir ce qu'il y a dedans. J'ai tout vu, je sais tout, comme le barbier madrilène ; mais, comme lui, je suis enrayé par le souvenir d'une femme : ô femmes ! femmes !...

« Tenez, Monsieur, l'histoire de mon seul amour, de ma première et de ma dernière passion, vaut la peine d'être entendue... »

— Place au théâtre ! commanda le régisseur.

Obéissant à l'ordre de l'*amendier fleuri*, comme disent les acteurs en parlant du généreux distributeur d'amendes qui surveille la scène, nous allâmes nous asseoir sur des siéges qu'il me serait difficile de définir, derrière des portants où rien ne devait nous déranger.

« Parmi les factions que ma profession m'oblige à faire, poursuivit le pompier en ôtant sa brillante coiffure, aucune ne m'a laissé un souvenir plus vif, malheureusement, que la faction extraordinaire, inusitée, à laquelle je fus contraint par le devoir, chez un des ministres du faubourg Saint-Germain, — quel besoin aurais-je de le nommer ? — pendant un de ses grands bals de l'hiver dernier.

« Je le proclame, ces corvées n'ont rien qui me déplaise. Bien payé, bien abreuvé par les soins du ministre, par les soins des domestiques, et par ses propres soins, si j'ose le dire, le pompier, quand il a le cœur libre comme un écolier en septembre, se promène, irresponsable et joyeux, au milieu d'un septième ciel terrestre, et ne demande pas à regagner la caserne ou le poste.

« Donc, un soir, je fis partie du peloton commandé pour le ministère dont le nom ne fait rien à cette affaire.

« Mes camarades furent placés, çà et là, dans les endroits indiqués par la prudence ; mais un poste bizarre m'était réservé.

« A l'extrémité d'une immense galerie, on avait organisé un bosquet énorme d'arbres exotiques et de rosiers en pleine fleur, autour desquels une sorte de divan circulaire étalait son velours nacarat.

« Ce fut au milieu de cet épais bocage artificiel que, par une porte accessible seulement pour moi, je fus introduit par mon caporal.

« L'asile était charmant. On l'avait garni d'un tabouret. Je m'assis tranquillement, et, croisant mes bras sur ma ceinture, je me mis à regarder, à travers les interstices que laissaient entre eux les feuillages pressés, la foule qui serpentait dans la galerie.

« Un quadrille venait d'être dansé, si l'on peut donner le nom de danse aux glissements tristes de ce grand monde, quand j'entrai dans mon oasis ténébreuse.

« Des messieurs dorés sur toutes les faces, chauves, à favoris blancs, ventrus, l'épée au côté, se promenaient, le bras en anse, avec des dames... oh ! Monsieur, des dames dont la robe, grosse comme le bourdon de Notre-Dame, partait d'une taille si petite que ce n'est pas la peine d'en parler !

« Au-dessus de la taille, Monsieur, il y avait...
Oh! pour cela; il n'y a rien au-dessus! C'était d'un
blanc à humilier les buffleteries d'un grenadier de la
garde! et joli... et puis rien de caché, là! on voyait
bien que ce n'était pas du faux, oh! mais non!

« Voilà l'avantage de l'éducation! Dans notre
classe, on met tout cela sous robe, on a peur d'en
montrer seulement un bout, rien qu'un petit bout;
mais dans la haute société, allez-y donc, à la bonne
franquette! Si vous n'êtes pas content, dites-le! C'est
comme un concours!

« C'est égal, il ne serait pas désagréable de faire
un peu le saint Thomas dans ces bals-là, savez-
vous?

« Je faisais ces réflexions, quand l'orchestre, une
musique à faire piaffer toute une caserne, recom-
mença à jouer un air que je ne connaissais pas même
de nom.

« J'étais tout yeux, vous comprenez, tout oreilles
aussi, sans compter le nez : car les parfums de cette
cohue bigarrée, étincelante, et les odeurs suaves des
fleurs qui m'environnaient, me donnaient un peu sur
la tête.

« Et tous ces couples tourbillonnaient, passaient,
repassaient, ondulaient, jetant des feux de diamants,
de rubis, de pierres précieuses, d'or, d'argent.

« Les cheveux noirs, les cheveux roux, les cheveux blonds, tordus de mille manières, échafaudés je

6.

ne sais comment, voltigeaient ; les yeux brillaient, les
dents apparaissaient entre les lèvres rouges.

« Un frou-frou gigantesque, un traînement de pieds
sans relâche, un murmure joyeux, mêlés à la musique, aux froissements d'étoffes, m'entraient dans le
cerveau.

« Comme je m'étais un peu « rafraîchi » en arrivant, les senteurs des arbres, des fleurs, les bruits
des instruments, tout cela me troublait la cervelle,
m'électrisait ; je ne pouvais tenir en place, je me
donnais à tous les diables, je riais, je chantais
presque.

« Tout à coup, épuisée, à ce qu'il me parut, une
femme, je la vois encore, Monsieur, une blonde, une
blonde du ciel, une femme dont la photographie
même ne pourrait vous donner une idée, un ange, un
archange, une divinité, plus belle que les plus belles
actrices que je connais et que vous avez vues à Paris,
vint s'asseoir sur le divan qui côtoyait mon paradis.

« Sapristi ! Monsieur, quand le jeune homme qui
l'accompagnait, un roux, un peu maigre, un duc, je
crois, que j'ai retrouvé dans différents théâtres depuis,
se fut éloigné, sur son ordre, car j'entendais sa voix,
et quelle voix ! une harpe céleste ! je déposai mon
casque sur mon tabouret, et je m'avançai le plus que
je pus entre les arbustes, vers cette adorable dame.

« J'avais la tête en feu. Sacrebleu ! à l'incendie
de la Manutention le cœur ne me sautait pas comme

cela sous la veste, et pourtant il faisait rudement chaud !

« Enfin, séparé d'elle, de cette vision enivrante, par un voile très-mince de feuilles, j'osai promener mes yeux sur ses nobles épaules.

« Et, Monsieur, elle avait des mouvements d'un délicat ! et il sortait de cet être pour qui l'on se serait fait tuer comme un chien, à la condition de baiser sa robe, un nuage invisible d'effluves exquises qui m'entraient par tous les pores ; je sentais mes jambes s'en aller sans rien dire, je tremblais comme tout, enfin je devenais tendre à pleurer à chaudes larmes.

« — Pompier, du calme ! dis-je à mon narrateur enthousiasmé.

« — Du calme ! je n'en avais plus, vingt-cinq képis ! J'aurais bien voulu vous voir à ma place ! Enfin, fou, je baisai, oui, Monsieur, oui, je baisai imperceptiblement le bas de son épaule, après avoir respiré avec ivresse sa poudre de riz.

« — Et que fit la dame ?

« — Elle sentit bien quelque chose, mais elle était à cinq mille lieues de se douter de ce qui avait frôlé sa peau blanche, car elle murmura : « Quelle idée de mettre ici des plantes grasses ! »

« — Des plantes grasses, pompier ?

« — J'avais oublié que je portais des moustaches coupées en brosse, dans ma démence ! »

LA DAME DE MINUIT

I

La scène s'est passée dans un café des boulevards.

La dame de minuit était assise près de la porte d'entrée ; elle s'appuyait d'une main sur sa chope penchante ; ses pieds, bottinés de neuf, reposaient sur un petit banc.

C'était l'heure tranquille où le pompier s'endort.

Quelques marchandes de noix dorées et de bouquets flétris rôdaient encore autour des tables.

L'omnibus jaune, aux yeux de rubis, roulait péniblement de la Madeleine à la Bastille, et *vice versa*.

Les conducteurs imitaient le chant du rossignol dans leurs sifflets, près du passage de l'Opéra.

La dame de minuit avait levé son voile.

Hélas ! sous le fard qui couvrait sa pommette, on lisait : Amour, Jeunesse, Beauté, — comme on lit : — Liberté, Égalité, Fraternité, sous la couche de badigeon des monuments publics, quand la République est remplacée par un gouvernement quelconque.

Il y avait bien longtemps que Dieu avait inscrit ces trois choses au fronton de cette femme.

Elle avait quarante ans.

Près d'elle, derrière elle, autour d'elle, on voyait de belles filles.

> Celles-là s'en allaient, la bottine légère,
> Au bras de gros messieurs par leurs regards vaincus,
> Pour ramasser des écus,
> Comme la *Boulangère !*

II

La dame de minuit, pour passer le temps, lisait un grand journal, un grand journal de la veille.

A ses côtés, les garçons de salle parlaient entre eux du nouvel emprunt, attentifs aux allées et venues des consommateurs.

De beaux messieurs, avec des cravates couleur saumon, ou écossaises, saluaient les dames qui passaient en leur lançant de petits sourires par-dessus l'épaule.

D'autres beaux messieurs se croisaient sur le trottoir ; ils faisaient des mines de très-bon ton aux dames qui se panadaient sur les chaises, au-dessus du ruisseau qu'elles nettoieront plus tard.

Les beaux messieurs du café avaient des bottines en cuir mat ; de gros joncs bruns reposaient sur leurs cuisses.

La dame de minuit lisait toujours ; parfois elle relevait la tête pour regarder un vieillard qui soldait en or le garçon, et s'éloignait en se redressant.

Elle avait quarante ans.

Les jeunes s'en allaient, la bottine légère,
Au bras de gros messieurs par leurs regards vaincus,
Pour ramasser des écus,
Comme la *Boulangère!*

III

Cependant le premier garçon, en habit noir, court et râpé, venait d'éteindre un bec de gaz à chaque candélabre.

L'espalier féminin se dégarnissait: tourte hongroise à chapeau de bergère, on venait cueillir les plus beaux fruits.

Au mépris des lois de l'agriculture, les jardiniers galants laissaient de côté les plus mûrs!

Un à un aussi partaient les acheteurs de la Halle des Amours.

Les garçons emportaient dans un coin sombre les chaises de fer devenues inutiles.

Ils les empilaient sur les tables de tôle, qui résonnaient comme des tambours.

La dame de minuit les regardait faire en agitant son journal comme un étendard.

Elle avait quarante ans.

Les jeunes s'en allaient, la bottine légère,
Au bras de gros messieurs par leurs regards vaincus,
Pour ramasser des écus,
Comme la *Boulangère!*

IV

L'omnibus aux yeux rouges ne passait plus ; celui qui porte deux émeraudes remontait seul à Notre-Dame-de-Lorette.

Le maître du café avait éteint un second bec de lumière.

Les passants étaient plus clair-semés sur l'asphalte.

Les fiacres ne stationnaient plus.

Les boutiques voisines et situées à l'opposite se boulonnaient et se passaient des clavettes au travers des volets.

Mélancoliquement accoudés sur leurs siéges, des hommes étranges, qui semblent pêcher à la ligne du haut de véhicules sombres, regardaient dans le ciel se lever l'étoile du cocher.

Des couples hélaient de loin ces rôdeurs de nuit, ces Juifs errants à quatre roues.

La dame de minuit fit sa trentième cigarette au moins.

J'ai vu, et cela me fait froid dans le dos, j'ai vu cette femme presser convulsivement son estomac sous son grand burnous gris-pêche.

Elle n'avait pas dîné !

Les promeneurs devenaient rares ; ceux qu'on apercevait encore couraient comme le diable, avec un *Entr'acte* plié dans leur poche.

Ces gens-là craignaient leur concierge.

Dans le café, la dame de comptoir faisait des opérations d'arithmétique.

La dame de minuit fumait toujours.

Elle avait quarante ans.

> Les jeunes s'en allaient, la bottine légère,
> Au bras de gros messieurs par leurs regards vaincus.
> Pour ramasser des écus,
> Comme la *Boulangère !*

V

Les garçons avaient fini le rangement des chaises et des tables ; ils roulaient maintenant les feuilles politiques autour de leur hampe.

La prose de M. de Girardin emprisonnait sept fois, — comme le Styx, — la latte de chêne à baguette de cuivre.

Les kiosques avaient baissé la herse, et levé leur pont-levis de journaux ;

Et la Nuit, étonnée, contemplait le touchant tableau des *Amis de collége* en habit bleu tendre, qui se tiennent enlacés sur leurs parois lumineuses.

Le bitume résonnait sous les pas de personnages sévères, munis d'une épée, coiffés d'un tricorne, qui vont deux par deux, comme Virgile et Dante, en regardant les demoiselles en retard.

Alors la dame de minuit me fit pitié.

Sa figure était horriblement contractée ; il me semblait entendre sortir de ses lèvres serrées je ne sais quelle infâme prière, adressée au dieu du vice, qui l'abandonnait.

Oui, une sueur d'anxiété ruisselait sur son front. Il faisait frais pourtant. Sa tête, enveloppée d'une voilette noire, avait la tristesse d'une urne sépulcrale.

Tout à coup, ses traits se détendirent, et elle jeta un coup d'œil intraduisible sur l'avant-dernier consommateur.

J'étais le dernier.

C'était un homme de lettres.

Vétéran des petits journaux, il avait eu seize rédacteurs en chef tués sous lui.

Son crâne avait l'éclat et la teinte d'une des deux billes à jouer au billard ; son habit ressemblait au tapis de cet instrument de distraction : il était usé et blanchi par places.

Cet homme n'avait pas commis de crimes ; cependant il buvait des choses excellentes !

La dame de minuit crut trouver pied dans l'océan du désespoir.

Elle regarda l'homme de lettres.

Celui-ci ne sourcilla pas.

Elle lui montra le bas de sa jambe, comme par hasard, en rougissant.

L'homme de lettres s'en alla en haussant les épaules.

7

Hélas!

Elle avait quarante ans!

> Les jeunes étaient loin, la bottine légère,
> Au bras de gros messieurs par leurs regards vaincus;
> Elles cueillaient des écus,
> Comme la *Boulangère!*

VI

Les garçons du café se cotisèrent pour faire crédit à la dame de minuit, qui pleurait en les remerciant. Elle avait quarante ans!

—

ÉPILOGUE

« Excellente matière à mettre en vers français. »

SOUS LES COCOTIERS

Quand cette nostalgie particulière aux artistes parisiens : — *le mal des pays* que l'on n'a jamais vus et qu'on ne visitera jamais, — m'empoigne trop fortement au cœur, par les jours gris, froids et mélancoliques de l'hiver, je vais passer une heure ou deux dans les grandes Serres du Jardin des Plantes.

J'appelle cela : faire un tour dans les pays chauds.

Pendant une heure, une heure exquise, au sein d'une atmosphère tiède, soudain rajeuni, réchauffé, dilaté, je me grise l'âme de rêves parfumés et ensoleillés. Je voyage sans changer de place ; — sans bagage ! — Jouissance parfaite ! j'erre au milieu de forêts vierges, mystérieuses, où je me figure que personne n'est venu, aspirant ces odeurs exotiques, et qui n'en rappellent aucune autre, des plantes étranges dont je suis heureux d'ignorer le nom et le numéro matricule sur les registres botaniques.

Et j'oublie complétement, — oh ! tout à fait !— pour un instant, et l'imprimerie noire où l'on sent l'huile grasse échauffée, et *le metteur en pages*, ce vautour qui vous ronge le foie sans relâche pour en arracher des lambeaux de *copie !*

O vous, camarades, qui parfois voulez ne plus vous souvenir de Paris et de sa vie, navrante si elle n'était ridicule et absurde, allez, sur mon conseil, dans les Serres où tout est vert et fleuri, ou bien au Louvre auguste.

Là, dans chacun de ces deux paradis des yeux et de la pensée, coule encore ce Léthé mythologique qui ôte la mémoire des souffrances passées !

Donc, il y a quelques jours, je me promenais, ravi et pensif, sous les arceaux bas d'une verdure puissante que forment les palmiers, les bananiers, les bambous et les cocotiers aux larges feuilles de ce cher *Nouveau-Monde* planté sur les bords de la Seine : aimable réduction de la nature tropicale, à laquelle il manque, hélas ! pour que l'illusion soit durable et complète, le balancement des feuillages, le murmure suggestif de la brise dans les cimes, le cri rauque des perroquets, la vibration sonore des insectes aux couleurs de l'arc-en-ciel.

La bonne et féconde promenade, mes amis ! — Des vers charmants — de la famille de ceux qu'on n'écrit pas, parce que mille soucis vous les font oublier aussitôt que conçus — chantaient dans ma tête et dans mon cœur. Et je les trouvais jolis, naïvement. Mon Dieu, oui !

Comment la pensée assurément excusable d'une *compagne de sensations,* au moment où je me sentais rempli d'une félicité si pure et si furtive, entrat-elle dans mon cerveau ? Je n'en sais rien. Pourtant, soyons franc ; si, je devine pourquoi, et je vais tout avouer.

C'est qu'à deux pas de moi, tout à coup, le gazouillis adorable qui sort de la petite bouche d'une femme qui parle bas à celui qu'elle aime, s'était élevé, et mon oreille l'avait ouï gracieusement.

Et, à travers le treillis bizarre des branches et des lianes, regardant avec émotion, j'aperçus un couple de jeunes gens se tenant par le bras étroitement, penchés l'un vers l'autre et se souriant.

Je m'assis sur un banc, et discrètement, tout en affectant de prendre l'air d'un vieux savant se piquant le nez aux plantes grasses, j'observai leurs mouvements.

Évidemment j'avais devant moi deux amoureux, deux jeunes mariés probablement. La toilette de la dame me l'indiquait du reste : robe de soie, cachemire neuf, chapeau encore virginal de couleur et d'ornement.

Elle était délicate, petite, avec de très-grands yeux étonnés.

Quant au monsieur, il me parut être un peintre ou quelque autre besoigneux de même farine. Beau cavalier, tête fine et douce, avec un clin d'œil railleur parfois.

Tous deux, — bien distraitement, je le constate, — examinaient les fleurs des parasites américains, ces fleurs qui ressemblent à *un masque*, à *une mouche*, à *une petite chaise*, à *une pipe*, à tout enfin, excepté pourtant à une fleur ordinaire.

Leur jeunesse, leur grâce, leur beauté, la passion chaste qui éclatait dans leurs regards, encadrés dans le décor singulier des arbres excentriques de forme et de feuillage, me firent soudain penser à Paul et à Virginie sous les ombrages de l'île de France.

Mais, en contemplant ce Paul habillé par Bonne et cette Virginie coiffée par une Lucy Hoquet quelconque, la comparaison prit la fuite au galop. Il ne resta plus devant moi que deux amants, unis depuis peu, et, comme dit Victor Hugo :

Marchant tout éveillés dans leur rêve étoilé.

7.

Après quelques minutes d'un examen attentif, je crus m'apercevoir que la chère enfant, impatientée, — et pourquoi? — et bien que très-heureuse, — oh! infiniment heureuse de regarder des fleurs en compagnie de son mari, — son mari bien-aimé! — trouvait à la fin que celui-ci la faisait stationner trop longtemps devant chaque pot de fleur.

Il me semblait lire sur son petit visage, où une moue fine se dessinait, les murmures secrets de son cœur; quelque chose comme ceci, par exemple : « Oui, les fleurs, c'est joli ; mais tu m'avais promis autre chose. L'heure se passe. »

Et la pauvre mignonne, avec un tout petit air désespéré, tirait doucement son mari par le bras, geste qu'on peut traduire, sans encourir les peines édictées par la loi, par : « Mais viens donc! voyons, ami! »

Je souriais dans ma barbe, moi.

Et, Mesdames, je donnais pleinement raison à la jeune épouse (cette concession me sera-t-elle comptée là-haut?). Si ce monsieur avait promis un spectacle quelconque à sa chérie, il devait le lui offrir. Je ne connais que ça.

C'était peut-être leur première sortie, seuls, égoïstes, sans parents: — la chère flânerie!

Convenons-en, le mari avait tort.

De temps en temps, n'y tenant plus, la jolie créature se dressait sur la pointe de ses bottines, et disait quelque chose à l'oreille de son époux, qui répondait, avec un flegme curieux : « Oui, mon petit, oui! » et continuait de lire les inscriptions scientifiques.

La curiosité me poussant, et peut-être aussi quelque diable, comme dit l'âne de la Fontaine, je me glissai sans bruit derrière mes jolis amoureux, et, dressant l'oreille ainsi qu'un faune aux pommettes saillantes, je tâchai d'entendre ce que la petite dame demandait si instamment à son mari.

Et je l'entendis. Ah!

La séduisante petite femme, entourée de fleurs, de feuilles, de fruits, dans cet air enivrant imprégné de la saine odeur de la séve et de la vie végétale, disait sans relâche, — je cite textuellement, ma parole d'honneur :

— « Allons voir les squelettes! »

BONSOIR, MADEMOISELLE NICOTINE

— Mon cher, connaissez-vous monsieur Client?

— Hum!... non.

— Oui, c'est vrai. Son nom ne doit vous rappeler rien de particulier.

— En effet! Je l'ai peut-être vu souvent, néanmoins.

— Parbleu ! mais je m'attendais à votre réponse.

— Et quel est ce monsieur Client ?

— C'est un type parisien, bien parisien. Un fruit, mûr du reste, de la capitale. Il faut que je vous le fasse toucher... de l'œil.

— Soit...

— D'ailleurs, mon cher, quand je vous aurai sommairement décrit ce personnage, je suis persuadé que vous vous écrierez : « — Mais je ne connais que ça ! Monsieur Client ? Parbleu, oui ! J'y suis maintenant : je le vois tous les soirs. »

— Allons, dites !

— Monsieur Client, mon cher, c'est ce monsieur — son portrait physique viendra tout à l'heure — qu'on rencontre toujours, le soir, dans les bureaux de tabac, en train de causer avec la sirène du comptoir.

— Ah ! bon !

— Oui, c'est ce monsieur qui, par les charmes de sa conversation, conversation dont le commencement et la fin restent un mystère pour l'acheteur de cigares, empêche la dame en question de rendre la monnaie qu'on lui réclame avec impatience.

— C'est cela ! Et qui pose justement son chapeau, son mouchoir, ou le paquet qu'il porte, sur la boîte où vous avez l'intention de prendre le cigare de vos rêves.

— Vous l'avez dit. Mais voici le tableau. Je veux le faire *ab ovo*.

— Allez !

— Eh bien, voici. Sept heures viennent de sonner. Le passage des *Tapiocas* est rempli de promeneurs, de gens qui digèrent, bayant aux petites corneilles qui abattent... des louis.

Une excellente odeur de bon londrès, à laquelle se mêle le parfum du chocolat et du cuir de Russie contenus dans les boutiques, flotte dans l'atmosphère tiède. Un doux murmure de voix, un incessant frottement de pieds, et les sons larmoyants d'un *harmoniflûte* éternellement désolé, s'élèvent dans l'air.

Les vitrines étincellent.

C'est l'heure où le père de famille, suivi de son troupeau, examine les élégants bibelots et lorgne, en dépit de sa femme, les dames qui passent, légères et court vêtues, comme la Perrette de la Fontaine, mais ne portant aucun pot au lait. C'est un pot aux roses, sans doute, qu'elles renversent, après mille beaux rêves, en rentrant chez elles. Passons.

Gras, ventru sous un pantalon de couleur claire, dodu sous des habits amples, monsieur Client, qui vient de dîner longuement dans un excellent petit endroit, où l'on fait la cuisine comme chez des anges (c'est là son expression textuelle); monsieur Client, dis-je, rose, plus que rose même, la lèvre encore humide, l'oreille semblable aux pétales du coquelicot, fend la presse — comme on disait jadis — en fredonnant quelque refrain appris au théâtre voisin.

Malgré la blancheur de ses favoris et de ses cheveux, dont le gros est tombé un peu aux quatre
vents, monsieur Client ruisselle de santé.

D'un pied sûr, nerveux encore, grâce à un traitement vinothérapique, bourguignon bien entendu,
monsieur Client entre dans le débit de tabac qu'il
affectionne avec un éclair dans l'œil et du sourire
plein la moustache.

— Bonsoir, Mademoiselle Nicotine, s'écrie-t-il d'un
ton joyeux, en faisant sonner sa canne sur le parquet.

A cet aspect, en entendant cette voix bien connue, au bruit de cette canne amicale, du fond d'une
arrière-boutique bizarre, où l'on entrevoit vaguement les reliefs d'un repas où l'ambroisie et le nectar
n'entrent pas comme éléments ordinaires, s'élance
une vieille jeune personne, en toilette pimpante.

Tout en s'essuyant les lèvres à grand renfort de
serviette, elle tend la main potelée et douce qui lui
reste libre à ce bon monsieur Client, dont le bedon
tressaille.

On se met à causer.

— Et mon petit paquet, méchante? grimace monsieur Client.

— Ah! Monsieur, minaude la vieille jeune personne, nous l'avons préparé ce matin. Des cigares de
roi! On a retourné toutes les boîtes pour vous! Il est
prêt, votre paquet.

— Et le cœur? insinue à voix basse monsieur

Client, en clignant de l'œil, tout en continuant de palper les doigts grassouillets de mademoiselle Nicotine.

— Ah! toujours le même, répond l'enfant très-avancée, avec des airs confus...

En ce moment entre un chaland. Pendant que ce *fâcheux* (fâcheux est le mot de M. Client) choisit, paye et allume son cigare, le pauvre monsieur Client feint d'examiner les boîtes rangées sur les rayons. Un porte-cigare sculpté l'occupe tout particulièrement.

Le chaland sort. Dieu soit loué! Mademoiselle Nicotine, qui voudrait bien achever son festin, déjà trop refroidi, hélas! reprend, malgré elle, la conversation interrompue.

Mais, entrée d'un nouvel acheteur! Monsieur Client, ennuyé, va se mettre, muet et grincheux, à côté du serpent ignivore qui pendille, dans un coin, sa langue de feu au vent.

Ce petit manége se renouvelle de deux minutes en deux minutes. Monsieur Client tient bon. Mademoiselle Nicotine, pauvre roseau! plie et ne rompt pas d'une semelle. Son dîner se meurt.

Cette visite quotidienne de monsieur Client dure, en moyenne, une bonne heure tous les soirs. C'est le dessert de son repas. Il sait bien que mademoiselle Nicotine ne lui accordera jamais ses faveurs, — des conserves! — mais cette cour d'amour l'aide à digérer. Je le pense, du moins.

Pauvre monsieur Client! intéressante mademoiselle Nicotine! Pourtant l'être que je plains le plus dans tout cela, c'est le client sérieux, l'acheteur vulgaire, que la présence continuelle de monsieur Client dans la boutique de mademoiselle Nicotine agace souverainement et retarde dans sa course.

Car, je vous l'ai dit, distraite par les accents de monsieur Client, la chère Nicotine rend la monnaie des pièces à tort et à travers, et, lorsqu'on n'a pris qu'un *londrès*, s'empresse — naïve créature! — de vous en compter cinq ou six!

FLAMBÉES D'ÉQUINOXE

Suivi de son valet de chambre, le nommé Javelot (Charles), qui trouve très-étrange, inconvenant même, que son maître ne prenne pas une voiture et lui fasse porter un sac de nuit depuis la gare de l'Ouest (R. D.) jusqu'à la rue de l'Arcade, 22, M. de Bois-d'Enghien descend la rue d'Amsterdam en compagnie d'un ami quelconque qu'il a rencontré au sortir du wagon, sur le quai.

M. de Bois-d'Enghien arrive de Ville-d'Avray. Il vient de passer trois jours dans cette bourgade fleurie.

en revenant de Dieppe, où il avait été supporter les chaleurs pendant tout le mois dernier, et qu'il a quitté brusquement.

M. de Bois-d'Enghien n'avait donc fait que prendre langue à Paris, il y a soixante-douze heures : aussi, en remettant le pied sur les trottoirs de la bonne ville, il s'empresse, profitant de la présence de son ami... quelconque, de lui demander des nouvelles de celui-ci et des détails sur celles-là.

L'ami quelconque, enchanté de l'occasion, publie oralement sa petite gazette mondaine dans l'oreille de ce cher Bois-d'Enghien, tout le long de la rue d'Amsterdam.

M. de Bois-d'Enghien remercie vivement l'orateur, et, au grand désespoir du nommé Javelot (Charles), stationne quelques minutes encore sur un des refuges qui ornent la place du Havre, toujours en compagnie dudit ami quelconque.

Enfin, on se quitte. Mais, au moment de laisser retomber la main qu'il détient dans la sienne, M. de Bois-d'Enghien s'écrie :

« A propos ! que devient Des Renardeaux ? »

L'ami quelconque prend un air triste, et répond :

« Vous ne savez donc pas ce qui est arrivé ?

— Non, repart de Bois-d'Enghien... il était si bien portant quand...

— Eh bien, oui, mon cher ami... mais... »

L'ami quelconque, en prononçant ce « mais, » prend

8

une physionomie plus lugubre encore, et, se penchant dans le cou de Bois-d'Enhgien, il lui dit :

— Des Renardeaux est marié !...

— Ah ! mon Dieu ! gémit de Bois-d'Enghien. Puis, entrant immédiatement au cœur de la mauvaise plaisanterie faite par l'ami quelconque, il ajoute avec intérêt et d'un accent pénétré :

« Et a-t-il bien souffert ?... »

Sur ce mot, qui les charme, les deux amis se séparent. Chacun tire de son côté. Le Pylade quelconque enfile la rue Saint-Lazare. De Bois-d'Enghien, rêveur, se dirige vers la rue de l'Arcade.

Le nommé Javelot (Charles) le suit incontinent. Un sourire de satisfaction brille sur le visage de ce jeune et malheureux serviteur.

On arrive bientôt au numéro 22 de la rue de l'Arcade.

Cinq heures (soir) sonnent à toutes les pendules.

« Monsieur Charles, il y a ici une lettre pour monsieur, dit le concierge. Elle est arrivée avant-hier. Comme je savais que vous alliez revenir aujourd'hui, je ne l'ai point renvoyée à Ville-d'Avray. La voici.

« — Tiens, ça vient de Dieppe, murmure le nommé Javelot en montant l'escalier, l'œil rivé sur les timbres qui émaillent la lettre. Ça doit être de ce monsieur Sabreux que nous avons laissé là-bas... Oui, ça doit être ça... »

Le fidèle domestique, désespérant d'en savoir plus

long, se décide enfin à remettre la lettre ès mains de son maître, qu'il trouve en train de demander à grands cris aux échos de son cabinet de toilette où ce misérable Charles a bien pu fourrer les accessoires de son lavabo.

Délaissant le plateau turc qui supportait la missive dieppoise, Javelot (Charles) se hâte d'entrer en fonctions, et comble son maître de mille attentions... bien payées.

Botiné de frais, lavé, coiffé, parfumé, prêt à faire son entrée, en costume convenable, au célèbre Dîner du Kamtchatka (où le caviar est exquis!), M. de Bois-d'Enghien ouvre la lettre que lui présente gracieusement M. Javelot (Charles).

« Sabreux m'écrit? diable! murmure M. de Bois-d'Enghien... Que me veut-il?... voyons?... »

Tandis que Charles, l'air sévère, tient à la main le chapeau et le stick de son maître, stick qui jouit à peu chose de près des dimensions d'un bâton de sucre de pomme, M. de Bois-d'Enghien parcourt rapidement les quatre pages serrées qu'on lui lance à brûle-veston.

Enfin, il dit ces mots, que Javelot écoute avec douleur :

« Sabreux me demande des conseils?... Jolie corvée!... Comme si j'étais un médecin consultant, de deux à quatre!... Et tout de suite encore! — Ah! mais non! mon ami Sabreux!... Ah! mais non! pas tout de suite... et après dîner les affaires frivoles!...

D'ailleurs, sa lettre a trois jours de date... — Ainsi, que je réponde à l'instant ou ce soir, cela ne changera rien à ce qui peut-être a été fait depuis ce temps-là. Donc, à ce soir.

— Hélas! soupire le nommé Javelot (Charles), moi qui croyais être libre tout à l'heure!...

Et il tend néanmoins à son maître le *bâton de jeunesse* que vous savez, ainsi que le chapeau reluisant comme une giberne neuve...

Charles, dit M. de Bois-d'Enghien, tapotant avec la paume de sa main gauche sa chevelure crespelée ; Charles, mon garçon, vous me ferez le plaisir d'aller vous promener ce soir... Je n'aurai besoin de vous que très-tard... j'ai à écrire. Vous entendez, vous êtes libre... jusqu'à minuit au moins.

— Monsieur est bien bon, répond Javelot, avec la grave satisfaction d'un domestique bien stylé. Et des horizons de parties de bézigue interminables, chez un marchand de vin où il y a des trompes de chasse, s'ouvrent devant ses yeux ravis.

M. de Bois-d'Enghien s'éloigne enfin dans la direction du Dîner du Kamtchatka (où le caviar est parfait!). Il arpente les boulevards d'un pas de célibataire, jeune, bien portant, et joli garçon, en regardant les *Petits-Chaperons-rouges* du quartier Bréda, qui s'en vont chez leur mère-grand, ou ailleurs, bayant aux sourires, et cherchant le loup qui doit les dévorer.

Trois heures après, M. de Bois-d'Enghien revenait à son petit entre-sol de la rue de l'Arcade, et disait en lorgnant de nouveau les Chaperons-rouges ci-dessus décrits :

« Maintenant il s'agit de répondre à Sabreux. Ce pauvre garçon! je l'ai planté là, ainsi que ces dames, d'une façon un peu brusque, mais il le fallait! Merci! je connais mon affaire. Quinze jours de plus à Dieppe, et l'on aurait pu dire de moi ce que nous avons pensé de Des Renardeaux cette après-midi. C'est égal, maintenant que j'ai retiré encore une fois mon épingle du jeu, il serait honnête d'avertir Sabreux. Sabreux ne connaît pas l'effet des *Flambées d'équinoxe*, le malheureux! Ce cher ami!... je vais lui écrire de ma meilleure encre. »

En effet, quelques instants plus tard, M. de Bois-d'Enghien s'installait, chez lui, devant un tas de papier à lettres, et griffonnait quelques conseils à l'adresse de son ami Sabreux, touriste à Dieppe.

Nous pouvons lire par-dessus son épaule. Cette indiscrétion ne sera peut-être pas sans charme. Il est bon d'ailleurs de s'instruire à tout âge.

Voici ce qu'écrivait M. de Bois-d'Enghien, retour des bains de mer, à ce mystérieux Sabreux, déjà nommé :

« Mon bon Sabreux, je vais procéder par ordre, et
« répondre à tes questions en les prenant l'une après
« l'autre, entre le pouce et l'index de mon intelli-

8.

« gence. D'abord, à propos de mon oncle, je puis
« t'affirmer que le cher vieillard ne s'est jamais mieux
« porté. Mon oncle est toujours à l'extrémité.... aux
« environs de l'équinoxe. Sa maladie est le prétexte,
« trouvé par Javelot, pour me servir d'excuse toutes
« les fois que je veux m'en aller à tout prix d'un en-
« droit où je me trouve trop bien, ou trop mal : c'est
« l'affaire d'un télégramme.

« Je désirais, avant les *Flambées d'équinoxe* (je
« t'expliquerai tout à l'heure ce que j'entends par ces
« mots), quitter mesdames de Chamberlayne ; je me
« suis donc fait mettre — par Javelot — dans la
« triste nécessité de courir au chevet de mon oncle,
« qui se porte comme toi et moi, je te le répète.

« Mesdames de Chamberlayne et toi vous avez
« donné dans ce vieux pont, avec une candeur qui
« fait l'éloge de votre sincérité ; et je suis parti, te
« laissant à leurs pieds, seul.

« Ne le nie pas. C'est à leurs pieds que tu es resté.
« J'en suis certain. Inutile de rougir pour cela.

« D'ailleurs, ta lettre, au sujet de ces dames, que
« dis-je? à propos particulièrement de mademoiselle
« de Chamberlayne, contient des phrases qui me
« donnent tout à fait raison. Et lorsque je dis que tu es
« sur le bord du précipice conjugal, je crois ne pas me
« tromper.

« Oh ! frère en célibat, crains les *Flambées d'équi-*
« *noxe !*

« C'est pour me soustraire, ainsi que je le fais
« depuis cinq ans, à leur désastreuse influence, que
« je t'ai abandonné à Dieppe, il y aura une semaine
« demain.

« Ah! les *Flambées d'équinoxe*, c'est charmant!...
« mais c'est bien traître aussi.

« Et mesdames de Chamberlayne le savent bien,
« les rusées créatures!

« Elles les attendent, ces flambées d'automne, pré-
« face des solides feux d'hiver, avec une impatience
« légitime, mais dépourvue d'innocence.

« Cela se comprend du reste : mademoiselle de
« Chamberlayne a vingt-quatre ans! Sa fortune est
« médiocre. Elle est, il est vrai, la reine des salons et
« la fée des... grèves ; mais, si les adulations pru-
« dentes ne lui manquent pas, un mari, — ce *moin-*
« *dre grain de mil,* — ferait bien mieux son affaire.

« Or, tous les ans, à la fin de la saison des cabines,
« mesdames de Chamberlayne, mère et fille, essayent
« sur les rares baigneurs qui prolongent leur séjour à
« Dieppe l'effet des premières *Flambées d'équinoxe.*

« Cet effet, je vais te le faire toucher du bout du
« doigt, si j'ose ainsi parler : — Le théâtre repré-
« sente le salon de mesdames de Chamberlayne. Il
« fait nuit. Le vent de mer souffle, très-frais, au
« dehors. On entend, à la cantonade, le bruit lointain
« de la marée. Le thé fume dans les tasses. Mesdames
« de Chamberlayne travaillent à de vrais ouvrages de

« famille, comme des personnes naturelles. Enfin, la
« cheminée, négligée pendant tout l'été, se trouve
« pourvue d'un feu clair et petillant. Ce détail est
« très-important dans le décor.

« Ce feu clair et brillant, ô mon tendre Sabreux,
« c'est la *Flambée d'équinoxe.*

« C'est lui, ce diable de feu, pendant que l'on feuil-
« lette un album, en regardant du coin de l'œil les
« beaux cils noirs de mademoiselle de Chamberlayne,
« qui vous met un tas d'idées très-vertueuses, très-
« honnêtes, très-douces dans le cœur, et vous prie
« gentiment de donner votre démission de céliba-
« taire. Un flot, un *mascaret* de désirs purs, vous
« gonfle et vous attendrit.

« On pense à l'hiver qui vient dans la nature. On
« se dit aussi qu'il neigera bientôt dans l'âme. On
« songe à son appartement de garçon, si vide, si froid,
« si solitaire en décembre, quand on revient du bou-
« levard. On rêve qu'il serait charmant d'y voir traî-
« ner sur les tapis un petit cheval de bois sans tête
« ou des poupées privées de jambes. Une chère
« femme, bonne comme tout, et douce, et gaie, et
« spirituelle, ferait bien également dans cet apparte-
« ment désert, entourée de petits drôles joufflus, frais
« comme des fleurs !... Oh! les petits enfants qu'on
« mène aux Tuileries !

« La tiède chaleur des *Flambées d'équinoxe* cir-
« cule dans vos veines. L'odeur du thé vous grise,

« on ne sait pourquoi ni comment, et tout à coup une
« petite voix s'élève dans votre cœur, qui murmure :

« Si tu demandais la main de mademoiselle de
« Chamberlayne?

« — Oui, mon bon Sabreux, voilà l'effet, sommai-
« rement décrit, des *Flambées d'équinoxe*. Je l'ai
« éprouvé souvent, ce désir calme et réconfortant
« d'une autre vie, à l'approche de l'automne. Mais
« Circé ne m'a jamais vaincu. Javelot a toujours été
« là, comme un ange en livrée, pour m'arracher au
« foyer tentateur. Je suis la Salamandre des feux
« d'automne!

« — Sabreux, Sabreux! crains les *Flambées d'équi-*
« *noxe !*

« Sur ce cri suprême, je clos ma lettre infiniment
« trop longue, et je te serre la main avec force.

« Ton invulnérable,

« P. DE BOIS-D'ENGHIEN. »

« *P.-S.* — Des Renardeaux s'est marié! Pa-
tatra! »

. . . .

Huit jours après l'envoi de cette lettre remplie de
si excellents avis, M. de Bois-d'Enghien recevait la
réponse suivante :

« — Cher Bois-d'Enghien : Les conseils sont arri-
« vés comme une moutarde amicale après la char-
« treuse. Les *Flambées d'équinoxe* ont eu raison de
« moi. Que veux-tu? je suis si frileux! Cet hiver,

« j'imiterai de Des Renardeaux la conduite, intelli-
« gente après tout. J'adore mademoiselle de Cham-
« berlayne. Sa mère m'appelle déjà Anatole tout
« court...

    « Je suis au comble du bonheur!!

                  « ANAT. SABREUX. »

    « — Aïe! s'écria M. de Bois-d'Enghien. Quel nau-
frage! c'est le cas de dire comme les marins :

    — Encore un homme à la... belle-mère! »

MON ANTIPODE

Tous les ans, obsession charmante, par ces matinées souriantes et pleines de promesses que fait le soleil jeune et doux du mois de mars (également père
de la bonne bière, ne l'oublions pas, Messieurs), lorsque dans l'atmosphère attiédie, sous l'azur du ciel,
passent, bouffées exquises, certains souffles provoca-
teurs qui ont l'air de revenir d'un long voyage aux
pays chauds, avec l'intention coupable de semer un
trouble immoral dans le cœur des jeunes hommes, et
de leur donner envie de se prosterner, en plein macadam, devant la première demoiselle venue ; eh
bien! dis-je, par ces suaves matinées du printemps
qui naît, — priez pour moi, Mesdames! — tout en

fredonnant la mélodie bizarre et triomphante *à laquelle il ne manque guère*, comme l'a dit quelqu'un,
que la musique et les paroles pour être une chanson,
je pense de toute mon âme, fût-ce sur l'impériale
des omnibus, à une *dame* sauvage qui marche, en ce
moment, les pieds diamétralement opposés aux miens,
dans un coin du globe que je ne connaîtrai probablement jamais, à une vierge quelque peu anthropophage, et qu'il serait si doux d'adorer !

Oui, ma jolie antipode, vous êtes l'inconnue ravissante, à l'époque où la vieille France tressaille et demande à conjuguer, de Brest à Colmar et de Lille à
Perpignan, le joli verbe (actif) *aimer*, que je cherche,
que j'appelle, que je vois dans mes rêves.

.*.

Jadis, j'ai prodigué l'or de ma jeunesse sans compter ; je l'ai jeté un peu aux quatre vents, et, comme
Duclos, sans regarder où il tombait. Mais, aujour-
d'hui, fichtre ! ce n'est plus la même chose. Ce qui me
reste d'amour et de tendresse, je l'ai mis dans un
coffre très-fort, sous une serrure triple, et je n'en
veux donner la clef qu'à la petite main d'une vierge.

Voilà pourquoi, maintenant, sachant bien que l'innocence n'habite plus Paris, ni même la banlieue, je
pense à ma belle antipode, si pure et si confiante, et
qui soupire, solitaire, sur le rivage d'une petite île
fleurie, au sud de la Nouvelle-Zélande.

O mon antipode cuivrée ! vous ne connaissez ni le savon de Thridace au suc de laitue, ni la poudre de riz à la maréchale, ni le rouge végétal, ni l'eau des fées ; mais vous ignorez aussi l'*Art de tromper avec aplomb*, ouvrage revu, corrigé et considérablement augmenté, par mes contemporaines et compatriotes.

★ ★

Lorsque, cigare aux lèvres, je sors à l'aube d'un salon, la tête chaude encore, et me souvenant des tailles flexibles que mon bras a pressées modestement en valsant, j'éprouve une joie ineffable à me dire : « Mon antipode, vertueuse et pudique, fût-elle mariée à quelque chef brutal et fantaisiste, ne permettrait jamais (ainsi que le font mesdames V X Y Z) à de jeunes gentlemen comme moi de lui adresser, par manière de passe-temps, des déclarations aussi brûlantes qu'inhabiles, et qui signifient en somme : « Mon Dieu, Madame, au cas où vous voudriez goû- « ter du déshonneur, faites-moi donc l'honneur de me « choisir comme complice, avant les autres. »

Non, j'en suis sûr, aux premières paroles hardies, mon antipode, saisissant son casse-tête, répondrait de la bonne manière aux amoureux éloquents.

Antipode qui dormez lorsque les cocotes se maquillent et se harnachent pour la chasse du soir, je vous aime de toutes mes forces, et c'est avec émotion, tout en errant par la ville bruyante, que je pense à votre lit de feuilles, à l'ombre des bananiers.

Si je pouvais, oubliant l'habit de haut style que Paris crée, et le petit chapeau qui abrite le crâne des petits crevés, m'en aller dans ton pays, ô ma fière antipode! dans ton pays béni, où, pour se mettre à la mode, il suffit de n'avoir pas de pantalon, ah! comme je prendrais avec ardeur un billet d'aller, sans retour, au chemin de fer, pour ce paradis de mon âme!

Comme ton cœur absolument primitif serait un régal divin pour mon cœur extrêmement civilisé!

J'en ai assez de mes pareilles; elles me font horreur!

Il faut dire : *Raca!* à ces créatures qui vous aiment comme dans un bois.

Douce antipode! ta toilette est mesquine. Pas de robe à traîne, pas de bottines à haut talon! Un seul coquillage te pare. Mais toi, faite avec amour par le sculpteur du Grand-Esprit, tu ne sauras jamais pourquoi les cotonniers fleurissent!

* * *

Adieu, ma belle cannibale! Si parfois, rêveuse, assise au milieu des hautes fougères et regardant l'océan onduler au soleil, tu sens comme un frisson parcourir tout ton être, n'en deviens pas inquiète, ne te crois pas malade. Cela n'est rien. C'est tout simplement ma pensée errante qui rencontre la tienne et, tout doucement, l'enlace et la caresse.

9

Adieu, ma belle anthropophage ! Souviens-toi qu'au point de vue de la civilisation moderne, il est moins cruel de dévorer le corps de l'homme que son cœur, et, par conséquent, continue de te nourrir, aux heures de fêtes, de la chair de tes semblables. N'épargne pas les naufragés. Ces gens-là, si tu leur laisses la vie, abuseront de ta bonté, et, plus tard, au milieu des forêts, s'amuseront à tracer des boulevards et des squares. Un arbre, un banc, un bec de gaz, et ainsi de suite jusqu'à la mort. Horreur !

Hélas ! ma jolie antipode, je te quitte, triste, bien triste ! car, le trésor de candeur qui dort en toi, je ne le crois pas en sûreté. Les Anglais sillonnent la mer qui vient mourir sur les coraux de ton île. Les Anglais aiment à planter le drapeau britannique dans tous les coins du monde. Et peut-être, ô ma naïve ! sous le vain prétexte de t'enseigner à lire dans la Bible, un élégant aspirant de marine...

Perfide Albion, va !... Fortuné Midshipman !

OEIL DE DAME

. . . .

Oui...., mais alors, pourquoi, dans l'angle interne,

cette virgule bleuâtre, fine, mais si nettement creusée??...

. . . .

Le regard de Jéhovah, c'est la Bible qui l'at-
teste et nous l'apprend, « sonde les reins et les
cœurs. »

Diable! cela frise l'indiscrétion, entre nous.

Le mien, mon humble regard, plus réservé, quoique fort peu céleste, se contentait, avec un certain
plaisir, calme d'ailleurs, d'errer çà et là, comme un
papillon bleu (je suis blond), d'épiderme en épiderme,
à fleur de peau.

Or la peau dont il s'agit était veloutée comme une
fleur sur sa tige, le matin.

Ceci, lectrices attentives, se passait dans la voiture
publique, ces jours derniers, entre deux et trois heures
de l'après-midi.

Et c'était un — œil de dame — que ma prunelle
perçante et suffisamment instruite (*œil de lynx!*)
examinait silencieusement.

Elle en dégustait, elle en savourait les beautés délicates et variées en gourmet véritable, ou avec le
désintéressement de l'artiste, comme vous voudrez,
mais sans se laisser troubler, tenter, séduire.

Sans ivrognerie, enfin!

Cet œil de dame — un ange, une femme inconnue,
comme dans la *Favorite* — me parut magnifique
immédiatement.

Ni trop grand ni trop mignon. De proportions exquises, et bien à sa place.

Ce n'était pas le bel œil, d'une atonie de regard étrange, des déesses de marbre blanc, regard où est fixée à jamais l'impassibilité sereine de la vie immortelle.

On n'y lisait pas davantage le sourire imperceptible, mystérieux et railleur des sphinx de granit rose.

Enfin, l'allure étonnée et bestialement douce de l'œil sculptural des Hindous n'était nullement rappelée par l'œil de la dame.

C'était un œil superbe, bien vivant de la vie commune, de la vie de Paris, de la vie sans responsabilité de la femme riche dès le berceau.

Il était large et d'une pureté incroyable.

Pas de filets rouges, témoins constants de l'agitation incessante du sang. Les tracas de ménage, hideux, avaient laissé ce bel œil intact.

Comme une fine porcelaine du Japon d'un bleu ineffablement léger, le blanc de cet œil exquis entourait l'iris, d'un brun chaud, et le larmier, de temps en temps, apparaissait à l'angle du nez, tendre, ainsi que l'onglet d'un pétale de camélia rose.

De nobles paupières lisses tombaient chastement, avec une grâce indescriptible, sur ce joyau vivant, et les cils soyeux, fins, longs, s'étalaient, frange adorable, au bas de ces paupières charmantes.

Le sourcil, planté haut, s'arrondissait mince et

suave, et dominait avec élégance l'ensemble ravissant de cet œil de dame.

Une teinte ambrée, unie, s'étendait au-dessous des paupières flexibles, et faisait ressortir encore les charmes inouïs de la prunelle loyalement ouverte, et fixée sans embarras sur les figures curieuses.

Oui, c'était un divin œil de dame, où rien n'était provoquant, où rien n'était voluptueux, où rien même n'était spirituel, mais qui, si l'on s'y fût plongé long-temps avec ardeur, aurait pu faire naître dans le cœur un feu inextinguible.

Calme, chaste, pur, loyal, je l'ai dit, tel s'ouvrait largement l'œil de dame, sous mon regard de savant pervers.

L'âge de cet œil, je veux l'ignorer.

A quel corps enivrant appartenait-il? Je ne sais pas. Je ne l'ai pas examiné, je n'ai pas voulu le voir.

Où allait cette femme? d'où revenait cette femme? Que m'importe?

Les élèves de l'École polytechnique ont résolu tant de problèmes, depuis tant d'années, qu'il est doux d'en rencontrer un par hasard dont personne ne donnera jamais la solution.

Œil de dame, tes secrets t'appartiennent. Garde-les pieusement.

Celui qui connaît tout (même les œuvres de Gaboriau!) est le confident des pensées qui voltigent derrière cet œil impénétrable.

9.

N'empiétons pas sur les droits du maître.

Donc je me contentais d'admirer, muet, l'œil de dame, accrochant mes plus douces rêveries aux cils recourbés des paupières tranquilles.

L'ange, l'enfant, la femme, tout ce qu'il y a de bon, de confiant, de dévoué, d'immaculé, de doux, de saint, se lisait clairement dans cette prunelle, si ente à se mouvoir, et où s'enchâssait, diamant humain, une paillette de lumière éclatante.

Œil unique, sans pudeur hypocrite, sans trouble coquet, et qui regardait droit devant lui, avec une ingénuité délicieuse.

Oui ; mais alors pourquoi, dans l'angle interne, cette virgule bleuâtre, fine, mais si nettement creusée???

———

LES DILETTANTES DE LA MORGUE

Les *dilettantes de la Morgue* composent ce public, très-fidèle et toujours le même, qu'on rencontre aux *premières* de ce théâtre sinistre.

Car la Morgue, comme l'Odéon, comme le Gymnase, a ses *premières !* Ces premières représentations, ce sont les jours d'exhibition de nouveaux cadavres sur les dalles de marbre noir de ce Nécro-palace.

Le programme exact de ces événements, avec le

nom des acteurs, est donné par les faits divers du *Siècle*, du *Constitutionnel* et du *Petit Journal*.

Les *dilettantes de la Morgue* se recrutent dans toutes les classes de la société parisienne. Ce sont, la plupart, des esprits blasés qui, à force d'entendre parler du « terrible spectacle de la mort, » sont arrivés à se dire que la mort est un spectacle un peu plus terrible qu'un autre, et qu'il ne faut pas se refuser : la *Morgue* après l'*Ambigu ;* ceci même à cela.

Et ils ne se refusent pas ce plaisir bien innocent, en vérité.

Le soir, en famille, après le café, les *dilettantes de la Morgue* procèdent à la lecture de leur journal bien informé : — une véritable bourriche de victimes.

« Eh bien, dit le père, quoi de neuf ?

— Ma foi, trop rien, répond la mère. Voyons...

— C'est incroyable ! plus d'assassinats dans cette feuille. Je paye pourtant mon abonnement ! j'envoie la dernière bande...

— Oh ! si !... écoute ... « — *Hier, vers trois heures de l'après-midi, un couvreur...* »

— Ah ! toujours des couvreurs ! cela ne vaut pas la peine de se déranger. Nous avons vu cela cent fois ! c'est toujours la même chose.

— Dame ! mon ami...

— Cherche encore, ma femme...

— Je tiens ton affaire ! « *Avant-hier*, dit le *Droit*, « *un homme mal mis, d'une cinquantaine d'années*

« *environ, s'est précipité dans la Seine, du haut du*
« *pont des Arts, en s'écriant : Zut ! pour l'Acadé-*
« *mie !.... Le corps, retenu sous un bateau de bains,*
« *a été repêché trois heures après, et porté immé-*
« *diatement...* »

— A la bonne heure ! — Bah ! après tout, ça ne
fera *qu'un lever de rideau !* — Cependant, son adieu
à la vie me plaît. J'irai le voir.

— Et moi aussi, dit la mère.

— Et nous aussi, papa? ajoutent les deux demoiselles, deux petites goules.

— Eh! père, s'écrie de nouveau la maman, voici
une bien autre histoire... au bas de la colonne. Nous
ne perdrons pas notre temps !

— Dis, mère ; vite !

— Voilà : — « *Le corps affreusement mutilé*
« *d'une jeune fille d'une rare beauté, dont le nom*
« *jusqu'ici reste encore un mystère...* »

— Un mystère! ça se corse !

— ... « *un mystère... a été trouvé ce matin.....* »

— Ce matin, c'est tout frais !

— ... « *ce matin, dans une énorme cloyère ap-*
« *portée à la halle.... On se perd en conjectures.*
« *La justice informe. Les restes de cette pauvre en-*
« *fant ont été immédiatement transportés...* »

— Vivat ! Mes enfants, demain, éveillez-moi de
bonne heure. Je ne veux pas rater l'ouverture de la
Morgue.

— C'est cela, dit la mère. Moi, je vais aller prévenir madame Lesec.

— Quelle robe mettrons-nous, maman ? demandent les jeunes filles, sautant de joie.

— Oh ! une robe très-simple. Il y aura foule. On a déchiré vos *casaques*, l'autre jour.

— Oui, maman. Mais madame Godard et ses filles, des pimbèches, tu sais, seront là. La dernière fois, *au monsieur qui avait reçu trente-cinq coups de lime à ongles dans le sein*, ces demoiselles étaient en soie !...

— Allons, taisez-vous, petites pies. Je sais bien ce que je sais. Ce n'est pas le moment de porter des toilettes *à tout éteindre*. Pas de luxe. On peut rencontrer un mari à la Morgue ; et dame ! ces messieurs se méfient.

— Tu as raison, mère, la simplicité sied aux jeunes personnes qui feront de bonnes ménagères ! »

.˙.

Le lendemain, heure militaire, les *dilettantes de la Morgue*, que nous venons de montrer, accompagnés de madame Lesec, de la famille Godard et de quarante autres ogres qui sentent la chair fraîche (?), se pressent sur les degrés de la Morgue, derrière la basilique, attendant l'ouverture des portes, j'allais dire des bureaux. On se salue, entre connaissances, de la main et du chapeau. Les jeunes filles minaudent et se dévorent des yeux. Le beau public fait bande à part, comme à *l'entrée de la location!* La queue du vulgaire ondule le long du quai. Les ouvriers, le pain sous le bras, la pipe aux dents, causent entre eux. On parle de l'affreux mystère qui passionne tout le monde. Une jeune fille!... dans une cloyère!... horribles détails!...

Enfin la porte s'ouvre. On se précipite sur la balustrade, chacun prend sa place, plein de trouble et d'anxiété. On chuchote.

Le grand rideau de coutil rayé, store funèbre, est baissé.

Voici qu'on l'ouvre. Il se fend en deux, comme le voile du temple à Jérusalem.

Les cadavres sont à leur poste. Le *couvreur*, la tête fendue, dort, tout pâle, dans un coin. Le *monsieur qui n'aime pas l'Académie*, lèvres gonflées, est là également. On les regarde à peine. La pièce principale est plus loin, sur le lit du milieu. Tous les regards scrutent fiévreusement le grand sac jaunâtre qui renferme les morceaux de la pauvre victime. Seule, la tête de la jeune fille sort de cette gaîne de toile. Une jolie tête, d'une blancheur effrayante, crayeuse. Les grands cheveux blonds pendent de chaque côté du front. L'un des yeux est ouvert. Un œil bleu, large, admirable, affreux!

Les dilettantes, muets, savourent cet épouvantable spectacle. Puis, bientôt, naissent les commentaires, les remarques joviales ; les avis, les déductions prennent leur vol. On rit.

Vite, fuyons ! — Pouah !

Hâtons-nous d'aller respirer dehors un peu de l'air pur et frais qui vient de la rivière. Le soleil clément fait reluire le flot lourd. Et là-bas, dans la brume charmante qui s'évanouit, les arbres verts du Jardin des Plantes font de grandes masses dont la verdure est rassérénante.

BOURGEOISE D'ÉTÉ

— *Et puis, il fait si chaud !* — UN !

— *Et puis, après tout, il n'y a pas de mal à cela !* — DEUX !

— *Et puis, toutes ces dames le font bien !...* — TROIS !

— *Et puis, on a beau être mariée, être mère ; il faut bien suivre les modes, autant qu'on le peut, n'est-ce pas ?* — QUATRE !

— *Et puis, pour une fois !...* — CINQ !

— *Et puis,... enfin... je ne suis pas... plus mal... faite... qu'une autre !...* — SIX !

. . . .

Et puis, et puis, et puis... ô Madame, Madame !

Allez, c'est la dernière de ces nombreuses raisons, si plausibles d'ailleurs, que vous avez données, sans qu'on vous les demandât, notez-le bien, qu'il fallait articuler en première ligne...

Oh ! mon Dieu, ne rougissez pas !

Je vous approuve. Certes, vous êtes *aussi bien*, que dis-je ? mais infiniment mieux faite que vos meilleures amies.

Et je le constate avec un certain plaisir.

Allons, Madame, un peu d'aplomb !

Je le vois bien, c'est la première fois que vous vous décolletez aussi... largement. Vous n'allez pas au bal, ou bien rarement.

Et vos yeux me disent, suppliants : « Je ne suis « qu'une petite bourgeoise, c'est vrai. Ce corsage « transparent, en grenadine, ne m'est pas familier. « Mon cou, mes bras sont presque... nus... et, si cela « ne me contrarie pas outre mesure, que votre re- « gard s'arrête avec complaisance sur leurs contours, « oh ! Monsieur, croyez bien que cela me gêne horri- « blement. Je m'y ferai ; mais cela me trouble énor- « mément, allez. »

. . . .

UN MOT D'EXPLICATION

Oui, c'était une petite bourgeoise svelte, vêtue avec goût, en noir.

J'étais assis en face d'elle, au sein de l'omnibus, comme dirait Banville.

Et je la regardais, par-dessus mon journal, en feignant de lire.

Elle s'était aperçue de ma ruse coupable ; et, comme ma prunelle bleue et douce, mais railleuse, se promenait effrontément sur ce qu'un corsage noir, d'une légèreté de tissu incroyable, voilait, — au dire de la couturière, — elle avait rougi, oh ! mais rougi, comme ne rougit plus une dame habituée à valser dans les bals des ministères avec des jeunes hommes ardents — et très-bien mis du reste.

D'où cette conclusion : c'est une petite bourgeoise !

D'où également cette certitude : c'est la première fois que ces bras parfaits et cette gorge charmante prennent l'air aussi gentiment.

Or, ayant fréquemment — sinon à quoi serviraient d'excellents yeux ? — regardé, d'abord le corsage, ensuite le cou qui le surmontait, puis la tête, puis le corsage indiscret, je vis à n'en pouvoir douter, à une dernière excursion du côté des belles paupières de ma voisine, que ses regards un peu boudeurs signifiaient clairement :

« Je vais vous donner les raisons de cette toilette inusitée. »

Et alors, les six motifs — très-sérieux — énoncés plus haut, m'avaient été soumis :

10

— *Il fait si chaud...*, etc., etc.

. . . .

Pauvre petite bourgeoise d'été! si pudique, si innocente! Va! tu as bien raison de te mettre... comme tout le monde. Tant pis si ton mari grognon — il doit être grognon! — a murmuré ce matin, pendant que tu passais ce délicieux corsage.

Oh! je sais bien, petite bourgeoise d'été, que tu as mûrement réfléchi avant de commander à ta faiseuse ordinaire ce corsage séduisant. Et, dans le silence du cabinet.... de toilette, tu te disais :

— « Dois-je enfin faire connaître aux passants hardis ce que mon mari et mon enfant, seuls, ont vu, tous deux charmés, mais pour des motifs bien différents ? »

Oui, tu pesais ainsi dans ta balance, balance féminine, une balance un peu faussée, les raisons pour et les raisons contre une divulgation soudaine de tes charmes honnêtes.

Et les six raisons, victorieuses, les six raisons de tout à l'heure, étaient écloses dans ton esprit :

— *Il fait si chaud...*, etc., etc.

Eh bien, je le répète, ô dame troublée par mes investigations, — mettons impudentes, je le répète, c'est la sixième raison, oui, la sixième, sournoisement énoncée avec hésitation : — « *Et puis, enfin, je ne... suis pas... plus mal... faite qu'une autre,* » qui a fait pencher la balance.

Le corsage a été commandé.

Ayant le corsage, il fallait le mettre.

Et vous l'avez mis, ô bourgeoise d'été, avec de petits sourires de joie, en vous regardant dans la glace avec timidité.

Et pourquoi ne l'auriez-vous pas endossé, dites?

Ce que j'ai caressé de l'œil, avec calme, en sculpteur, n'en restera-t-il pas moins la propriété de monsieur votre mari et de votre joli petit bébé.

Oui, n'est-ce pas?

Eh bien, alors...

Ah! si..... Mais il n'en est rien, ô vertueuse petite bourgeoise d'été! Donc, personne n'a rien à vous dire.

Mettez, mettez souvent vos jolis bras, vos épaules modestes à l'air, sous le crêpe transparent d'un corsage.

Si vous ne le faites pas pour vous, que ce soit pour les pauvres comme moi, qu'une obole de volupté intellectuelle rend riches pour un jour.

— D'ailleurs, il fait si chaud... etc., etc.

LA PAILLE

Devant le n° ... de la rue X..., dans le quártier des Champs-Élysées, une rue très-passante, on est en train d'étendre une épaisse litière de paille.

Il est neuf heures du matin.

Au second étage de la maison, on voit une ligne de persiennes hermétiquement fermées ; elles ne l'ont pas été depuis longtemps, car, sur le mur, leur place est marquée par des raies alternativement noires et blanches.

Le voisinage est en émoi.

Les boutiquiers s'empressent autour du concierge, en bras de chemise, qui délie les bottes de paille et sème le chaume sur les pavés.

Et, méditatif, le sergent de ville de service, bras croisés, contemple les groupes qui se forment.

— *C'hest la povre dame du chegond qui est très-malate*, dit un charbonnier aux dents blanches, aux yeux brillants.

— C'est une cocotte de la haute, votre dame du second, riposte la blanchisseuse. Une bonne *paye.* Mais, c'est égal, il faut la plaindre. Qu'est-ce qu'elle a ?

— Ah ! c'est les chaleurs, voyez-vous ! reprend la crèmière. Moi, je ne mange plus. Et j'ai mal comme ça partout, dans le dos.

— Elle a de quoi se faire soigner, murmure l'épicier. Voilà ce que c'est pourtant que de mener la vie à grandes guides. Bah ! elle en réchappera.

Et une ouvrière qui passe, écoutant les *on-dit*, s'éloigne tristement en disant :

— Sont-ils heureux, ces riches ! Quand mon petit râlait, et que le bruit lui fendait la tête, je n'ai pas pu lui faire mettre de la paille, moi !

Le joueur d'orgue, l'habitué du mardi, est venu comme à l'ordinaire. Mais aux premières notes, sur un simple geste, il mit un frein à son bras infatigable, et, sa boîte sur le dos, il est parti, naturellement.

On n'avait pourtant fait que lui montrer la paille du doigt.

Dame ! c'est grave, à ce qu'il paraît, puisqu'on jonche la rue.

Les omnibus, lourds, retentissants, qui descendent la rue, enfoncent leurs roues jusqu'à la jante dans la couche élastique et passent silencieusement devant le n°...

On n'entend plus que le cliquetis sec des ressorts, ou, par hasard, la sonnerie —*ding !*—pour un voyageur qui grimpe comme un singe à l'impériale.

Comme des visiteurs au chevet d'un malade, les voitures *roulent bas*.

Elles arrivent d'abord, bruyantes ou insouciantes, ainsi que des connaissances qui causent dans l'esca-

10.

lier, puis, tout à coup, baissent le ton lugubrement.

Mais, l'instant d'après, les voitures, toujours comme les amis, repartent et reprennent sans ménagement leur train habituel.

Déjà la paille foulée, hachée, s'éparpille en frange aux deux bouts de la litière, et le ruisseau qui coule entre les fétus étincelle par instant aux rayons gais du soleil.

Tout à l'heure, la paille brillant d'un jaune clair prendra une teinte terne ; ce soir, ce sera du fumier noir.

Et les chevaux henniront à ce souvenir de l'écurie.

Triste spectacle que celui d'une litière de paille; dans une rue, par une exquise matinée de printemps!

Il produit la même impression sur le rêveur que la rencontre d'une civière, balancée aux bras de rudes commissionnaires, et que suit, les yeux rouges, une femme portant une casquette à la main.

On sent que la mort n'est pas loin.

Et le passant, écrasant la paille sous ses talons, se figure que là-haut, au second, où les persiennes sont closes, les plus lamentables scènes se passent dans l'ombre chaude d'une chambre d'agonisant.

Qui sait ? C'est peut-être une adorable jeune fille, toute pâle, amaigrie, tuée par le bal qu'elle aimait tant !

Peut-être aussi est-ce une mère, son petit enfant déjà froid à côté d'elle, et qui va le suivre bientôt dans les mondes que les matérialistes n'ont plus la consolation d'espérer.

C'est peut-être encore un brave vieux père, aux cheveux gris, ce doux ami qui venait si régulièrement et si tendrement vous chercher au collége quand vous étiez petit, et vous menait, fier de vos prix dorés sur tranches, au spectacle, au café, à la campagne!...

Ce bon cœur, rempli de choses charmantes, va cesser de battre, peut-être.

Et les idées les plus navrantes se glissent dans le cerveau. Les souvenirs amers renaissent en regardant cette paille fatale, tapis qu'on dirait posé à la hâte, afin d'étouffer le pas mesuré, incessant, de la mort qui s'approche.

On se rappelle des heures terribles. On prévoit des moments déchirants. On pense à ses proches, vieux, fatigués; à ses chers, à ses aimés, quittés négligemment, et, qui sait?... qu'on ne va plus revoir tout à l'heure!...

Et l'esprit s'assombrit insensiblement. A grands pas, pour secouer le poids soudain qui s'abat sur l'âme, on s'éloigne, se demandant pourquoi, quand le ciel est si joyeux, quand il fait si bon vivre et sentir vivre ceux qu'on aime, le Créateur envoie son noir messager, son faucheur aveugle.

Et pourtant, si l'on y réfléchissait plus longuement, on arriverait également à faire des supposi-
tions aussi vraisemblables et moins attristantes.

Par exemple :

. . . .

L'exemple est tout trouvé. C'est à l'indiscrétion
de la bonne du n°..., rue X..., quartier des Champs-
Élysées, que je le dois.

Par exemple, ce matin, on a étendu de la paille
devant la porte de la maison de sa maîtresse, une cocotte de la haute, comme a si justement dit la blanchisseuse, parce que *Madame*, fatiguée, voulait se
lever tard, et ne pas entendre le plus petit bruit pendant le reste de la journée, afin de lire tranquillement le dernier roman de notre confrère le vicomte
Ponson du Terrail.

IL Y A FAGOT ET FAGOT

C'était à Champrosay.

Je prenais congé de Mme S... — Debout, un
humble sourire aux lèvres, j'attendais avec quelque
émotion que la chère toquée voulût bien me tendre
sa menotte constellée de bagues.

— Ah ! tenez, mon bon Monsieur, me dit-elle, il
faut que je vous fasse un cadeau.

Et, courant à un petit meuble, madame S... en ouvrit les trop nombreux tiroirs les uns après les autres, cherchant dans leur intérieur avec fébrilité.

— Voici ! poursuivit-elle, en me montrant une lettre. Ceci, c'est de la... Comment dites-vous cela ?... C'est de la *copie* toute faite. J'ai l'honneur de vous l'offrir en ce moment. Mettez cela dans vos journaux. Je n'en dirai rien. C'est une confidence de femme à femme. J'ai reçu ce billet ces jours derniers.

— Vous êtes trop bonne, Madame. Mais la discrétion ?...

— Vous êtes charmant, vous ! je ne vous prie pas de mettre le nom de ma correspondante au bas de votre *copie*... Et tenez, je le supprime ici même.

En effet, madame S... déchira délicatement un des bouts de la lettre qu'elle venait de déplier, et me tendit le reste.

— Votre désir sera satisfait, Madame. Mais quel titre donner à cette confidence ?

— Eh bien, puisque vous me faites l'honneur de me consulter, je vous répondrai, moi, qui ne suis pas Augustine Brohan, que j'intitulerais cela : *Il y a fagot et fagot*, comme un proverbe. Lisez cette lettre, et vous verrez que je n'ai pas eu tort de choisir ce titre.... Maintenant, mon bon Monsieur, une grosse poignée de main, et... allez travailler....

. . . .

Je me suis borné à copier la lettre : les pattes de

mouche de madame S... auraient pu effrayer les compositeurs. Et la voici, *in extenso*, comme un compte rendu d'une séance à la Chambre.

.   .   .   .

Cherbourg, septembre 1868.

— Ah! mon amie, si tu savais!... et tu vas savoir... Une joie si pure inonde mon âme frémissante! — Que je suis heureuse!

Je doutais encore; je ne pouvais croire à ma félicité, car depuis trois ans je suis habituée aux plus vives, aux plus sanglantes déceptions. Mais, maintenant, pleine d'un trouble inconnu, j'espère! Voilà huit jours que je n'attendais plus rien qu'une nouvelle exquise à t'annoncer.

Cette nouvelle, Lucien l'a apprise le premier : c'était son droit. Je t'en fais part aujourd'hui, ma sincère amie, ma compagne!...

Oui, ma belle campagnarde, au carnaval prochain, si Dieu nous prête vie, tu recevras d'un beau monsieur ganté de frais — nous ne l'avons point encore désigné — des boîtes de dragées signées Boissier ou Siraudin.

Ne sois pas jalouse, ma chérie. Nous t'aimerons tant, lui et moi! Je dis *lui!* car je veux que ce soit un beau garçon. Il le faut.

Dis donc, amie, raconte cela tout bas à monsieur S... Il se piquera d'honneur, j'en suis sûre.

Belle marraine, si j'ai un conseil à te donner, c'est celui-ci : quitte Champrosay ; il en est encore temps, et viens à la mer.

« Perfide comme l'onde », dirait Shakespeare, soit, mais quelle délicieuse perfidie ! Je suis si fière d'avoir été sa victime !

Et moi qui me révoltais ! qui pleurais, seule, le soir, à l'hôtel, quand, par dépit, je ne voulais pas accompagner mon mari au Casino, à cause de la présence en ce salon public d'une certaine Mlle Aimée.

Ah! bien ! c'est ce volage de Lucien qui ne peut plus souffrir maintenant Mlle Aimée ! Depuis qu'il sait ce qui lui arrive, ce qui va lui arriver du ciel, veux-je dire, il est devenu grave et tendre, et ne me quitte pas d'une semelle. Et que de soins ! que de douces paroles ! Le bon temps !

Je te vois ouvrir tes grands yeux. Tu demandes l'explication du miracle ? Curieuse ! Voulez-vous baisser vos paupières, Madame? je me sens rougir.

Il faut reprendre la chose d'un peu haut : *ab ovo*, comme dit le docteur. Écoute, et fais ton profit de mon histoire.

Il y a trois semaines, un matin, Lucien décide que nous irons voir les falaises de Jobourg, un endroit terriblement sauvage, à six lieues de Cherbourg. On loue une voiture et nous partons, malgré l'aspect triste du ciel nuageux.

Arrivé à Jobourg, un village de quatre maisons,

dont l'une est la propriété du Seigneur, on détèle. Puis, conduits par le guide, nous nous rendons aux falaises.

Descentes par mille petits chemins en zigzag, montées fatigantes, tu vois cela d'ici. A peine revenus en haut de la falaise, voilà qu'un orage épouvantable crève sur nos têtes. Pas d'abri. Le plus prochain village était à deux kilomètres. Bref, nous recevons la pluie sans en perdre une goutte, pendant une heure. J'avais un costume camaïeu à raies : tu devines dans quel aimable état il s'est trouvé. Pas un fil de sec ! Et l'averse tombait toujours.

De retour à la maison du guide, Lucien, évidemment contrarié (il comptait voir sa Mlle Aimée au Casino, le soir même, j'en suis sûre), mais saisi de pitié pour moi, déclare que nous passerons la nuit à Jobourg, n'importe comment. En effet, la tempête redoublait de fureur. Et nous avions une voiture découverte !

Nous étions transis et affamés. Les braves paysans de la maison (à la guerre comme à la guerre !) nous prêtent leurs vêtements. Je me transforme en nourrice ! Seulement, je me refuse à mettre des bas de laine. Ils me semblaient tricotés avec des soies de porc. Ça piquait ! — Mais, dans notre chambre, je pouvais parfaitement m'en passer. Lucien, métamorphosé en laboureur, après avoir murmuré quelque temps, se mit en gaieté, et commanda à souper.

En même temps, on fit allumer un feu terrible dans notre appartement, une cabine en sapin, avec un lit fait comme une boîte, dans le mur. Cher lit !

Nous dînons avec je ne sais quoi, de la *soupe au suif*, du jambon, du cidre, — et du vin de Bordeaux ; Lucien le trouvait excellent. Nous avons joliment mangé, va !

Puis, pendant que le vent glacé du nord ébranlait la maison, et que dehors tombait sans relâche une pluie bruyante, nous nous assîmes, pour digérer, devant le feu de la cheminée.

Un fagot achevait de se consumer dans l'âtre. Il y a fagot et fagot, mon amie : c'est un proverbe. Celui qui nous tenait lieu à la fois de lampe carcel et de poêle avait des propriétés très-particulières, probablement : car Lucien, rêveur, et qui achevait son cigare, se mit à sourire tout à coup d'une façon bizarre.

Un peu interdite d'abord, je lui demandai doucement ce qui le rendait si joyeux ; et comme, en attendant sa réponse, je regardais sur ma personne ce qui pouvait provoquer son hilarité, je m'aperçus que très-innocemment, mais très-négligemment, mes jambes nues dépassaient — de beaucoup — le bord du cotillon trop court que j'avais endossé.

Je me mis à rire à mon tour... en paysanne ! franchement.

Chère amie, je ne t'en dirai pas davantage.

Mais je te recommande, ô blonde ermite de Champ-

11

rosay, un petit voyage aux falaises de Jobourg, aux approches de l'équinoxe.

Notre chambre est libre; et si, par hasard, le *Noroua* soufflait ce jour-là, souviens-toi qu'il y a encore des fagots dans le cellier.

Mais choisis bien : il y a fagot et fagot!... comme disait Sganarelle !

. . . .

CARÊME

Tenez, au moment où je vous parle, je revois nettement, avec tous ses détails insignifiants, le petit salon toujours froid, éclairé d'un jour blême, où madame de T... (ma mère l'appelait Pauline) recevait ses rares visiteurs. C'était correct, confortable et triste. Quand nous entrions dans ce salon, ma mère et moi, encore tout imprégnés de la chaleur et de la lumière du dehors, je sentais un humide souffle caresser mes joues brûlantes. On s'asseyait sans bruit, comme à l'église. Pendant que ces dames s'installaient, je regardais l'ombre des moineaux criards passer, de temps en temps, sur les rideaux bleuâtres, comme un noir éclair.

— Eh bien, chère enfant, disait ma mère, comment va ce pauvre Léon ?

— Toujours de la même façon, répondait simplement madame de T... Il repose en ce moment, et je suis descendue...

La conversation commençait toujours de la même manière. Elle se continuait péniblement, lentement, sur les banalités ordinaires. On me donnait un livre à gravures à feuilleter. Je l'examinais distraitement, faisant des rêves inouïs, me tortillant sur mon siége, et, parfois, quand le nom de M. Léon revenait à fleur d'entretien, me demandant quelle maladie étrange pouvait bien retenir le mari de madame de T... dans sa chambre, invisible à tous les yeux, depuis trois ans.

A présent je me rappelle, une à une, les stations peu gaies dans le salon sombre et frais ; et la figure blanche de celle dont ma mère parlait à mon père en disant : « *Pauline était bien pâlotte aujourd'hui* », se place obstinément devant les regards rétrospectifs de ma mémoire.

En combinant mes souvenirs comme les pièces éparses d'un casse-tête chinois, je devine que j'ai vu, vivant en apparence de la vie commune, un de ces couples dont les analogues s'appelèrent à Nantes, au temps de Carrier, des *unions républicaines.*

Pauline, mariée dans toute la floraison d'une impétueuse nature à un être charmant, devenu subitement

malade, et pour jamais, menait cette existence navrante, déchirée de souvenirs brûlants, que jadis
Héloïse connut dans son cloître glacé.

Pauvre et noble Pauline ! Jamais, je le sais aujour-
d'hui, jamais un mot ne sortit de ses lèvres rouges et
humides, pour appeler sur son martyre les condoléances touchantes d'une amie ; jamais elle n'eut de
ces pressions de mains où l'âme semble se mettre
tout entière.

Sa douce figure aux yeux étincelants ne dit jamais
non plus les orages farouches de sa jeunesse, naufra-
gée sur un radeau de la *Méduse* conjugal.

Seulement, de jour en jour, à mesure que son
visage prenait la teinte de la cire, son nez délicat se
vulgarisait. Des fibrilles rouges le sillonnaient. Ses
fines oreilles étaient transparentes comme de l'al-
bâtre.

Elle ne lisait pas. Elle ne se livrait pas aux travaux
féminins qui occupent les doigts et laissent l'âme s'en
aller tout droit aux portes d'un paradis fermé pour
toujours. Mais bravement, héroïquement, elle travail-
lait comme une paysanne. A la campagne, je l'ai vue
souvent, au grand soleil, bêcher comme une malheureuse. Elle se brisait.

Et le soir, tombant de fatigue, exténuée, elle était
sûre que ses sens fourbus ne murmureraient pas à
son âme :

— Sœur Anne, ne vois-tu rien venir ?

Autour de cet Ugolin de l'amour avaient fleuri, dans l'ombre, des dévouements exquis. Elle aspirait sans honte tous les parfums enivrants qui montaient silencieusement vers elle. Mais jamais tressaillements ou soupirs étouffés ne trahirent l'isolement affreux où Pauline vivait, résignée dans son honneur, comme Robinson dans son île.

Elle ne demanda pas à la dévotion les extases consolantes qu'elle procure, mais qui, semblables à des soupapes de sûreté trop larges, laissent le cœur sans force et le corps sans énergie.

Ce qu'elle eut à souffrir, on ne peut le décrire. A travers le voile d'une vertu si franche on ne pouvait voir bien distinctement.

Elle s'éteignit, un soir de mai, comme une fleur depuis longtemps sans eau et fanée, et qui tombe tout à coup d'un vase.

O sainte Pauline ! priez pour beaucoup de dames de ma connaissance.

Il va sans dire que le pauvre Léon, son mari, farouche impotent, qui vécut encore dix bonnes années après elle, n'en parla jamais depuis qu'avec un sourire d'une méprisante mélancolie.

Il trouvait si naturel qu'elle l'eût trompé !

PETITE « CULOTTE » DE DAME

Le mois dernier, un soir que je commettais l'impru-
dence de dîner dans un de ces déplorables établissements de bouillon qui ont donné à la majorité des
Parisiens l'habitude de manger, sans nappe, des plats
qui sont tous accommodés à la même sauce fade, je
me trouvai avoir pour vis-à-vis, à la table très-étroite
devant laquelle j'étais mélancoliquement assis, une
dame encore jeune, qui portait une fort belle bague en
diamants au maigre annulaire de sa main droite.

Ce fut même l'éclat de cette bague qui fixa soudain mon regard irrésolu. De la bague, mon regard
passa aux doigts ; puis, entreprenant une ascension
distraite, il monta des doigts au poignet, du poignet
au coude, du coude à l'épaule ; et là, s'arrêtant comme
un touriste essoufflé, il examina le paysage à la
ronde : je veux dire par là que je contemplai le visage
de la dame encore jeune, avec un certain intérêt.

Ma mémoire prit même des notes. Ce sont ces
impressions de voyage que vous lisez.

La dame encore jeune avait aux oreilles des boutons
de diamants d'une aussi belle eau que les diamants de
la bague.

L'oreille n'avait rien de particulièrement désagréable à examiner. Elle ne ressemblait pas trop aux oreilles de la plupart des femmes de nos jours, qui se plaisent à les déformer en y suspendant des trains de chemin de fer en or ou des obélisques en corail. Non, non, l'oreille de cette dame encore jeune ne rappelait pas trop, par la forme et la couleur, les huîtres marinées anglaises.

Cette oreille était petite, bien faite et rougissante. Elle rougissait, et je vais vous dire pourquoi maintenant.

Devant la dame encore jeune que je lorgnais poliment, du coin de l'œil, entre deux bouchées des exécrables mets que j'avais demandés à une bonne au teint pâle et maladif; devant ma voisine, dis-je, se *dressaient*, accusatrices, *trois* demi-bouteilles qui avaient contenu du vin blanc.

Vous me direz : « Mais, Monsieur, les demi-bouteilles des établissements de bouillon sont d'une taille qui rappelle les mesures du royaume de Lilliput ! »

Et moi, je vous répondrai : — « Oui, Monsieur ! Mais enfin, Monsieur, pour une dame seule, et encore jeune, trois demi-bouteilles de vin *blanc*, c'est déjà bien joli ! »

Et puis, si vous saviez, et vous allez le savoir, le très-peu de nourriture que ces trois demi-bouteilles arrosaient, vous conviendriez avec votre humble serviteur que réellement trois demi-bouteilles de vin, et de vin blanc surtout, c'est un fort rafraîchissement pour une dame qui est encore jeune, et dîne seule, bien que son maigre annulaire soit cerclé d'une bague en diamants.

— Par Hercule! m'écriai-je avec le rire amer d'un individu du sexe masculin surprenant en faute un individu de l'autre sexe, par Hercule! est-ce que je me trouve en face d'une dame en train de se donner une petite *culotte*, révérence parler?

Et, dois-je l'avouer? cette idée, encore qu'elle fût des plus insultantes pour ma voisine, fit un chemin rapide dans mon esprit égaré. — Les oreilles rougissantes, l'éclat humide de l'œil, la couleur vive des pommettes, les petits sourires sans motifs au coin des lèvres, tout enfin, à partir de ce moment, me parut, sur le visage de mon vis-à-vis, être les signes précurseurs d'une petite *culotte* de dame.

Cette dame, pensais-je, a trouvé moyen de se rajeunir tout en s'amusant. Une demi-bouteille de plus et elle aura... sa jeune fille !

Nous autres gens graves, nous disons: avoir *son jeune homme*.

Donc ma voisine de temps à autre souriait, comme si elle se racontait intérieurement quelque histoire impayable, et ses prunelles se noyaient de plus en plus dans une buée attendrie. Les petites oreilles se carminaient aussi de plus en plus.

Enfin, tout témoignait dans cette dame encore

jeune d'un état de bien-être stomacal fort satisfai-
sant. Pourtant la chère dame n'avait pas dîné (bois-
son à part) d'une façon bien sérieuse. Elle avait
mangé un potage, un hareng à la moutarde et un
morceau de fromage de Camembert. Repas léger s'il
en fut !

Mais, comme dirait ce misérable Rabelais, du fromage et un hareng à la moutarde, ce sont *esperons
pour la soif*. Cela lui donne de l'acuité, de l'insatia-
bilité. Aussi il avait fallu l'assouvir, cette soif si
bien éperonnée : *indè* les trois demi-bouteilles de vin
blanc !

De là encore, forcément, les signes précurseurs
d'un bien-être stomacal apparus sur le visage ; de là,
enfin, la *petite culotte*.

Le rire amer que j'avais fait entendre en constatant que ma voisine, sans s'en douter peut-être, se
préparait une (mille pardons!), une *cuite* pour sa
soirée, se transforma peu à peu en un sourire bienveillant, fraternel même.

Eh! mon Dieu! que celui qui est sans avoir dé-
bouché nous jette le premier bouchon !

Oui, cette petite *culotte* de dame me donna à réfléchir. Je me demandai ce que pouvait bien être,
socialement, ma voisine, et par suite de quelle aventure elle se trouvait dans un déplorable établissement
de bouillon, seule, en compagnie de trois demi-bouteilles de vin blanc.

Était-ce une actrice de petit théâtre se donnant du brio pour la représentation ? Était-ce une cocotte remontant ses nerfs afin d'affronter la cruelle bise du boulevard, sans cesser de sourire un seul instant ? — Je me dis encore : Cette dame est peut-être une bourgeoise des environs de Paris, venue dans la grand'ville pour un achat, visites aux magasins, rendez-vous chez un ami ou chez une amie, etc., et dînant, en garçon, au restaurant.

Avais-je devant les yeux une institutrice ou une maîtresse de piano, oubliant les criailleries des élèves et les grincements des pianos, en sablant un vin blanc malsain et trompeur ?

Mais les bagues et les boutons d'oreilles ne sont guère en la possession des maîtresses de piano ou des maîtresses de français !

Cette dernière supposition dut donc être écartée.

Quant à la dame de province venue à Paris pour acheter un objet de toilette ou pour retrouver un jeune homme inconnu, cette supposition devait être également écartée. Une dame de province, avec des diamants aux oreilles, ne mange pas sans nappe. Elle aurait au moins étalé la moitié de sa serviette sur le marbre glacé de la table. Enfin, une dame de province, venue pour affaires d'amour, ne dînerait probablement pas seule.

Restait donc la cabotine ou la cocotte.

Mais l'heure d'un dîner d'actrice en représentation était passée depuis longtemps.

J'avais donc devant les yeux, sauf erreur grave, une cocotte déjà sur le retour, sachant combien la vie est amère, et se disant, comme Noé : « Avant nous, le Déluge; mais après, vive la Vigne ! »

Bref, comme le patriarche en question, mon vis-à-vis oubliait ce monde pervers et les buveurs d'eau, qui sont tous méchants, en humant, à petits coups, la liqueur jaunâtre que renfermait la dernière des trois demi-bouteilles.

Avais-je le droit de la blâmer ? pouvais-je lui reprocher ses trois demi-bouteilles ? Il n'y avait là rien de prémédité. Si j'avais vu sur la table, devant la dame aux oreilles très-roses, *une* bouteille et une demi-bouteille, j'aurais pu croire à un dessein préconçu ; mais trois demi-bouteilles indiquaient que, après la première, on avait eu soif, et soif après la seconde : voilà tout. Ce n'était pas de la débauche ; c'était le besoin naturel d'un gosier un peu excité.

Aussi, est-ce avec le cœur plein d'une tendre commisération que je continuai, tout en mangeant d'abominables choses, accommodées à la même sauce fade, de regarder la dame aux sourires sans motifs, qui se donnait silencieusement une — *petite culotte.*

BRISE CARABINÉE

L'autre jour, par nos modestes rues, et faisant s'en-tre-choquer avec folie les *armets de Membrin* suspen-dus à la porte des coiffeurs, il soufflait une de ces brises que les matelots qualifient de *carabinée*. Les gens de science qui demeurent « là-bas, bien loin, tout près du Luxembourg », au bout de l'avenue de l'Observatoire, dans une maison triste surmontée d'une espèce de ballon Nadar, se feraient un plaisir, si vous les interrogiez, de vous donner la vitesse par seconde de ce vent d'équinoxe, précurseur des ha-leines tièdes du printemps.

Or, pendant qu'à cette brise carabinée, irrespec-tueuse et bruyante, tout palpitait dans Paris, depuis les bandes d'étoffes des magasins de nouveautés jusqu'aux *suivez-moi, jeune homme* des femmes, nous nous amusions, arrêté à l'une des extrémités d'une voie publique quelconque, à regarder les gestes et les attitudes excentriques des promeneurs en lutte avec le Zéphire panaché d'Aquilon, et qui s'en al-laient, *vent debout* ou *vent arrière*, sur les trottoirs séchés comme par miracle.

Un furtif rayon de soleil, qui faisait l'école buis-sonnière sans doute, daignait par instant descendre du ciel, où les nuages énormes couraient au galop, et illuminait le pavé de la rue.

Parfois, sur le *quartier* bien ciré des bottines d'une dame qui s'enfuyait, le sourcil froncé sous son voile, et tout en colère de savoir que, par derrière, on apercevait à ravir la broderie de son mystérieux pantalon, le soleil accrochait deux étincelles vives. En même temps, les deux semelles, blanches, grandes et minces comme deux biscuits à la cuiller, se montraient alternativement.

— Quel vent ! bon Dieu ! murmurait un monsieur filant à côté de nous, la tête enfoncée entre ses épaules rejetées en arrière, et tenant son précieux chapeau d'une main crispée. Quel vent ! En effet, collé sur son dos, le paletot dessinait ses formes et se transformait en maillot indiscret.

Autre transformation bien plus amusante : les femmes, en tenue du matin, qui allaient faire leur marché sans crinoline protectrice, sentaient leurs jupes se changer en pantalons et s'enrouler autour de leurs jambes courroucées. Quelles drôles de petites mines effarouchées, quelles grimaces risibles se succédaient rapidement sur les minois des passantes, enragées surtout de voir le sexe masculin, goguenard, profiter des bénéfices de la circonstance, et savourer impitoyablement les effets de la brise carabinée !

Nous n'aimons point à nous mettre personnellement en scène ; et pourtant, nous devons l'avouer,

12

une fort jolie demoiselle, qui, de dix pas en dix pas, était obligée de mettre précipitamment ses deux mains sur ses genoux pour interdire formellement à sa crinoline de remonter jusqu'à la ceinture, en passant près de nous, toute confuse et toute rouge, et voyant un sourire bénin errer sur nos lèvres, nous lança un regard enflammé, et, ajoutons ce trait pour être véridique, nous tira la langue d'une façon peu flatteuse.

Cependant, à toute vapeur, le teint rougi par l'air vif, un grand et beau monsieur nous croisait en cet instant. Sa longue barbe rousse, partagée en deux flots, avait l'air de s'enfuir de chaque côté de sa figure, derrière son dos. Il ressemblait à l'un de ces dieux de la mythologie à barbe *limoneuse*, qu'on voit en marbre, une urne sous le bras, à Versailles.

Les chiens fendaient le vent, en zigzaguant, les oreilles en vedette, la queue effarouchée.

Mais des gens bien malheureux, par ce temps qui faisait venir de grosses larmes dans les yeux, c'é-taient les *rameneurs* : vous savez, ces messieurs entre deux âges — l'âge très-mûr et la vieillesse, —.qui ramènent des mèches éparses de cheveux gris sur leurs tempes, en *accroche-cœur* (?).

Ah ! les pauvres gens ! Malgré la ténacité de leur pommade, les mèches se décollaient, et droites, en tout sens, faisaient une auréole ridicule à leur crâne artistement caché sous un chapeau discret.

Leurs têtes hétéroclites provoquaient le rire même chez les petites filles, court vêtues, et retroussées par le vent comme autant de petits parapluies à bon marché.

Et la tournure des chapeaux de feutre, assurés sur la tête à coups de poing, ne l'oublions pas. Quelles bosses et quels vallons inattendus s'y montraient !

Des affiches, arrachées des murs, se vautraient avec des roulements bizarres dans la boue de la rue, s'arrêtant çà et là, se réunissant comme pour se consulter, et reprenant leur course onduleuse avec vitesse.

Et les chevaux ! ils étaient superbes ! la crinière, par grosses boucles, échevelée sur leurs cous musculeux, ils s'enlevaient des deux pieds, hennissant, gonflant leur poitrail, où se dessinaient des lignes magnifiques. Les petits traîneurs de fiacres eux-mêmes semblaient modelés en bronze par un sculpteur ardent.

Tout vibrait, tout flottait ; la brise s'engouffrait dans les portes, remuait les vitrages, arrachant les tuiles, tordant les lauriers roses, dans leur caisse, à la porte des marchands de vin.

Dans tout ce mouvement, dans ce tumulte, ce brouhaha, la silhouette noire des agents de police se découpait, immobile et silencieuse. On eût dit des statues d'airain. Seul, un coin du pan de leur tunique battait par moment sur leur pantalon.

L'indispensable coiffure qui *fiche* le camp et court

la prétentaine le long du trottoir, dans le ruisseau, suivie d'un monsieur dépeigné qui caracole et nourrit le vain espoir de mettre la main sur son couvre-chef, ne doit pas manquer à cette esquisse. Voilà le trait noté.

Enfin, en trois mots, décrivons l'allure de ceux qui domptent les « éléments conjurés » et triomphent de la brise carabinée.

Telle, par exemple, cette charmante petite bonne femme que nous voyions l'autre jour, marchant roide, à petits pas, serrant les jambes, certaine que sa lourde robe de velours bismark ne se relèvera pas, mordant sa voilette du bout des dents, et les mains enfoncées dans les petites poches de son paletot, comme une sarigue.

Elle allait, fièrement et bravement, la tête baissée, prenant plaisir à faire résonner ses hauts talons, tandis que le gland de sa demi-botte se balançait comme un fou à la frontière adorable qui sépare son bas rose bien tiré du chevreau noir de sa chaussure.

LUNDI

I

C'est lundi.

Le Travail, qui pendant toute la journée du dimanche avait croisé ses bras fatigués, vient de reprendre ses outils.

Il est six heures du matin. Les toits d'ardoises grises, dorés par le soleil levant, émergent de la brume légère qui plane encore sur les rues de la ville réveillée à moitié.

La banlieue descend dans Paris. L'ouvrier a remis dans sa commode les habits de fête ; il a endossé sa blouse noircie, et au bas du vieux paletot boutonné jusqu'au cou, qu'il a passé par-dessus à cause de la fraîcheur de l'air, elle passe et flotte.

Voici que l'on ouvre les boutiques. Les barres et les clavettes bruyantes sont retirées rapidement.

Une odeur de pain chaud sort des maisons des boulangers, qui se tiennent, pâles, à leurs comptoirs.

A la porte des magasins de nouveautés, les commis, encore frisés de la veille, les yeux gros, le pied brûlant des quadrilles dansés pendant la nuit, accrochent les étoffes à bon marché à la devanture du magasin. La popeline et l'indienne triomphent !

La jambe en avant, bien chaussées, rapides comme de diligentes abeilles, les petites ouvrières, roses comme des coquillages récemment lavés par la mer, se rendent à leurs lointains ateliers sans regarder derrière elles.

Déjà les débits de tabacs, de liqueurs variées et

12.

de vins sont remplis d'une foule bigarrée, bavarde, altérée. Sur l'étain·mouillé des comptoirs, les gros sous retentissent, mêlés au fracas des verres et des voix.

De légères colonnes de fumée s'élèvent au-dessus des cheminées. On entend au loin les longs sifflements des locomotives en partance. Un bruit sourd des volants de machines à vapeur frappe les oreilles en passant devant les portes des usines.

C'est l'heure où les servantes ébouriffées viennent jeter les immondices ménagères. Des nuages de cendres tourbillonnent au-dessus d'un tas d'ordures où fouille quelque chien hâve et crotté. C'est l'heure encore où, les souliers poudreux, les yeux cernés, ceux qui ont passé la nuit hors de leurs domiciles reviennent au bercail.

Mais les minutes s'ajoutent aux minutes. L'heure coule, le tableau change. Depuis longtemps les ouvriers sont à leurs établis ; d'autres esclaves du lundi leur succèdent.

Ce sont les employés, qui se hâtent lentement ; bien proprets, bien cirés, ils vont à leurs occupations ordinaires : les jeunes, très-tristes ou gais; les vieux, indifférents, résignés, abrutis. Tous cependant lorgnent le ciel parfaitement bleu et pensent à ceux qui peuvent aller se promener, à la campagne, au bord de l'eau, tandis qu'ils griffonneront dans des endroits sombres.

Les collégiens regagnent leurs prisons, *pede claudo*, en fumant avec ardeur. Les poches de leurs tuniques courtes sont bourrées de choses inimaginables. Ils s'arrêtent à toutes les caricatures et attendent que les ponts du canal Saint-Martin *soient tournés*. C'est avec joie qu'ils voient passer tous les omnibus complets.

Enfin, abandonnant la maison paternelle, les jeunes ménages, suivis d'enfants, porteurs de paquets, de gros bouquets à la main, reviennent au nid qu'ils ont quitté le samedi pour aller chez les vieux parents.

Les gares de chemins de fer vomissent dans la capitale des flots humains, parfaitement bien mis, bien cravatés et ornés de fleurs, qui ont passé une journée à la campagne, en plein soleil, librement et sans habits gênants.

La vie âpre, la vie aux mille nécessités appelle de nouveau les hommes à la tâche. Les sillons redemandent les laboureurs. Les jardins veulent de l'eau. A l'œuvre ! à l'œuvre ! Les fronts, un instant essuyés, vont se couvrir de sueur.

C'est lundi.

II

C'est lundi. Pelou le sait bien, allez ! Pelou cracherait plutôt sur le bon Dieu que de ne pas célébrer ce beau jour par un petit *canon* de vin blanc.

Et tenez, Pelou a justement rencontré Grâlu, un

brave garçon qui n'aime à *se piquer le nez*, comme il dit, que depuis que ce farceur de Pelou est à la fabrique où il se rend en ce moment même.

— Bonjour, vieux ! où diable vas-tu ?

— A l'atelier.

— Viens donc prendre quelque chose : il n'y a rien qui donne du courage aux nerfs comme ça.

— Non, merci.

— Est-il bête ? Un seul ! Ta femme te l'a donc défendu ?

Pelou est le plus fort. Grâlu le suit chez un honorable débitant, qui leur verse son affreuse mixture bleuâtre.

— On ne s'en va pas sur une jambe, dit Grâlu par politesse.

— Tu as raison, répond Pelou, qui donne un coup d'œil au *Siècle*, pour voir où en sont les affaires de la Pologne. Et l'on reboit.

Grâlu et Pelou payent ; mais voilà Tapot qui entre. — Tapot, qui en sait une bonne sur le contre-maître, une fichue canaille tout de même !

Le marchand de vin demande négligemment s'il faut mettre trois verres. On lui dit : Parbleu ! Alors Tapot veut offrir sa tournée. Après Tapot, c'est Luisant et Choquet, qui tient à tremper une croûte dans du cassis mêlé d'eau-de-vie.

A neuf heures, Grâlu et Pelou, très-échauffés, quittent le cabaret. — Comme on a passé l'heure de la fermeture de la porte de l'usine, et que le *lourdier* est une vieille bête, on projette d'aller manger un lapin à Montparnasse, à Montparnasse où demeure Riba, un drôle de corps, un *fini*, un *zig*, quoi !

Laissons-les descendre la rue de Ménilmontant, et jetons un coup d'œil rapide dans une triste maison de ce triste quartier.

III

La chambre est petite et sale. Que voulez-vous ? Grâlu n'est pas riche, et il a quatre enfants : — une grande fille de seize ans, brunisseuse de son état; un fils de onze ans, apprenti; une autre fille de sept ans et un marmot de huit mois. La mère, madame Grâlu, est au lavoir depuis le matin. La fille est à l'atelier, le fils aussi ; il n'y a plus que la jeune fille qui surveille le pot qui bout et l'enfant dans sa manne d'osier.

Avec de l'ordre, de l'économie et du courage, çà irait encore ; mais Grâlu a pris l'habitude de faire le lundi, et le mardi, et le mercredi même. Grâlu n'est pas méchant, à jeun ; mais avec un petit verre il se moque de tout comme de ça !

Aussi c'est avec terreur que la femme de Grâlu voit arriver le lundi. Elle s'est aperçue que son fils imitait le père et faisait le lundi dans les champs de Romainville, en mangeant les groseilles, en *goud-*

pant, pour dire le mot. En outre, on lui a dit que Maria, la grande fille, ne revenait pas seule de son atelier, le soir. La pauvre femme sent tout cela lui trotter dans la tête en battant son linge sur la pierre, et elle en laisse son savon se fondre dans l'eau. Il coûte assez cher, pourtant !

La voici qui revient pour donner à manger au petit. Les bras nus jusqu'au coude, la peau recroquevillée par l'effet de l'eau, elle entre dans la chambre où sèchent de longs bas sur une vieille ficelle.

Au bruit de la clef dans la serrure, le marmot s'est éveillé et crie à tue-tête. En voyant sa mère il sourit gentiment, et ce sourire à peine dessiné met la joie au cœur de la rude travailleuse.

Elle s'assied, prépare la soupe pour eux trois, et bourre le gamin, qui souffle, tousse, bave et mange cependant.

Pourvu que Grâlu n'ait rencontré personne ! se dit-elle : voilà le terme qui approche... Enfin !... Et elle tiédit dans sa bouche la cuillerée de bouillie que son fils, pourpre de rage, demande en faisant aller ses bras et ses jambes...

IV

Ils ont acheté le lapin. C'est Pelou qui lui a tâté le ventre, et il est sûr de son affaire. Grâlu a payé. Pelou veut porter l'animal ; c'est avec fierté qu'il le tient par ses longues oreilles. Le malheureux rongeur, heureusement défunt, bat le pavé de ses pattes de derrière.

En choisissant le lapin au marché des Blancs-Manteaux, Pelou a reconnu parfaitement un personnage qui, coiffé d'une marmotte de couleur, ceint d'un tablier jadis blanc, où les poils et les plumes les plus diverses sont collés dans un sang noirâtre, assassine les lapins, agneaux, pigeons, poulets et autres amis de l'homme. C'est l'ami Sanglant.

Grâlu est présenté à Sanglant, et Sanglant, en vidant une dernière oie, déclare qu'ils ne s'en iront pas sans trinquer.

Pelou, Grâlu et Sanglant vont s'établir dans une crèmerie, pour prendre un *petit noir* de trois sous. Lisez une tasse de café à l'eau.

On parle métier. Nécessairement les trois amis se plaignent beaucoup, alcool aidant. On offre le pousse-café, la rincette, la surrincette, la goutte, la dernière, le petit coup du départ, et l'on se serre vigoureusement la main.

Pelou a repris le lapin, qui, quoique mort, lève ses pattes de devant comme un écolier puni de la même façon que lui, et qui crie : « Oh ! là ! là ! Monsieur le maître ! »

Mais Grâlu et Pelou ont bien autre chose à faire que de s'occuper d'un lapin ; ils causent de la Pologne, et Pelou a des gestes véhéments et semble vouloir assommer à coups de lapin le dernier des Moscovites.

Parfois, l'un ou l'autre des deux amis se flanque contre un passant, un volet, ou un bec de gaz ; mais ces choses ne ralentissent pas leur ardeur généreuse, au contraire.

Au coin du Pont-Neuf, Pelou s'assied légèrement par terre, tenant toujours son lapin, que les flots noirs du ruisseau teignent en lapin de deuil. Grâlu l'aide à se relever, et ils se remettent à marcher dans la direction de Montparnasse, cette terre promise des ivrognes.

V

Sept heures ! Grâlu n'est pas encore rentré chez lui. Il devait pourtant *quitter* avant la nuit.

Mme Grâlu prépare le souper. Il est maigre, car elle n'a pas d'argent. Le reste de la paye a été enlevé par son mari. Il est bien juste qu'il emporte l'argent, puisque c'est lui qui *la* gagne, dit-il.

La chandelle triste éclaire la pauvre demeure. Sa lueur vague illumine d'informes et d'indéfinissables choses dans les angles.

Le mouvement de la couverture du berceau indique le sommeil paisible de l'enfant.

La petite fille, la gardienne de ce matin, s'est endormie sur son tabouret.

Mme Grâlu regarde fixement le toit d'en face se découper de moins en moins nettement sur le ciel qui s'assombrit. Des éclairs de plus en plus fréquents annoncent que le gaz s'allume dans toutes les boutiques, et ses longs reflets font reluire les trottoirs que mouille une légère bruine.

Personne ne monte dans l'escalier. Un silence pesant règne dans la chambre. On entend seulement, chez le voisin du dessous, à travers le plancher, le son grave des heures d'un tableau à horloge.

Mais quelqu'un vient. Certainement c'est pour Mme Grâlu. On a prononcé son nom sur le carré. La pauvre femme ouvre sa porte, et il entre chez elle une dame assez bien mise, qui demande, en se frottant les pieds sur un reste de paillasson, « si c'est bien ici chez Mme Grâlu? »

— Oui, Madame ; asseyez-vous.

— J'ai quelque chose à vous dire : votre fille.....

VI

Grâlu et Pelou sont enfin arrivés dans Montparnasse. Assis sous les jaunes acacias de la *Californie*, gargote célèbre, ils préludent au repas par une absinthe effroyable. Quelques croque-morts aimables et deux chiffonniers distingués se sont joints à eux. Riba n'est pas là. Il est au *Dépôt* depuis deux jours.

Tout va pour le mieux dans le meilleur des cabarets possibles ; mais des rôdeurs de barrière, qui ont vu le lapin sur la table, se disposent à violer secrètement le commandement de Dieu sur le bien d'autrui.

Ils se mêlent à la conversation, par des allusions évidemment outrageantes et dépourvues de sel, telles que : — A-t-il une tête, ce marchand de lapin ! il est rudement *paff* !

Pelou, qui n'ignore rien des vanités humaines, saisit l'injure au vol et la renvoie avec dextérité. Grâlu, nom d'un nom ! sent qu'il est temps de protéger Pelou, son ami de cœur.

En vain les croque-morts et les enfants de la hotte veulent s'interposer. Il est trop tard. Une lutte s'engage. Pelou, qui a repris le lapin par ses malheureuses oreilles, joue du poing. Violemment tiraillé dans le conflit, le déplorable quadrupède perd cette intéressante partie de lui-même, qui reste entre les doigts de Pelou. Celui-ci ne s'en aperçoit pas.

Les garçons de l'établissement viennent mettre le holà, et, avec une habileté résultant d'une longue habitude, flanquent à la porte de l'établissement Grâlu et Pelou.

Ces dignes personnages errent comme une ombre autour du marchand de vin.

Les sévères sergents de ville auxquels ils racontent leur mésaventure les engagent à aller plus loin et les menacent d'un endroit où ils cuveront leur vin.

Pelou et Grâlu s'éloignent en murmurant « que ce n'est pas la peine d'être électeurs si on laisse voler les lapins », et vont en trébuchant noyer dans un nouveau litre de vin leur douleur extrême.

VII

Depuis longtemps les théâtres ont fermé leurs portes et éteint leur gaz. Une grande partie de la ville s'est mise au lit. Le bruit de quelques fiacres en retard trouble le silence de la nuit. Dans le lointain, des bribes du *Pied qui r'mue* sont hurlées par des gens avinés.

Dans sa froide chambre, Mme Grâlu veille encore. Grâlu est absent. Les enfants sont couchés.

La Grâlu pleure abondamment. Ses cheveux gris dénoués dépassent son vieux bonnet. Elle pleure devant son foyer éteint, sous les rayons de la chandelle qui coule le long du chandelier.

Soudain on heurte violemment à la porte du corridor. D'affreux jurons réveillent les voisins, qui prêtent l'oreille, dans l'espoir d'entendre une bonne querelle. Mais ce n'est point une querelle, du moins ce n'en est pas encore une; c'est Grâlu, sans casquette, sa blouse pleine de boue et toute déchirée, qui se heurte contre les murs et tombe sur les marches dans l'escalier.

La pauvre femme, le forçat féminin de ce boulet

humain, vient en tremblant aider son soulard de mari à rentrer chez lui.

Le voilà enfin ! dans quel état, bon Dieu !

Il tombe, plutôt qu'il ne s'assied, sur la chaise qu'on lui apporte, et reste là, inerte, abruti, sa pipe éteinte à la bouche, bavant sur ses habits.

Il reste dix minutes dans cet ignoble état, puis, relevant sa tête souillée de sang, de boue et de tabac, examine bêtement l'endroit où il se trouve et qu'il ne reconnaît pas parfaitement.

La Grâlu le regarde, sombre, sans dire un mot.

— A boire !

Elle lui donne un verre d'eau, qu'il crache à terre avec mépris, en demandant du vin.

— Il n'y en a pas.

— Ah ! ah çà, pourquoi pleurniches-tu, vieille drogue ?

Elle ne répond rien et pleure de nouveau.

— Veux-tu dire ce que tu as, sacrée.....? hurle-t-il.

— Ta fille est partie avec un homme, murmure-t-elle enfin.

Grâlu ouvre démesurément les yeux, se soulève à demi, mais retombe en poussant un hoquet de brute.

VIII

Lundi est passé. Mardi se lève gai, pimpant. Le soleil sème des joies infinies dans toutes les âmes.

Oh! l'heureux réveil pour ceux qui ont bien commencé la semaine, le doux encouragement! mais qu'il va être épouvantable, plein de larmes de sang, le réveil de l'ivrogne qui a fait le lundi, l'irréparable lundi !

RÉDEMPTION

Grâce ! ô Monsieur Octave Feuillet, grâce !

Je vous vole un *titre*, sans effraction pourtant; mais enfin je vous le vole avec aplomb, ô chaste, ô tendre, ô doux, ô voilé académicien... âme de lettres !

Je vous le vole, ce titre, ô bon habitant de Saint-Lô (Manche), dans le but coupable de le placer en tête (naturellement) d'une petite étude psychologique assez montée de ton, et dédiée aux cœurs trop sensibles.

Votre front pur, ô écrivain « pour dames et fillettes », arborera peut-être tour à tour les couleurs de la rose, de la pivoine ou du cactus, en lisant les lignes qui vont suivre cette espèce d'invocation ; mais que voulez-vous que j'y fasse ?...

Il est trop tard !

Mon récit commence fatalement par un monologue mêlé vers et prose.

13.

Il est articulé, à la faveur des ténèbres épaisses, par un frêle adolescent, exhumé depuis peu du collége de province où des parents barbares l'avaient conduit à un âge où il était incapable de se défendre autrement que par des pleurs.

Ce monologue — patience ! — est prononcé solennellement le lendemain d'un souper, d'un premier souper copieux, accompli dans un restaurant à la mode sur la rive gauche.

O premier souper indigeste que l'on digère si bien à dix-huit ans ! ô vins frelatés qu'on *sable* avec tant de conviction ! ô écrevisses avancées ! ô mauvais punch ! ô exécrables bonnes choses avalées sans compter ! je me souviens de vous, et je vous salue de toute la force expirante d'un estomac déjà mûr ?

Mais n'oublions pas mon monologue.

Le voici. Non pas textuellement, mais en substance au moins.

Oui, le fragile adolescent récemment libéré, étudiant du premier mois de la première année, murmure en se retournant sur sa « couche » brûlante :

— « Pauvre fille ! — Pauvre ange tombé ! — « Hier soir !... Elle m'a donné la clé d'or de son « cœur ! A moi seul... Moi seul je la comprends, je « l'excuse... Douce créature !...

> Pauvreté! pauvreté! c'est toi la courtisane;
> C'est toi qui dans ce lit as poussé cet enfant,
> Que la Grèce eût jeté sur l'autel de Diane!

« Que tu as raison, ô mon Musset !... Quelque
« maigre Rolla l'a cueillie à peine éclose sur sa tige,
« l'a respirée, et l'a jetée ensuite... Infamie !... Ils
« n'ont donc pas de cœur, ces vieillards ! — Et
« ils rient de la jeunesse ! » (*Ici l'adolescent grince
des dents.*)

— Pauvre fille ! ô ma Flora !

Hélas ! qui peut savoir pour quelle destinée,
En lui donnant du pain, peut-être elle était née ?

« A seize ans, perdue ! et par qui !
« Mais cette âme n'est pas gangrenée. Non (*avec
« force*). Non ! — Je le sens aux battements de mon
« cœur. — Non ! tout n'est pas perdu. — On ne doit
« pas encore crier : — « Une femme à la mer ! » —
« On peut la sauver. Quelle noble tâche ! quel but
« séduisant ! — Oh ! l'arracher à cet enfer ! être le
« Persée de cette Andromède ! (*Aïe ! les souvenirs
« classiques !*) La sauver ! — Si j'osais tenter cette
« aventure ! — Elle m'a conté sa vie, sa vie de mi-
« sère, de luttes, de désespoirs. Ame fière ! ô ma
« Flora ! — Que quelqu'un vienne à toi, qu'il te
« tende bravement et tendrement la main, et tout sera
« dit. Le *Minotaure* comptera une victime de moins.
« (*Encore les souvenirs du « bahut !* ») Une rédemp-
« tion ! quelle belle action au début de la vie ! »
« Une rédemption ! »
Ainsi, jour et nuit, pendant une semaine, s'excla-

me et s'interroge le cher et très-innocent garçon.

Le doux jeune homme, au cœur frais comme un bourgeon, et semblable à une éponge imbibée d'illusions, que tordra plus tard, jusqu'à la dernière goutte, la main rude de l'expérience, se démène vainement, et sa pensée se rive au souvenir de la belle fille (la tranquillité des parents, la joie des enfants) dont les lèvres parfumées l'ont sacré homme, en une heureuse nuit d'automne.

Sans cesse il la revoit telle qu'elle lui est apparue. La voilà bien, calme et pudique, au milieu de la troupe folle des convives ! la voilà avec sa robe noire montante, dont l'étoffe jalouse semble heureuse de voiler ce que l'œil devine et caresse ! Quelle démarche harmonieuse ! quelles lignes exquises !

L'adolescent enivré se rappelle les moindres instants de cette soirée, de ce souper, de cette nuit. « Lorsqu'elle buvait, se souvient-il, son petit doigt, « délicat, blanc, finement détaché, s'écartait de ses « jolis frères, et la lumière découpait son cher petit « ongle rose et transparent. Elle ! oh ! Elle ! »

L'adolescent dit — Elle ! — avec une voix que l'émotion fait vibrer. Sur douze feuilles de papier, un peu au-dessus du premier vers d'un sonnet douze fois commencé, s'étale cette dédicace *simple et touchante* : — A Elle. — Elle, avec une majuscule !

Pendant huit jours, huit interminables jours, le bon petit étudiant mâchonne le même foin amoureux.

A la fin il s'éprend sérieusement, — éperdument, —
d'un souvenir, et il se dit : « Je la reverrai ; oui, je la
« reverrai, et je la sauverai ! »

« Je la sauverai ! »

Tu la sauveras !... Oh ! mon cher ami, si tu savais,
si je te disais !... Mais tu ne voudrais pas croire, fou-
gueux saint Thomas du quartier latin... Non, tu te
boucherais les oreilles, comme la Mort dans les vers
de Malherbe, et me laisserais crier.

Moi, je l'ai connue, ta Flora, ta première idole. Elle
sait, comme Marion Delorme,

> . . . . . . vendre au premier venu
> Un amour, à son gré, naïf, tendre, ingénu,

le tout pour quelque *paraguante*, ainsi que disent les
Espagnols.

Te voyant si candide, si crédule, — et si gris,
avouons-le, — enfin si petit poulet bon à plumer, elle a
su, en femme habile, *te la faire à la tristesse.* —
Pauvre enfantelet ! Elle a su te soutirer de l'argent,
et c'est déjà mal ; mais elle t'a carotté des larmes, tes
bonnes larmes de jeunesse en sus, et c'est infâme !
Allons, ne dis pas le contraire : tu as pleuré sur son
sein en écoutant l'histoire de son enfance ?... Ne
mens pas, cher gamin ! — Tu as pleuré lorsque, en
te quittant le matin, elle t'a dit de sa voix adorable,
avec un geste résigné et un soupir :

— Adieu, mon enfant !... Maintenant, quand vous

verrez une malheureuse, ne lui jetez pas la pierre...
Pensez à moi... Adieu !

. . . .

Après huit jours de monologue, notre bel adolescent, amoureux fou, se décide à aller revoir cet ange
égaré. Et il sait son adresse par cœur !

En prenant cette grave résolution, son âme émue
semble s'envoler tout à coup ; il étouffe ; ses jambes
flageolent.

All right ! se dit-il un soir : partons !

Il part : car il est encore au nombre des élus qui
trouvent le matin, assise au chevet de leur lit, cette
Espérance souriante, dont les mains maternelles bor-
dent leur drap le soir.

Il part. Il arrive. Il franchit ce seuil *qu'il a
revu tant de fois dans ses rêves,* et se glisse dans
le boudoir obscur.

Elle est là ! Elle ! toujours en robe montante,
calme et pudique... Elle va sortir.

L'adolescent s'approche ; il la salue comme on salue
une reine, muet d'abord ; puis, prenant son courage à
deux mains, il soupire :

— C'est moi, Madame !

— Vous ? qui, vous ? répond la séduisante créature, se soulevant à demi, la main au-dessus de ses
yeux, et regardant avec inquiétude son interlocu-
teur.

— Moi, Gaston.....

— Connais pas... Je n'ai pas l'avantage de me rappeler quand et où j'ai eu le plaisir de voir Monsieur.

— Il y a huit jours..., chez...

— Bah ! c'est possible. Mais, voyez-vous, il a coulé tant d'eau sous les ponts depuis ce temps-là..., et puis il faisait nuit... Cependant...

L'adolescent ne l'entend pas. Il s'enfuit, frappé en plein cœur. Ah ! les premiers coups sont toujours rudes dans la carrière des déceptions, la vie, puisqu'il faut l'appeler par son nom.

Il s'élance dehors. L'air de la nuit le calme un peu. Mais les projets les plus sinistres germent dans sa tête : il se tuerait si... sa mère, sa famille. Sa mère !... il est sauvé.

Il est sauvé ; mais il ne croira plus, hélas !

AU SERMON DE L'ABBÉ X***

SPECTACLE MAIGRE EN QUATRE TABLEAUX

PERSONNAGES :

FAUST. . . . . *Petit crevé, âgé de vingt-trois derby.*
MARGUERITE. . . . . . *Grande demoiselle, dix-huit saisons à Trouville.*
MÉPHISTOPHÉLÈS.. . . Serviteur fidèle. Six mille ans.
MARTHE. . . . . Gouvernante anglaise. Age (?).

PREMIER TABLEAU

Le parvis de la cathédrale.

MÉPHISTOPHÉLÈS, *en livrée de valet de pied, un cigare aux lèvres, se tient à la tête des chevaux de la voiture de mademoiselle Marguerite de X. Le cocher dort sur son siége. Des cloches tintent dans le lointain. Bourgeois, seigneurs et manants.*

— Décidément je crois avoir fait un marché de dupe, si j'en crois les discours des cloches ironiques, qui font : *Din don! din don!*... C'est agaçant. Pour une vieille âme tout usée, rapiécée, j'ai donné jeunesse, beauté et fortune à ce vieux notaire de Faust que j'ai rencontré toussant et crachant, il y a trois mois, à Monaco, où l'on chasse et déchasse. J'avais renoncé aux affaires après la mort de M. Jean Wolfgang Gœthe. J'avais bien fait. Oui, mais l'âme de mademoiselle Marguerite de X. m'a tenté. Et ma foi, pour l'emporter là-bas toute frétillante, j'avais besoin de Faust : le désir éternellement renaissant devait vaincre encore une fois l'éternelle pudeur.

Donc j'ai bien fait les choses. Et voilà mons Faust en bonne passe ! Ah ! dame ! il n'y va pas de main-morte avec mes petits bienfaits ! Depuis huit jours qu'il poursuit mademoiselle Marguerite, aux ventes de charité, aux bals pour les orphelins, aux sermons de carême, il m'a dépensé un argent énorme. « *Un pa-* « *reil fou vous tirerait en feu d'artifice le soleil, la* « *lune et les étoiles, pour peu que cela pût divertir* « *sa belle !* »

— *Din don ! din don !* Absurdes cloches ! Ma foi, si je rate mon coup de filet, mon joli coup double, si je reviens bredouille, je me fais sérieusement ermite ! A notre époque, ce sera original. Ou bien, — tiens, pas bête, l'idée ! — je me ferai zouave pontifical.

Ah çà ! mais ce sermon n'en finit pas. Par la porte entre-bâillée m'arrivent des lambeaux sonores du dis-cours de M. l'abbé X... C'est très-beau !

Recueillons ces pétales des fleurs de la rhétorique ecclésiastique... (*Il rallume son cigare, qui s'est éteint pendant ce long monologue.*)

DEUXIÈME TABLEAU

Dans la nef.

(*Exclusivement réservée aux hommes. (Voir l'affiche.*)

FAUST, *galamment vêtu. Coiffé par un perruquier illustre, chaussé par un Polonais de génie, ganté par le Praxitèle du chevreau, à*

14

trois boutons, s'il vous plaît, se dandine sur sa chaise, le stick aux dents. Il regarde obstinément, non pas le père X..., qui se démène dans la chaire, mais une tête de jeune fille, à côté d'un pilier, jolie tête rêveuse, charmante dans la pénombre qui remplit le bas côté de l'église. (Il murmure :)

— *Par le ciel, cette enfant est belle; de ma vie, je n'ai rien vu de pareil : l'air si convenable et si modeste, et avec cela quelque chose de piquant! Le rouge de ses lèvres! l'éclat de ses joues! Non, de mes jours, je ne les oublierai. La façon dont elle baisse les yeux s'est gravée à fond dans mon cœur. Et cette jupe courte! d'honneur, c'est à ravir!*

— Jupe courte est parfait! O Gœthe, ô poëte géant! Le court est à la mode. Plus de longueurs! — Mais, tudieu! Marguerite est plus adorable encore aujourd'hui qu'hier. Pourvu que cet imbécile de Méphisto n'ait pas oublié de glisser dans son livre de messe le billet doux qu'un journaliste de mes amis me composa ce matin, à cinq francs la ligne, du reste!

La chère enfant! elle n'ose lever les yeux. Parmi les jeunes *cotillonneuses* de cet hiver, certes, malgré son minois, c'est bien la plus pure créature que le macadam ait portée jamais. Mondaine, oui, mais vertueuse en diable. Qui l'eût cru? Ah! si nous étions à Trouville ou à Biarritz, le soir, dans les sables!...

— Cet abbé entasse les arguments les plus inouïs que j'aie encore pesés jusqu'ici... Je suis sûr que Marguerite n'en entend point un saint mot. Elle relit mon billet — sans doute, pendant que miss Marthe songe à la jolie somme qu'on lui promet, à la petite maison de l'avenue Ingres, à ce qu'elle doit faire demain...

O Méphisto, que je te remercie !

TROISIÈME TABLEAU

Dans le bas-côté, près du pilier.

MADEMOISELLE MARGUERITE, *mise comme si elle allait jouer au Gymnase, dans une pièce de notre grand poëte Gondinet, caresse doucement de sa petite main le dos armorié de son livre de prières. Elle pense :*

Je donnerais bien quelque chose pour savoir quel est ce monsieur ; il a à coup sûr très-bonne mine, et doit être de noble maison : cela se lit sur son visage, autrement il n'eût pas été si entreprenant. Quelle odeur de renfermé ! On étouffe ici, et cependant il ne fait pas si chaud dehors. Je suis toute je ne sais comment. Je voudrais que ma mère fût là. — Je n'ai plus de mère ! — Un frisson me court partout le corps, folle et craintive femme que je suis !

Notre Père, qui êtes aux cieux, etc.

Je sens que ce monsieur me regarde. Oui, j'en suis certaine... Il ne demande qu'un mot de réponse... en présence de Marthe... demain... demain.

Que dit cet abbé?... Rien qui aille jusqu'à mon

cœur, doux et peureux comme un enfant malade. Il
parle à des hommes. La politique, le socialisme divin, le supranaturalisme... Mon Dieu, faites qu'il
parle à mon âme... Je ne sais que prier, moi...

MISS MARTHE, à part.

Has any thing been brought for me? — Oui,
a-t-on quelque cadeau pour moi? — Demain, avenue
Ingres... et tant d'argent!... c'est peut-être un mariage, qui sait? à la mode anglaise.

QUATRIÈME TABLEAU

Le parvis de la cathédrale.

*FAUST s'arrête sur le trottoir, derrière la voiture où montent made-
moiselle Marguerite et miss Marthe; il attend, calme, poursuivi
par un petit Italien qui demande la charité. Méphisto ferme la
portière de la voiture, ramasse les pans de sa redingote, et, avant
de monter sur le siége, s'approche de Faust:*

— Tout va bien, cher maître.

— Demain?

— Marthe vient de me l'assurer...

— Bon.

— Adieu, cher maître!... touche, Jean!

— *Serpent! serpent!*

MÉPHISTO, à part.

— Pourvu que je vous enlace!

*La foule sort de l'église. Les cloches sonnent. On entend crier:
Le Moniteur du soir! voilà le Petit Moniteur!*

LE REFUGE

Un soir qu'il bruinait, affectant le calme trompeur du sage qui attend un omnibus quelconque, abrité sous la soie d'un parapluie parisien (inusable, 7 fr. 50), je me promenais de long en long et de large en large sur un des nombreux refuges du quartier d'Antin.

Vous n'ignorez pas qu'un refuge est cet îlot d'asphalte, circulaire, bordé de granit, et perdu au sein des vastes mers du macadam, qui produit pour toute végétation un cocotier en simili-bronze, aux branches duquel mûrissent, blancs le jour et flamboyants la nuit, cinq énormes fruits en verre dépoli.

C'est à M. Haussmann que nous devons ces utiles éléments d'un archipel rudimentaire. Que son saint nom allemand soit loué !

*
* *

La pluie tombait toujours, fine et drue. Aucun omnibus ne passait. J'avais faim, en outre. Robinson ennuyé, je sentais mon île déserte se transformer peu à peu en radeau de *la Méduse*.

Et pas de journal à lire à la lueur tremblante du cocotier à gaz !

Si vous croyez qu'on s'amuse, à six heures, sur un

14.

refuge, devant Saint-Louis d'Antin, vous vous trompez fort.

Tout à coup — comme dans un roman — une forme noire, la tête enfoncée sous un *en-tout-cas* féminin et vêtue d'un long *water proof*, aborda au rivage bitumé de mon refuge.

Si les plus mauvais vers sont ceux où la cheville abonde, il est à remarquer qu'une dame qui n'en a pas — de cheville — est désagréable à voir.

Mais tel n'était point le cas de la forme noire, en *water proof*, qui battait de sa petite semelle sur le sol miroitant du refuge.

*
 * *

Je regardais donc avec émotion les chevilles de cette dame inconnue, soigneusement voilée.

Or, d'une cheville délicate, dessinée admirablement par le chevreau souple de la demi-botte, remonter au visage, en s'amusant aux détails charmants qu'on devine en route, çà et là, n'est point une chose absolument défendue, n'est-ce pas?

Et d'ailleurs il est si doux d'enfreindre les défenses et de braver les lois, que, même sous le regard sévère des magistrats intègres, ornés de leur cravate blanche immaculée, j'aurais fait voyager mon œil, bleu touriste, sur les lignes exquises du corps de cette jeune dame, lignes indiscrètement accusées par le *water proof*.

Mon regard arriva enfin, après un long trajet ac-

compli heureusement, où ? vous le devinez, au menton adorable de ma compagne de naufrage.

Petit menton couché douillettement sur le velours
garni de dentelle de la bride du chapeau.

Puis... — Ah ! ! !

Cette exclamation peint faiblement la gigantesque
surprise qui m'inonda le cœur de folle joie, en recon-
naissant — dans ce menton, et, plus haut, dans cette
bouche charmante, et, plus haut encore, dans ce petit
nez mis en prison sous une voilette — le nez, la bouche
et le menton d'une sous-institutrice farouche qui, huit
jours auparavant, avait répondu à la plus brûlante
des lettres par ces mots glacés :

— « *Nous ne nous comprenons pas. L'oiseau bleu*
qui chante dans mon âme restera solitaire. Adieu !
Soyez heureux !

« LUCIE. »

Et la pluie tombait toujours !

*
* *

La pluie tombait toujours et l'omnibus ne passait
pas — ou passait — chargé jusqu'à la gueule !

Affectant plus que jamais le calme trompeur du
sage, je manœuvrai adroitement de façon à apparaître devant ma Lucie comme un spectre évoqué
soudain.

J'y parvins.

— Lucie ! murmurai-je, plus suave que la brise
dans les amandiers.

— Vous!! — ici!... Ah! c'est bien mal!

— Pourquoi? le pavé du roi est à tout le monde... Ah! Lucie! En ce moment j'égrenai un chapelet tout entier de gros soupirs, m'arrêtant aux *Pater* et aux *Ave,* pour pousser un — Ah! Lucie!

La jolie sous-maîtresse, irrésolue, sévère et souriante, me regardait du coin de l'œil, feignant de prêter l'oreille au chant de la fauvette qu'imitent si mal avec leur sifflet les conducteurs de la Compagnie des omnibus.

— Lucie? repris-je.

— Non, monsieur. Oublions ce beau rêve. C'est bien fini. Je vous rendrai vos lettres.

— Et moi, je garderai les vôtres jusqu'à ma mort... qui ne tardera pas, je le sens! m'écriai-je.

En effet, je mourais d'inanition.

Et la pluie tombait toujours.

*
* *

Que vous dirai-je?

Au pied du cocotier de simili-bronze, nous jouâmes successivement la plupart des scènes d'amour que Molière a écrites. Cela nous prit à peu près trois bons quarts d'heure.

Je fus éloquent. Et puis, la petite Lucie avait une faim (elle me l'avoua plus tard) des plus singulières : un horizon d'écrevisses épicées et de chateaubriant aux pommes soufflées, vain mirage, flottait devant ses yeux.

Bref, — oh ! le combat fut rude et hasardeux, — j'obtins la permission de lui offrir le bras. Elle ferma son *en-tout-cas* microscopique. Et la soie inusable de mon vaste parapluie abrita nos deux têtes jusqu'au restaurant le plus fourni en cabinets particuliers.

Nous n'allâmes pas très-loin, du reste.

La robuste écaillère échouée comme un vieux navire à la porte de ce lieu de délices illégitimes daigna nous sourire quand nous passâmes près d'elle.

Je lui rendis cette marque d'affection, en lui disant : *Bonjour, Marennes.*

Lucie entendit : *Ma reine !* et me pinça.

Le garçon qui nous ouvrait comprit *Marraine,* et devint familier.

Néanmoins nous fîmes — t'en souviens-tu, Lucie ? — une adorable petite dînette de poupée où rien ne manquait, pas même un perdreau habilement garni de citations de truffes.

Et voilà comment, ô mon ange, un soir qu'il bruinait, nous mangeâmes l'*oiseau bleu,* mais truffé, en bénissant à jamais M. Haussmann d'avoir eu l'heureuse idée de créer le *refuge (refugium peccatorum, amen).*

A PARTE

Septembre, le mois des longues mélancolies sans cause, tire à sa fin.

Dans le petit salon d'une maison de campagne à S..., (*distance de Paris*, 29 *kil.*), une dame et un monsieur, celui-ci très-jeune encore, celle-là déjà fort expérimentée, sont installés commodément, sans grande gêne, sur des siéges à leur convenance.

Le jeune homme, dûment autorisé, s'est étendu à demi, avec art, sans dessiner de trop affreux zig-zags avec ses jambes et ses bras, sur un long divan.

La dame, comme une de ces pâles châtelaines d'autrefois qui mouraient dans leur chaire aux coussins de velours, en attendant le retour de leurs maris partis pour la Croisade, s'est allongée, droite mais non sans grâce, sur le grand fauteuil à haut dossier.

Au dehors, dans le jardin, sur la cime des arbres qu'on aperçoit par les fenêtres, la nuit arrive rapidement, les ailes mouillées d'une pluie fine, singulièrement froide.

Une obscurité charmante, suggestive, emplit déjà le salon, et les dernières lueurs blanches qui s'accrochent encore aux meubles luisants luttent désespé-

rément avec les premiers éclairs rouges que le
feu de la cheminée lance sans bruit, presque sournoisement.

Du feu ?

Hélas ! oui, du feu ! — Cette dame et ce monsieur, que nous allons avoir l'honneur de vous
présenter tout à l'heure, viennent de rentrer, après
une longue promenade à travers bois, sous la
brume.

Et, en attendant le moment, peut-être très-désiré,
du dîner, ils se sèchent tranquillement.

Ils ne se disent rien.

On croirait qu'ils ont peur de troubler par un bruit
de banalités plus ou moins spirituelles le silence
berceur qui règne dans le *buen retiro* coquet où nous
les trouvons. Ils suivent le vol capricieux de leurs
pensées écloses, immobiles et muets comme ces vieillards sur les jetées, dans les ports de mer, qui regardent au loin s'éloigner les voiles blanches, et passer
les goëlands infatigables.

Ils rêvent, tout éveillés, pleins de quiétude, heureux de céder sans effort à la douce lassitude qui suit
une course joyeuse dans les bois aux parfums for-
tifiants.

De temps en temps ils se regardent. Chacun d'eux
se dit, presque avec honte : « Ah çà ! mais ce n'est
guère poli de rester comme cela sans parler. » Mais
cette réflexion dure à peine le temps d'un éclair. On

ne prend aucune résolution. Et la dame et le monsieur s'enfoncent de nouveau dans leur silence et dans leur chère rêverie.

Pourtant ils ne sont pas mariés ! pourtant ce ne sont pas des amants vieillis.ensemble !

Non : la dame que voici, d'un âge avouable encore, aux yeux très-noirs, épanouie complétement, de son fort petit pied à son col honnêtement blanc et gras, est madame B..., la maîtresse du logis, femme d'un M. B..., qui a le tort, le grand tort, aux yeux (j'ai dit très-noirs) de sa moitié, de s'occuper trop des élections, et pas assez de la compagne de sa vie.

Ainsi, tenez, aujourd'hui, cet affreux M. B... est encore allé caresser une urne quelconque dans les environs. Il ne doit même pas rentrer pour dîner. C'est infâme, n'est-ce pas ?

Ah ! madame B... n'est pas du tout contente, et cela se comprend. Toujours seule ! Par ce mois si poétique, si énervant, si !... Et cependant une épouse soumise, attrayante, qui connaît la vie, n'est-elle pas pour un mari ce que la Bible appelle un *vase d'élection ?*

Ah ! la conduite de M. B... est inqualifiable !

Quant à l'adulte presque imberbe, mollement affaissé sur le divan, de l'autre côté du salon, à une distance trop respectueuse de madame B..., c'est tout simplement M. Gustave (pas mauvais sujet du tout), un visiteur, presque un inconnu.

M. Gustave a pris le train ce matin, et, bombe élégante, est tombé chez l'abandonnée, chez l'asseulée madame B... On l'a retenu à dîner. Il a accepté. Voilà toute l'histoire.

Donc madame B... et M. Gustave, l'estomac creux, suivent paresseusement la valse de leurs pensées, sans daigner se communiquer ce qui fait battre leur cœur plus vite parfois et leur arrache des soupirs étouffés.

Mais nous, pour qui le mur de la vie privée n'aura jamais de créneaux armés d'amendes, nous pouvons connaître leurs réflexions *à parte*, et, c'est affreux ! les redire à haute et intelligible voix.

Ne nous gênons donc plus, traduisons !

A parte de M. Gustave :

« Elle est charmante ! Comme il reste de la jeune fille en elle ! (*Il parle de madame B...*) Ce B... doit être, dans ses protestations d'amour, d'un laconique qui dépasse toutes les prévisions. Quel œil calme ! la paupière n'est pas fébrile : elle s'abaisse et se relève également, avec douceur. Rien de troublé. Rien de passionné. Non, devant la porte de cette âme, on n'a pas encore prononcé le Sésame magique. Les trésors n'ont pas été profanés, qui dans ce cœur dorment froidement !..... C'est un ange ! Quel parfum d'innocence s'exhale de toute sa personne ! Qu'il serait doux d'étendre sous ses pieds délicats un amour doux et profond, semblable à ce riche

15

manteau de velours que Raleigh jeta sous les pieds d'une reine ! Voilà la femme de mes rêves ! l'héroïne de mes poëmes ! Quel autre langage employer auprès d'elle, sinon la poésie la plus exquise ! Oh ! tremblant, le cœur oppressé, si j'osais aller m'agenouiller silencieusement à côté du trône de ma souveraine, comme un page des temps passés, et lui demander de mourir pour elle.....»

A parte de madame B... :

« Ce Gustave est fort bien. Un peu gauche pourtant; mais jeunesse se passera... hélas ! De l'œil, beaucoup d'œil... un peu trop tendre, peut-être ; pas assez de chien... de... mais enfin de l'œil. Et quels cils, voyez donc ! Un beau garçon. Pas Antinoüs, par exemple ! C'est égal, un charmant cavalier. Du cheveu, beaucoup de cheveu ! Des épaules solides de jeune dieu destiné à rencontrer un grand nombre de faibles mortelles... oh!... De la dent ! la lèvre rouge, un peu épaisse... Si mon mari?... Quel torse ! Les jambes un peu longues. Bah! mais très-bien faites. Le pied petit... Que je suis folle!... Dans les bois il m'a semblé que sa main tremblait un peu, tandis que je m'appuyais sur son bras... car j'appuyais ! Ah ! Gustave!... Quel œil!... C'est un gaillard ! »

— Madame est servie ! cria-t-on soudain.

La domestique qui poussait ce cri solennel apportait une lampe, qu'elle posa sur la table. La lumière aveuglante, la voix de la bonne, tranchèrent à jamais le fil embrouillé des rêvasseries de madame B... et du sieur Gustave. Ils tressaillirent et s'éveillèrent.

Avec les airs bizarres des hibous tirés soudain de l'obscurité d'un clocher, en chancelant, ils se rendirent à la salle à manger.

Trois quarts d'heure après, le salon, éclairé avec fureur par la lampe cruelle, revit encore ses hôtes étrangement troublés.

Ils reprirent leurs positions respectives, pour faire la sieste et savourer le café.

Et le silence, interrompu de temps en temps par les bribes d'une conversation sans entrain, s'établit de nouveau. La digestion se faisait.

« Oh! pensait *a parte* madame B..., que ce Gustave est petit mangeur! Je le soupçonne fort d'être adonné à la poésie. L'affreux vice! Oui, il doit être enclin à faire des sonnets. Il a dîné comme une mauviette! Un grain de mil ferait son affaire. Triste! Comme on se trompe! je lui croyais un corps d'acier, un estomac à l'épreuve du gibier. Eh bien, non! c'est une femmelette. De l'eau rougie, du blanc de volaille, pas de poivre! C'est un pauvre garçon. Je plains sa maîtresse. S'il vit de régime, ce Gustave doit être insupportable. Un poëte! Et moi qui... Mais M. B... est un ogre à côté de lui. Ce pauvre Charles!... je vais lui faire mettre quelque chose au chaud, à propos !... »

. . . .

Et M. Gustave, regardant la pendule en tapinois, monologuait ainsi en lui-même, pendant que madame B... l'arrangeait de la belle manière *a parte:*

« Quelle femme! Quel fier coup de quenottes! — Être matériel, va! Je m'étais inséré le doigt dans la cavité orbiculaire, et joliment! Tudieu! mon héroïne poétique sèche assez bien son hanap. C'est la reine de Thulé avant le jet de la coupe dans les flots. Et moi qui, pour lui plaire, mangeais à peine! Je lui ai dit des vers, encore! — Horreur! Comme on se trompe! Et quel œil allumé elle avait en jetant sa serviette! Sapristi, l'ange de mes rêves a pris son vol au moment du roquefort! Les écailles étaient déjà tombées de mes yeux, quand j'ai vu sa bouche de corail engloutir les membres épars de trois bécasses en salmis! — Oh! mon beau poëme qui n'aura pas de fin... adieu! — C'est une gaillarde, cette petite bourgeoise-là. Je regrette mon dîner. Il vous avait un fumet... Stupide que j'ai été! »

. . . .

Pendant que le couple ruminait de la sorte, farouche et sans oser se lancer un seul regard, le temps, à pas égaux, avait marché.

L'heure du dernier train approchait.

Bientôt ce cher Gustave, d'un air riant (il était tout consolé par l'idée d'un souper à Paris, n'importe où, pourvu qu'il fût copieux), prit congé de madame B..., également souriante, mais désolée, ajoutait-elle, de lui avoir fait passer une aussi mauvaise journée.

— Ah! Madame! s'écria Gustave... comment donc?... mais... excellente...

Et il s'enfuit par le jardin, en gambadant comme un collégien.

LES DEUX DAMES

Nous tenons à vous parler aujourd'hui de deux dames, de deux dames de notre connaissance, ou peu s'en faut.

La première, Française et Parisienne! se nomme... mettons Armantine, si vous le voulez bien. Elle a eu vingt ans aux dernières prunes.

La deuxième, appelée Isinofré, morte il y a trois mille ans, fut une ravissante Égyptienne.

Cela posé, oublions un instant la belle Isinofré pour ne nous occuper que de madame... nous avons dit Armantine, n'est-ce pas? va donc pour Armantine.

Madame Armantine, dont la fonction consiste, pour le moment, à être admirable du matin au soir, et adorée du soir au matin, est en outre la muse

15.

éphémère d'un jeune rêveur que nous fréquentons
volontiers.

Un matin de la semaine dernière, le jeune rêveur
voyant, grâce à l'indulgence céleste, que le soleil
poudroyait dans leur chambre, et qu'au dehors, sur
les arbres du boulevard, les feuilles verdoyaient, s'é-
cria soudain :

— Armantine, *mets ta robe blanche et ta ceinture dorée*. Nous allons aller dans les bois voir si
réellement on a coupé tous les lauriers. En d'autres
termes, arbore ta nouvelle toilette, ou, en deux vers :

> Emprisonne ton pied exquis, blonde Armantine,
> Dans le cuir mordoré de ta frêle bottine.

Armantine, pardon, madame Armantine, battant
de ses mains charmantes, sauta de joie, et courut incontinent à son armoire à glace.

Trois heures après, elle était prête à partir !

Pendant ce laps de temps, le jeune rêveur avait
changé d'avis. Telle, au faîte d'une maison, la gi-
rouette cède à la douce influence du premier vent
qui passe !

— Mon enfant, dit-il gravement, nous n'irons
point dans les prés verdir vos bas immaculés. Il serait également dommage de laisser des lambeaux de
votre robe aux branches des buissons. Enfin, l'admiration des masses, je le pense, vous sera plus douce
que le regard timide des génisses éparses dans les

champs. Donc, et voulant que Paris perde la tête aujourd'hui, avons décrété et décrétons ce qui suit : Article unique. — Armantine sera conduite aux salles nouvellement ouvertes dans le Louvre, et de là au sein des restaurants les plus confortables !

— Si tu veux, je vais ôter mon gant pour signer au bas de ton projet, répliqua en souriant la créature charmante. Allons au Louvre.

Ils allèrent donc au Louvre, madame Armantine et mon ami le rêveur, bras dessus, bras dessous, étroitement serrés, par les boulevards égayés.

Madame Armantine, délicieuse du chignon au bout de sa bottine, fraîche et rose comme une fleur de pommier, et heureuse, oh ! si heureuse ! dans sa toilette nouvelle, marchait légère et gentille, comme... une femme qui *étrenne* quelque chose, chiffon ou amant, et, innocemment, sans le savoir, *posait* devant le troupeau vulgaire des humains.

Les femmes, un soupçon de rage au cœur, les yeux tout grands ouverts, la toisaient avec une impertinence affectée, et, à plusieurs reprises, se retournaient pour la voir, tirant par le bras leurs maris obligés d'étouffer une exclamation louangeuse, et réduits — par ordre — à trouver madame Armantine laide et tapageuse !

Madame Armantine triomphait ! — Dame !

Un nuage d'encens sortait de toutes les lèvres masculines. Tous les yeux d'hommes brillaient. Ma-

dame Armantine aurait pu lire une infinité de
choses flatteuses au dernier point dans les longs regards du sexe auquel elle devait notre ami le jeune
rêveur. Mais aussi que de choses profondément im-
morales voulaient dire ces clins d'yeux langoureux
et dépouillés de toute austérité !

Armantine Ire régnait donc sur le boulevard,
par la grâce de Dieu et la volonté du peuple : du
peuple, entendons-nous, habillé par des tailleurs de
renom, coiffé par des chapeliers de génie, et chaussé
par les bottiers des anges !

On arriva au Louvre à la fin, après avoir regardé
tous les magasins, calculé le prix de cent robes, écrasé
les passants, savouré les cris d'admiration et mis à
mal le cœur de cent cinquante-deux jeunes adultes,
futurs gardes territoriaux, sans compter le cœur
d'un président de chambre (6e, 7e ou 8e?) qui, à
peine arrivé au tribunal, et encore sous l'influence
des charmes vainqueurs de madame Armantine, se
sentit l'âme bonne et tendre à un point extrême, et
acquitta coup sur coup trois voleurs et deux assas-
sins.

Ce président de chambre, subjugué par l'irrésistible toilette de madame Armantine, fut ce jour-là
une mine inépuisable de circonstances atténuantes.

— Soyez bénie, ô madame Armantine !

On arrive donc au Louvre. En passant par les
salles égyptiennes, le couple charmant s'arrêta, comme

tout le monde, devant la vitrine S, qui renferme des bagues et des sceaux.

Or, pendant que les bourgeois, pour qui les questions d'art, d'histoire, etc., sont des vétilles, se demandaient d'un air important : — Ces bijoux sont-ils réellement en or ? madame Armantine regardait attentivement une grosse bague au cachet gravé.

— Qu'est-ce que cette bague, ami? murmura-t-elle.

Notre jeune ami le rêveur, feuilletant le catalogue, répondit :

— Le conservateur des antiquités égyptiennes dit galamment que ce bijou appartenait à *une dame nommée Isinofré.* La dame est représentée à genoux devant Isis, sa patronne évidemment.

— Comment? reprit madame Armantine, ceci a été au doigt d'une dame ! Il y a combien de temps ? ajouta-t-elle.

— Trois mille ans, et plus.

— Ah !

— Oui, une dame, morte mille ans avant que le jeune philanthrope hébreu fût né pour la gloire et le bonheur de la terre.

— Une dame !... soupira à son tour la chère Armantine.

Et tous deux restèrent pensifs, et, par les salles bruyantes, sans se dire un mot, les deux amoureux s'éloignèrent de la vitrine S.

Ils se tenaient encore par le bras ; leurs cœurs ne battaient pas loin l'un de l'autre. Mais que leurs âmes, à tire-d'aile, avaient fait du chemin ! et, bien qu'elles eussent été au même pays, quelle énorme distance séparait leurs deux vols parallèles !

Et madame Armantine, pauvre fille ! sentant combien sa grâce, sa délicatesse, sa toilette surtout, résisteraient peu au souffle de l'âge, pensant avec une tristesse soudaine combien de femmes, et des plus belles, et des plus adorées, et des plus maîtresses du temps, ont disparu sans laisser de traces, se disait avec une douleur d'un instant, mais une douleur vive, terrible : Il ne restera rien de moi, pas même une bague !

Pas même une bague, pour faire rêver, à mon bénéfice, l'homme qui dans trois mille ans se promènera au bras d'une autre femme, et pour le rendre infidèle un instant !

Oh ! coquetterie suprême ! jalousie étrange !

Notre jeune ami le rêveur revoyait, en effet, la belle Isinofré, et, tout en pressant machinalement le bras de madame Armantine, croyait voir la morte des bords du Nil, souriante, parée, lui tendre ses bras fuselés et mignons.

— Allons-nous-en, monsieur le poëte, dit tout à coup madame Armantine, sortie enfin de ses réflexions attristantes.

Ils s'en allèrent dîner, et dînèrent moins gaiement que d'habitude.

Ah ! c'est qu'un troisième convive s'était installé, tenace, au bout de leur table, et les rendait sérieux, même devant le champagne glacé... Et pourtant, autrefois ?

— Le diable soit de madame Isinofré ! (*Réflexion de l'auteur.*)

Madame Armantine, en retournant chez *eux*, ne voulut point passer par le Palais-Royal. Elle adorait flâner devant les vitrines étincelantes des galeries. Mais elle avait peur, ce soir-là, absolument peur, de voir l'anneau de madame *Isinofré* reluire au milieu des bagues modernes, et lui dire : « Il ne restera rien de toi, rien, pas même un bijou, pour faire rêver à ton bénéfice, dans trois mille ans, l'homme qui se promènera au bras d'une autre femme, et pour le rendre infidèle un instant. »

AU MUSÉE DE CLUNY

Les dimanches d'hiver, à Cluny, les salles vénérables, aux solives armoriées, sont remplies d'une foule murmurante de bourgeois curieux et ignorants.

Les uns, penchés sur les vitrines, s'exclament devant la dimension effrayante des dents des peignes de

jadis. — Nos ancêtres avaient des cheveux plus gros
que nous, décidément, confie le chef de famille à ses
enfants, lesquels, les yeux hors de la tête, passent une
main inquiète sur les sphinx sculptés aux angles des
jolis meubles de la Renaissance. Plus loin, deux cam-
pagnards, en habit neuf et mal fait, se serrent l'un
contre l'autre, ne sachant ce qu'il faut regarder, laissant errer un sourire niais sur leurs lèvres épaisses.
Ils sont entrés là parce qu'ils ont vu *du monde* entrer là.

Des Parisiens pur sang consultent le gardien impassible. Les demoiselles, pour montrer leurs bottines
neuves, se chauffent les pieds devant les landiers gigantesques, garnis de bûches énormes. Un jeune
homme galant s'insère tout entier sous le manteau
d'une vaste cheminée, et rit tout seul de cette
facétie.

— Tout ça, ça vaut pas l'acajou, murmure un monsieur en paletot qui sent la colle forte et le palissandre
à la fois. Nous faisons aussi bien que cela, re-
prend-il, désignant de son doigt noueux une admirable crédence, chef-d'œuvre d'un artiste délicat et
bizarre, mort visité par un roi.

On entend faire, tout bas, — par des femmes à leurs
époux, par les amies à leurs amis, — des questions
naïves à propos des sujets peints sur les faïences
italiennes. L'abandon des poses de la chaste Suzanne
ou de Diane devant Actéon fait sourire. Les collégiens

rôdent autour des tables ; ils adorent les faïences !
Les émaux ne leur déplaisent pas non plus, ils in-
sistent sur l'opportunité de tel ou tel geste de jambe
et de torse, gravement.

Parfois un visiteur, en passant près d'une pano-
plie, fait *toc toc* du doigt sur une cuirasse de Milan.
Aussitôt la voix d'un gardien, voix sévère et gron-
deuse, s'écrie au milieu du silence général qui se fait
aussitôt : « Ne touchez pas, Messieurs ! »

Le visiteur rougit et s'esquive, ou bien il feint d'admirer les tapisseries de haute lisse ou des *verdures*
flamandes.

Cependant les guipures anciennes, la dentelle, la
broderie, attirent les regards des dames. Elles en cal-
culent la *valeur au mètre !* On parle, à ce propos, du
Petit-Saint-Thomas...

Les ecclésiastiques admirent les chasubles écla-
tantes et citent du Saint-Augustin ? Leur grande
silhouette noire se découpe sur le fond blanchâtre des
dentelles.

Comme un docile troupeau de moutons, deux à
deux, on gravit des escaliers obscurs, en chêne poli,
luisant. On se regarde dans le *tain* des glaces de Ve-
nise accrochées au mur, sombres dans leurs cadres
d'ébène aux coins de filigrane jaune. Une suite de
Saints, dépourvus de bras, de jambes, et surtout de
têtes, retient un instant les yeux lassés, éblouis.
Quelque vieil amateur prend racine devant un *ré-*

table d'église, où le Christ, vêtu comme un reître allemand, en haut de sa croix, fait une grimace douloureuse, et contemple le jeu des soldats qui le gardent. Soldats en habits du temps de François Ier, à manches à gigots, bouillonnées, et à *crevés ;* haut-de-chausses à braguette.

Un jour singulièrement colorié par les vitraux à mailles de plomb tombe sur le parquet glissant, où les carabiniers, fendus jusqu'au nombril, trébuchent, heurtant en outre la chenille rouge de leur casque aux soliveaux du plafond bas.

Les armures antiques font rêver les passants. On entend parler de saint Louis, des Croisades, de la Mansourah, de Richard Cœur-de-Lion, de Philippe-Auguste, de Napoléon (?) en Égypte. C'est avec respect, en voyant les gantelets de peau de buffle imbriqués d'écailles de fer, qu'on pense aux soufflets d'autrefois : « Vous en avez menti par la gorge, chevalier félon ! » A la rescousse !

Un farceur montre une arquebuse à crosse incrustée d'ivoire, et dit négligemment : — Voilà l'arme dont Charles IX s'est servi pour tirer sur le pauvre peuple, le jour de la Saint-Barthélemy.

On écoute l'orateur. Un farouche étudiant de première année frémit et serre le poing.

On se presse, on se bouscule de plus en plus, coudoyant les soldats de planton qu'on est étonné de ne pas voir en hallebardier d'autrefois, ou en *soudard,* avec un emplâtre sur l'œil, et le nez plein de verrues violettes. Mais où sont les *mercenaires* d'antan ?

Un groupe entoure le *maxillaire inférieur* de la mâchoire de Molière. « *Tiens, un os !* crie un enfant. Pourquoi donc ça, papa ? » Le père, intrigué, consulte le catalogue, et, après avoir lu l'explication qu'il donne, demeure plus intrigué que jamais. Un morceau de Molière à Cluny ! Dans quel but ?

Enfin, dans une salle où l'air est lourd et chaud, d'où les visiteurs accumulés semblent ne plus vouloir sortir, et qu'un grand bourdonnement entrecoupé d'éclats de rires étouffés emplit, se précipitent et s'entassent tout particulièrement les flots incessants du public.

Comment dire cet empressement ? Quel objet rare et curieux excite donc tant d'émoi ?

Ah ! voilà ! — Nous sommes dans la salle de la *fameuse ceinture de chasteté*. Tout Paris la connaît, au moins par ouï-dire, cette célèbre ceinture. De femme en femme, dans les ateliers, les boutiques, les magasins, les comptoirs, à la halle aussi bien que dans les salons bourgeois, le secret s'est répandu. Et tout le monde, les dames surtout, jeunes ou vieilles, ont soif de contempler une fois dans leur vie cette affreuse ceinture, témoin muet et impartial de la jalousie ingénieuse des seigneurs d'autrefois, — et de la légèreté des dames du temps passé, — il faut bien le dire aussi.

Au bas d'un trophée d'honnêtes quenouilles délicatement ouvragées, comme un serpent de velours rouge, usé par places, repose la ceinture : elle a pour fermoir les deux moitiés d'un coquillage dentelé. Une serrure à clé, — admirable précaution (*précaution inutile !* dirait Beaumarchais) accompagne ce fermoir excentrique.

Les femmes, j'entends celles qui ne sont pas prévenues par un coup de coude de leur mari, devinent immédiatement l'usage de ce meuble conjugal. Les jeunes filles rougissent, et se sourient en dessous, entre elles. Des regards sont échangés. On chuchote. Les hommes expliquent à voix intelligible le pourquoi et le comment de cette tyrannie. — « Le fabricant est mort, malheureusement, » dit un plaisant en lorgnant les dames d'un air aimable.

Parmi ces dernières, quelques-unes, fort courroucées, et trouvant cette invention idiote et absurde, font, malgré elles, des gestes de rébellion, accompagnés d'une moue significative.

— *Ah bien, moi !...* lit-on dans beaucoup d'yeux féminins, *si on voulait me... je...* — et une sourde menace termine la phrase prononcée intérieurement.

Plusieurs se cachent la figure sous leur mouchoir, et rient sans se gêner. D'autres, des vertus surprises, se sauvent avec une colère pudique, après avoir lancé un coup d'œil furtif sur l'objet en question.

— Circulez, Messieurs! braille de temps à autre le gardien froid et grave.

On circule lentement. On s'arrache avec peine de la salle. On s'entraîne le sourire aux lèvres. Et les nouveaux arrivants, avides de voir ce qui préoccupe tout le monde et cause l'hilarité générale, poussent dehors ceux qui les ont précédés devant la ceinture mystérieuse.

Enfin, par les anciens Thermes de Julien, froide caverne où les baignoires de pierre et les sarcophages se ressemblent et sont assemblés, le public s'écoule, se répand dans le jardin, se tord de rire devant les statues gothiques, longues, maigres, roides et laides, et, peu à peu, regagne la porte basse de l'Hôtel, jetant un dernier regard ébahi à la muraille crénelée, écussonnée, au faîte de laquelle on s'attend toujours à voir un archer, le pot en tête, se promener son arc sur le dos, de long en large.

LES SUITES D'UNE SAINT-CHARLEMAGNE

C'est à vous, ô Madame..., qui fûtes jadis *ma correspondante*, au temps du collége (cela ne date pas d'hier), que j'adresse ces lignes, totalement dépouillées de la gravité mélancolique qui siérait si bien à nos âges.

16.

A nos âges, je répète. — Cela n'est guère poli, je le sais. Mais il faut enfin que je me venge, d'une façon ou d'une autre, ô ma correspondante ! — Ah ! pourquoi vous montrâtes-vous si cruelle autrefois pour un pauvre petit garçon, emprisonné dans une tunique bleu-de-roi, et qui jusqu'alors n'avait jamais eu d'autre tort envers vous que de porter des cols démesurés, et d'émettre en votre honneur de nombreux soupirs comparables, par leur violence et leur périodicité, au *mistral* de la Provence !

Je vous aimais, ô ma correspondante, épouse résignée d'un mari atrabilaire, blanchi sous des harnais divers, et que l'inclémence de la goutte poussait fréquemment à l'oubli des plus simples devoirs.

Je vous aimais, et, comme dit Toppfer : « Ceux qui croient qu'un amour d'écolier, pour être sans espoir et sans but, n'est pas vif et dévoué, ceux-là se trompent. » Oui, je vous adorais ! Le visage charmant de l'honnête jeune femme d'un époux vieux a de ces pâleurs et de ces mélancolies révélatrices qui vous prennent au cœur. Le veuvage d'une âme ne peut se cacher. Et, chaque dimanche, passant des exercices du *bahut* aux problèmes de la vie, observateur naissant, je traduisais, mot à mot, votre tristesse, cette version féminine. Et puis, *je faisais des vers.* Oui ! des vers ! j'avais un pied dans le crime, comme vous voyez !

Je faisais des vers, des longs et des courts,

ô ma correspondante, et qui rimaient au petit bonheur !

Et la preuve, chère madame, c'est que l'année où... (mais n'anticipons pas sur les événements), c'est que, dis-je, l'année qui me fit de vous une ennemie, je fus choisi par le proviseur pour *composer* un discours rimé au *banquet de la Saint-Charlemagne.*

La Saint-Charlemagne ! — « Ah ! *nous y voilà donc !* » comme s'écrient, à des siècles d'intervalle, *Hamlet* et *Frank, de la Coupe et les Lèvres.*

Oui, nous y voilà. Je fis des vers exquis pour cette solennité. Parmi ces vers, il s'en trouve un si beau, si expressif, si imagé, que je ne puis résister à l'ardent désir de le répéter ici.

Il s'agissait d'un haricot, sujet classique, n'est-ce pas... Et pour le peindre dignement je m'écriais :

> Ce légume charmant, où s'emprisonne Éole !

Le trait est parfait ! — ah ! ne rougissez point, ô ma correspondante. Tiens ! c'est un autre vers. Tant pis !

Ma pièce de vers eut un succès fou. Le proviseur, essuyant les restes de dinde qui erraient sur ses lèvres glabres, déclara que je ne partirais pas sans l'embrasser. C'était à peu près la situation d'ESTHER :

> De mes faibles attraits le roi parut touché.
> RACINE.

J'obéis. Je me rendis en chancelant près de son fauteuil. J'étais ivre-mort d'orgueil et de champagne. Je subis l'accolade. Ah !

Enfin, on nous lâcha. Un peu dégrisé, quelques heures après mon triomphe, je vins chez vous, madame.

Votre mari était allé entendre le concert dans le Parc. Vous étiez seule. Tenez, je pourrais encore vous décrire exactement la disposition des fauteuils et des chaises dérangés par une récente visite, dans votre salon, ce jour-là.

Mais rassurez-vous, madame, et vous, lecteurs, je n'exécuterai point cette menace.

O ma correspondante ! au coin de votre feu qui s'éteignait et fumait piteusement, sur une causeuse, vous vous teniez, la robe un peu levée au nez des chenets, et me tournant à peu près le dos (je regardais dans un stéréoscope depuis vingt minutes, en vous lorgnant du coin de l'œil néanmoins), vous rêviez, une main sur vos beaux yeux.

Nul autre bruit dans le salon que le battement de la pendule et les coups de bec aux barreaux de leur jolie cage de vos deux *inséparables*.

J'avais les nerfs très-émus, madame, très-émus, et laissant tout à fait de côté les vues photographiées qui ont toutes l'air d'être prises en temps de neige, je me mis à vous contempler silencieusement. Vous ne vous en doutiez guère, ô ma correspondante.

Vous aviez, cette après-dîner-là, madame, une robe montante, grise et luisante, couleur acier en un mot ; une vraie cuirasse, heureusement souple, et rappelant, par le galbe, l'armure de Jeanne d'Arc. Le chaste battement de votre cœur la faisait onduler gracieusement. Mais moi je regardais plutôt... (dame, jadis)... la ligne infiniment adorable qui descendait de votre oreille délicate à votre menton exquis. Un profil perdu, divin, comme presque tous les profils perdus de femme. Sur votre cou plein et blanc, de petits cheveux châtains formaient de folles boucles où la lumière joyeuse passait en y laissant de sa gaîté.

O ma correspondante, je vous dévorais ainsi des yeux bien innocemment, je vous le jure.

Tout à coup, au bord du petit doigt de la main qui voilait vos admirables prunelles — oh ! les troublantes prunelles ! — je vis comme des perles de cristal se former. Vous pleuriez, madame, et bien amèrement, sans bruit, comme toutes les véritables douleurs, et c'étaient vos chères larmes qui, de votre petit doigt où elles tremblaient, traversées d'un rayon, tombaient lentement sur votre robe ; et votre robe les buvait immédiatement, complice jalouse ; elle semblait sentir que votre désespoir était ignoré de tous, et que les traces en devaient être effacées sur l'heure.

Mais j'étais là, moi, grand benêt de collégien aux longs cheveux coupés *à la quatre six deux*, avec mon col taillé par la main de *l'arbitraire* (voir les journaux politiques), et chacun de vos pleurs tombait sur mon cœur comme une goutte de plomb fondu. Oh ! que j'ai souffert !

J'eus l'audace — et cela valait le passage du Rubicon, allez, ô ma correspondante — de venir, sans qu'aucun bruit vous avertît de mon changement de place, m'asseoir à côté de vous, sur la causeuse. Et, les larmes aux yeux moi-même, par sympathie, fou de votre chagrin, je me penchai sur votre autre main étalée, et comme abandonnée — pauvre petite — sur votre robe, et je l'embrassai vigoureusement.

— Pan ! — Comme je me relevais, disant de ma voix la plus attendrie : — *Oh ! que vous êtes malheureuse, madame !* vous me flanquâtes, ô ma correspondante, un vigoureux soufflet en pleine figure qui me fit voir trente-six mille étoiles en plein midi, ce que je ne croyais permis qu'à M. Le Verrier jusqu'alors.

Et vous sonnâtes votre domestique !

Ah ! madame ! — (pardonnez-moi le fréquent emploi que je fais du *prétérit*) — en quittant la causeuse, avec un mouvement très-digne, je ne vous en voulais pas de la claque, croyez-le bien, mais j'étais profondément blessé de votre méprise ridicule.

Ainsi, pendant que devant vous, ange exilé sur la terre, à qui je croyais au cœur les regrets du ciel, je m'agenouillais respectueusement, vous, vous n'étiez qu'une simple mortelle et votre première pensée fut une pensée humaine ! Vous eûtes peur...

Oh ! je n'aurais pas « coupé les cordons de sonnette, » ô ma correspondante !... et c'était faire beaucoup trop d'honneur à un collégien que de supposer...

Laissons tout cela, madame.

En sortant de votre maison ce jour-là, pour n'y jamais revenir, ce qui étonna énormément votre mari ! — et ma famille, j'allai dîner dans un restaurant, le cœur bien gros, et regrettant une seule chose : vous avoir crue si longtemps une *âme*, tandis que vous n'étiez que simple *chair*, ô ma correspondante.

Enfant que j'étais ! !

P. S. — Je fais encore des vers, madame, ils riment très-richement.

LES PETITS CADEAUX

On dit que les petits cadeaux entretiennent l'amitié.

Voici, d'après mon expérience personnelle, comment il faut interpréter ce proverbe, quand il s'agit de cadeaux offerts à une « amie » :

— Les petits cadeaux entretiennent l'amitié d'une femme — pour ses connaissances du même sexe.

Je m'explique :

Vous n'êtes pas, cher monsieur, sans avoir entendu gazouiller, le matin, entre les quatre murs de votre chambre à dormir, ce beau petit oiseau folâtre que l'on nomme une maîtresse. Les tribunaux disent: une concubine.

Ce cher petit oiseau a deux immenses avantages sur ses collègues des bois et des rues. D'abord, il est toujours à peu près apprivoisé ; ensuite il n'est jamais si charmant que lorsqu'il est en *mue*, je veux dire quand il perd ses plumes de soie, de mousseline et de toile.

Eh bien, n'avez-vous pas remarqué, au moment où vous offrez un présent quelconque à ce ravissant petit bec, que ce cher petit bec éprouve instantanément le désir impérieux d'aller faire voir ce qu'elle a reçu à ses meilleures amies? Hein?

Immédiatement, si le cadeau est un châle, des bottines d'un prix fou, un chapeau inouï, ou une robe d'un luxe effréné, la dame vous dit, dans un baiser :

— « Mon chat. Je suis heureuse ! Ah !... mais...! Tiens, je vais aller voir cette pauvre Louise ; il y a bien longtemps que je ne l'ai vue. Elle est peut-être malade? »

Rassurez-vous, mon cher monsieur, Louise n'est pas malade, mais votre « amie » espère bien troubler sa santé et la rendre jalouse, en lui montrant les résultats de votre munificence.

En outre, votre « amie » se propose de faire écumer de rage, sur les boulevards et dans les rues qu'elle suivra, toutes les femmes qui la rencontreront.

Il peut arriver, il arrive souvent même, que la dame de vos pensées, pensées faciles à suivre, même en voyage, du reste, ne témoigne rien devant vous de ses desseins secrets, innocemment conçus d'ailleurs.

Mais soyez certain que, pour une cause ou pour une autre, votre épouse morganatique fera une promenade dans le courant de la journée.

Ce besoin d'étaler aux regards des passants, et surtout aux yeux d'une amie intime, le nouveau grelot qu'on attache à son collier, est des plus respectables chez la femme.

Quand les poëtes ont poli un sonnet, ils vont le réciter dans tous les coins littéraires.

Eh bien, les dames vont *lire* leur toilette, ces poëmes où la forme est tout, dans les endroits de Paris adoptés par la mode.

Et ce jour-là, leur grâce est sans égale, le sentiment du triomphe allume dans les yeux des feux électriques ; elles ne marchent pas : elles voltigent.

Elles ont l'intuition tout à coup du moyen de

17

mettre en relief, de façon à ravir les myopes et les presbytes en même temps, les avantages mystérieux de leur nature civilisée.

Les robes deviennent de verre. Les sphinx disent presque leur mot.

Comment expliquer autrement, quand il fait un temps tiède, au printemps, par un clair soleil, la différence des sensations que nous font éprouver les passantes, dans la rue?

Voici deux femmes également belles, habillées toutes deux avec un goût parfait.

Eh bien, l'une traversera la foule, sans être aperçue, ne faisant battre aucun cœur, n'inspirant à personne le premier chapitre d'un roman; tandis que l'autre, marchant du même pas, aussi grave, aussi pudique, entend autour d'elle un murmure confus de douces paroles, fait presser le pas aux jeunes gens, et met de jeunes sourires sur le front des vieillards.

Au milieu de cent passants, la femme dont tous les instincts, dont tous les appétits sont satisfaits, la femme enfin à laquelle quelqu'un, amant ou mari, a fait cadeau d'une chose nouvelle, d'un joujou dont elle n'a pas encore eu le temps de voir le *dedans*, cette femme-là rayonne de la bottine au chignon. Sa *féminineté* est à son paroxysme, sans qu'elle s'en doute. Des effluves certainement magnétiques se dégagent de tous les points de son être. Elle est irrésistible.

Notez que cette femme ne tire nullement de l'éveil de nos aspirations amoureuses l'irrésistibilité de son pouvoir. Non : elle passe; nous ne faisons que l'entrevoir. C'est par la force intense de sa personnalité qu'éclosent nos désirs, ces adultères de la pensée.

Et c'est ainsi, au profit des jeunes psychologiques du boulevard, que les petits cadeaux entretiennent l'amitié dans un ménage.

LA FAUTE DU PRINTEMPS

Sur les bords de la Seine, avant-hier matin, M. Stylon, professeur de sixième au lycée... Diderot, marchait en sautillant, comme une bergeronnette.

L'obligeant M. Stylon se rendait au lycée... Diderot.

M. Stylon marchait vite, en sautillant, comme un gentil oiseau, et sous son crâne déjà épilé par les mains désagréables des années de maturité, mais que recouvrait précieusement un chapeau claque en mérinos noir, voltigeaient, tels des oiseaux nouvellement éclos et encore tout gauches, les pensées pédagogiques dont M. Stylon se proposait de faire part à ses jeunes élèves, ce matin-là.

M. Stylon repassait donc son cours, en se rendant au lycée... Diderot, par les quais.

Tout à coup, à la hauteur du pont des Saints-Pères, une remarque, bien inattendue, se glissa audacieusement parmi les pensées pédagogiques de M. Stylon.

Et cette remarque était celle-ci :

« Pourquoi madame Stylon n'a-t-elle jamais les bas *aussi* bien tirés ? »

Halte, Monsieur Stylon ! Halte !

Que voulez-vous faire entendre par ces mots, lesquels, prononcés près d'un pont dont le seul nom aurait dû vous faire réfléchir, me semblent d'une inconvenance qui frise l'impudicité ?

Monsieur Stylon, permettez ! — Ah ! Monsieur Stylon, je ne m'attendais pas à cela !

Pourquoi madame Stylon, la douce madame Stylon, l'épouse sans tache, l'innocente brebis, l'ornement, et, j'ose l'espérer, la joie de votre foyer, pourquoi madame Stylon se trouve-t-elle si inopinément mêlée à vos pensées pédagogiques, et d'une façon si désobligeante ?

Pourquoi cette allusion mélancolique, que dis-je, presque injurieuse, aux bas de madame Stylon, et à la manière dont ils sont tirés ?

Pourquoi sortez-vous tout à coup ce triste secret de la toilette de madame Stylon des profondeurs pudiques de votre âme, Monsieur Stylon ?

Pourquoi les bas de la créature impeccable qui a mis sa main dans la vôtre, il y a dix-neuf ans trois mois et quelques jours, vous reviennent-ils à la mémoire soudain?

Que veut dire enfin cet effrayant adverbe *aussi* qui se dresse là, comme une pierre d'attente?

Madame Stylon, dites-vous, n'a jamais (que ce jamais est amer!) les bas *aussi* bien tirés. Aussi bien tirés que ceux de qui?... Monsieur Stylon!

Que ceux de qui?—Je vais le dire, moi, je l'ai deviné!

Madame Stylon n'a jamais les bas aussi bien tirés que ceux de... la frivole créature, parfumée à l'*Ylang-Ylang*, qui vient de tourner le coin du pont des Saints-Pères (ô saints Pères, voilez-vous la face) devant vous, tout à l'heure!

Oui, Monsieur Stylon, c'est parce que devant vous, tout à l'heure, offrant ses délicates chevilles aux yeux de tous, faisant un joli tumulte d'étoffes soyeuses autour d'elle, et répandant dans l'atmosphère des odeurs de poudre de riz et d'*Ylang-Ylang* (à moins que ce ne soit du Jockey-Club), une femme évidemment frivole a tourné le coin du pont des Saints-Pères ; c'est pour ces raisons vaines et, j'ose le dire, tournant à l'adultère, que vous avez fait mentalement la réflexion subite où madame Stylon et ses bas en vis sont mis en quelque sorte au pilori.

17.

— Ah! monsieur Stylon, qui aurait jamais pensé que vous, vous! un obligeant professeur de sixième au lycée... Diderot, vous oublieriez tout à coup les charmes solides de dix-neuf ans trois mois et quelques jours d'une union à peu près sans nuage (l'hiver excepté), pour ne vous souvenir que d'une chose désagréable, à propos de la façon de se « *jarreter* » de madame Stylon.

Souvenez-vous de ce que dit Minerve, sous la figure de Mentor, au jeune homme qu'elle vient de flanquer à la mer du haut d'un rocher excessivement élevé, Monsieur Stylon.

Comme ce jeune homme se plaint violemment d'avoir bu un joli coup, dans la mer amère, Minerve, sous la figure de Mentor, lui dit froidement :

« Sont-ce là, ô Télémaque, les pensées qui doivent agiter le cœur du fils d'Ulysse ? »

Et Mentor a raison, et je le dis après lui avec une honnête indignation :

— Sont-ce là, ô Stylon, les pensées qui doivent agiter le cœur du mari de madame Stylon ?

Et d'ailleurs, après dix-neuf ans trois mois et quelques jours, les bas mal tirés de madame Stylon ne doivent plus avoir rien de choquant pour vous. Vous devez être absolument habitué à entrevoir, au bas de la robe de madame Stylon, quand elle la relève avec pudeur pour franchir un ruisseau grossi par l'orage, les bas tortillés négligemment autour des mollets sans

embonpoint qu'elle vous a apportés en mariage avec
son cœur.

Après dix-neuf ans trois mois et quelques jours,
votre réflexion singulière et le regard long, complai-
sant et investigateur qui l'a suivie, regard enfin dé-
coché aux chevilles de la créature frivole parfumée à
l'Ylang-Ylang (à moins que ce ne soit du *Foin coupé*),
tout cela, Monsieur Stylon, me paraît tout à fait
louche, permettez-moi le mot.

Il ne vous manque plus, maintenant que vous
avez livré à la publicité l'état intime des bas de
madame Stylon, que de suivre la créature frivole
qui a tourné le pont des Saints-Pères à jamais scan-
dalisés.

Offrez-lui vos hommages ardents, Monsieur Stylon.
Allez! le premier pas est fait. Ah! les bas de madame
Stylon vous paraissent odieux! Plongez-vous donc
dans les bas d'autrui, à présent. Allez! allez, Monsieur Stylon, déposez votre cœur, vos émoluments de
professeur de sixième au lycée... Diderot, ainsi que
le produit des répétitions que vous donnez à des bam-
bins continuellement affligés d'oreillons , — bref, déposez l'héritage de vos enfants aux jolis petits petons
de la créature frivole, mais jarretée à ravir, qui vient de
filer devant vous, en souriant sous sa voilette. Aban-
donnez la tendre madame Stylon aux tentations de
l'isolement! Tombez de déshonneur en déshonneur,
Monsieur Stylon.

Et voilà pourtant ce que produit le printemps!
Voilà.

Et il y a des messieurs qui, sous prétexte qu'ils
sont poëtes, vous font des vers sur le printemps, sur
cette saison qui trouble le cœur de professeurs de
sixième au lycée... Diderot, sur cet infâme renouveau qui suggère aux époux des idées tout à fait
étrangères à leur profession!

Ton nom, printemps, c'est immoralité.

Et, « si j'étais le gouvernement... »

Pauvre madame Stylon! — Pauvres bas mal
tirés!

UN CERTAIN SOIR

I

Ce soir-là, un bouquet de chrysanthèmes, cueilli la
veille, se desséchait sur la cheminée, dans un vase ga-
gné à une fête quelconque.

Ce soir-là, le feu brûlait comme il voulait ; plus de
pincettes empressées, c'était à qui des charbons pâlots
dégringolerait le plus vite.

Ce soir-là, la lampe filait bien certainement.

Ce soir-là, une victime sauvée du fleuve Jaune parisien, un petit chien adopté autrefois, allait pleurant et flairant par toute la chambre.

Ce soir-là, la chambre n'était pas rangée, le lit était défait, et les couvertures, dans un très-pittoresque désordre, causaient avec le tapis.

Ce soir-là, les deux oreillers, éloignés l'un de l'autre, se regardaient comme deux époux de vingt-cinquième année, et encore...

Ce soir-là, la pipe était au râtelier et s'inclinait avec mélancolie : les allumettes avaient perdu leur singulière habitude de traîner sur tous les meubles.

Ce soir-là, le cahier de papier à cigarettes gisait éventré sur la table, son caoutchouc pendait avec désespoir.

Ce soir-là, le maryland et le caporal goûtaient dans leurs pots d'argile le calme de la régie natale.

Ce soir-là, enfin, *on* avait les mains dans les poches et, étendu dans son fauteuil, *on* tâchait de ne penser à rien, tout en lorgnant du coin de l'œil une petite photographie appendue au mur.

II

C'est que ce soir-là on était triste, triste jusqu'à la mort, et l'on voulait aller sur les montagnes pleurer comme la fille de Jephté.

Ah! c'est que ce soir-là avait eu un vilain matin !

C'est que ce matin-là on s'était fâché pour une bêtise.

Elle avait dit : — Si !

On avait dit : — Non !

Elle avait accentué un second : — Si !

Et l'on avait répondu par : — *Va te promener !*

Alors gentille Annette n'avait pas voulu « supporter une vie pareille. » On la rendait trop, trop malheureuse...

Et gentille Annette était partie.

Et on lui avait souhaité — un bon voyage !

Et l'on était resté seul.

Voilà pourquoi l'on ne fumait pas, pourquoi le feu brûlait à sa fantaisie, pourquoi la lampe filait, pourquoi le petit chien cherchait quelqu'un, pourquoi le lit n'était pas fait, pourquoi les chrysanthèmes avaient soif.

III

Et l'on s'était écrié : — Oh ! les femmes, les femmes !

Puis l'on s'était mis à raisonner : — « Va te promener, est-ce bien gentil ? — là, franchement... »

Et comme on était seul, on s'était trouvé stupide.

Mais... on avait réfléchi à la rapidité de cette rupture, et l'on avait trouvé :

1° Qu'un départ aussi prompt :

2° Qu'une sortie aussi résolue ;

3° Que des yeux aussi secs ;

4° Que... etc., etc.., étaient choses louches, et que tout cela méritait un grand point d'interrogation... ci : ?

IV

Et l'on se rappelait, tout en se reprochant ses doutes affreux, les aventures d'Horace, de Lydie et de Calaïs, ce qui amenait à la confection de ce quatrain classique :

> Idéal, Idéal, la cire de tes ailes
> S'est fondue au soleil de la Réalité :
> O mes rêves d'Icare, illusions trop belles,
> Tombez à l'Éridan qu'on nomme Vérité.

Que l'on brûlait séance tenante.

Puis l'on se replongeait dans le marasme, et l'on se souvenait qu'un soir, devant Crétaine, elle avait accepté un pain chaud trempé dans plusieurs verres de lait, et qu'au moyen de ce repas arcadien on était devenu les meilleurs amis du monde.

Cujas et Barthole avaient bien dit : *Tu quoque !*

Mais on avait ri comme un gibbeux.

Cuisants souvenirs ! — On était seul, bien seul, par sa faute, sa très-grande faute.

Et l'on avait crié comme un fou, avec un accent désespéré : — Annette, ma mie Annette, gentille Annette, où êtes-vous ? que faites-vous ?

V

C'est alors, mais alors seulement, qu'on avait entendu frapper trois petits coups à la porte.

Et le dialogue suivant s'est établi :

Voix irritée. — Entrez !

Voix incroyablement douce. — C'est moi...

Voix rude. — C'est vous ?

Voix céleste. — J'ai oublié mes peignes à bandeaux.

Voix qui désire conserver son autonomie. — Vous avez été bien longtemps à vous apercevoir de cet oubli... inqualifiable...

Voix malicieuse et repentante. — C'est que... j'ai été me promener...

Voix touchée au cœur. — Où ?

Voix qui échappe à la définition. — Devant Crétaine.

. . . .

(Ici, de bien agréables onomatopées.)

. . . .

— Tu as dû avoir bien froid, pauvre petite ?

— Je ne sais pas... je n'ai pas pensé à ça...

— Viens donc te chauffer.

— Veux-tu m'embrasser, dis ?

. . . .

(Ici, les vieux messieurs sont invités à se moucher.)

. . . .

— Moïse, Moïse ! venez dire bonsoir à cette vilaine maîtresse...

— A-t-il mangé, hein ?

— Je ne sais pas... je n'ai pas pensé à ça... (*Voir plus haut.*)

VI

Ce soir-là, le feu fut ramené dans le droit chemin, la lampe remontée, le chien alla dormir sur son coussin, le tabac envoya au plafond ses spirales intermittentes et les oreillers se rapprochèrent pour causer du livre de M. Stendhal.

Le bouquet seul se fana.

Hélas! c'est que toujours quelqu'un pâtit de ces sortes de réconciliations, si sincèrement qu'elles soient faites.

Et après la bataille, malgré « les soins éclairés » de l'habile chirurgien Cupido, ce Larrey des âmes, il reste au cœur guéri, toujours prête à se rouvrir, une ineffaçable cicatrice.

LA FLEUR DE CYCLAMEN

Dernièrement, j'étais en visite chez madame de Sainte-Adresse, une chère écervelée au cœur excellent. Ce bon Sainte-Adresse, en affaires au Tattersal,

18

nous avait laissés seuls. Nous causions donc chiffons, madame et moi.

Pendant que la jolie créature, délicieusement accroupie dans un fauteuil nain, luttait, — et c'était une bataille vraiment ravissante, — avec son havane microscopique, un chien auquel il ne manquait que des roulettes de cuivre pour être vendu au poids de l'or chez Giroux, je lui faisais de mon mieux le compte rendu du bal de madame X..., bal qui avait eu lieu quatre jours auparavant, et j'exprimais, en minaudant d'une atroce façon, le regret amer que tout le monde avait témoigné en constatant l'absence de la charmante madame de Sainte-Adresse, etc., etc., quand celle-ci, m'interrompant :

— J'étais malade à la mort, cher monsieur; ne riez pas. Un rhume, je vous l'avoue, un rhume ridicule... Oh! j'ai bien souffert, allez !

—Je n'en doute pas, madame !... Nous avons des personnes qui préféreraient l'échafaud... un rhume, mais c'est horrible !... Le nez rouge, les yeux comme ceux des christs larmoyeurs dans les peintures des Allemands du moyen âge... Ah! c'est affreux !

— Avez-vous bien dansé, néanmoins, monsieur?

— J'étais triste, madame... M. Le Verrier est le seul homme sur la terre qui puisse constater sans émotion la disparition d'une étoile... mais moi... ah !
— Cependant, j'ai dansé, comme un Caraïbe, au dessert, quand l'ennemi est cuit à point.

— Heureux homme! vous polkeriez sur un volcan.

— Avec vous?... mais jusque dans le fond des cratères, madame!

— Pauvre jeune homme!... Ah ça, dites-moi, et notre nouvelle mariée? Quand je dis nouvelle... après trois mois!... Enfin, la belle Nina... votre amie... (avant que votre servante très-humble eût attaché à son char un cavalier aussi répandu que vous), était-elle à ce bal?

— Oui, madame... mais permettez-moi d'abord d'user du droit d'interpellation, comme à la Chambre.

— Nous sommes au salon...

— Ah! très-joli... Je poursuis. — Vous avez dit : « *Mon amie, avant...* » C'est une calomnie bien dure cela, madame...

— Eh bien, oui. Passons. Les amies de nos amies deviennent nos amies. Tel est mon cas.

— Oh! Louise.., depuis le jour où votre main a daigné...

— Ne vous gênez pas, mon ami! Je vais sonner ma femme de chambre et vous me tutoierez devant elle... à votre aise!

— Pardon !... je vous en prie.

— C'est bien... allons, ne prenez pas cet air fâché ; vous vous entrez les pointes de votre col dans la gorge, du reste!

— Je vais me retirer, madame, si c'est ce col qui vous offense.

—- Non, restez... mais que nous veut François?

En effet, François, après avoir frappé à la porte un
léger coup qui n'était pas exempt d'une certaine ironie, entra, portant une petite lettre sur un plateau de
vermeil.

— Pour Madame.

— Bon. (*Exit François.*)

Madame de Sainte-Adresse, à la seule vue de la
suscription, s'écria :

Quand on parle du loup... on en voit la comète!

— C'est de l'Émile Augier, cela. Un bien excellent
vers ! dis-je.

— Oui,... je n'en ai pas encore saisi toute la finesse,
cher monsieur, mais ça viendra... A propos, nous
parlions de Nina. C'est cette chère enfant qui m'é-
crit... Permettez-vous?... Pendant que vous redresse-
rez les angles de votre col... d'ailleurs.

— Méchante... Oui, je vous permets... Au fait,
voulez-vous que je vous étonne? repris-je.

— Hum?... Enfin, essayez.

— Eh bien, ne décachetez pas encore cette lettre.
Et je vais vous dire, moi, l'homme au col rebelle et
votre serviteur dévoué, ce qu'elle contient, cette
lettre !

— Vous?

— Oui, moi, « un jeune homme qui ne fait rien, »
comme vous avez la bonté de m'appeler parfois.

— Vótre assurance me confond, et je ne sais...

— Ah! par exemple, je ne traduirai point mot à mot, non! Mais quant à la substance même de ce billet, j'ai l'honneur de vous prévenir que je la devine d'avance, et suis prêt à vous la dire.

— Vous avez le don de la double vue?

— Qui sait?

— Diable!... Je ne sais si je dois rougir...

— Ne rougissez pas, madame. L'amour est aveugle, et quand il ne l'est pas de naissance, il sait se mettre un bandeau.

— C'est de la haute prudence... Mais, voyons, et ma lettre? Allons, beau devin de salon, double oracle des dames et des demoiselles, je vous attends. Ne soyez pas solennel, surtout.

— Je commence.

— Permettez que je m'établisse agréablement, là.

— La lettre n'est pas datée, d'abord. C'est un oubli, je le sais. Chez une autre femme que Nina — laissez-moi l'appeler ainsi pour plus de commodité — cela indiquerait un certain machiavélisme dont je la sais incapable. Ensuite...

— Oh! que vous y mettez le temps!

— Là, là, m'y voici. Je lis... de mémoire :

Ma délicate Louise,

Vous n'étiez pas chez madame X..., à son dernier bal... Combien j'ai regretté..., etc., etc.

18.

Passons-nous les compliments de condoléance?

— Oui, passons.

M. Gontran de Savreux, un ami de mon frère et de mon mari.....

— Qui? Gontran? Ah! oui, un officier aux tirailleurs indigènes, un grand blond. Tête pâle, fort belle, ma foi. Un poëte, si j'en crois les cancans. Bon, c'est cela. Charmant valseur! Ne devait-il pas retourner en Afrique?

— Justement, madame. C'est à propos de ce départ que Nina vous écrit...

— Vous êtes une mauvaise langue, mon ami, savez-vous?

— Et vous, une interruptrice, madame. Je vous rappelle à l'ordre! Laissez-moi continuer, ou, si je vous ennuie, autorisez-moi à me taire.

— Quel mauvais caractère! Allons, je donne ma langue aux chiens, pour une infinité de raisons. Soyez heureux!

— Je continue :

et de mon mari, vint nous saluer. Il me fit lui promettre un quadrille. Nous dansâmes. En causant, j'appris que ce charmant officier allait nous quitter pour longtemps. Deux ans, disait-il. Il allait dans le désert, un véritable désert, à cinquante lieues d'El Aghouat, seul, avec quatre spahis. Deux ans, chère Louise, sans voir un chat!...

— La situation n'est pas fort gaie, en effet, pour un homme du monde!

— Évidemment, madame. Quand vous voudrez bien me laisser poursuivre...

— Poursuivez, irritable Cagliostro !

— Je reprends :

Eh bien ! ma Louise, en écoutant ce jeune homme parler simplement, sans forfanterie et sans tristesse exagérée, de sa vie là-bas, à
sept cents lieues de Paris; en l'entendant raconter (plusieurs dames
s'étaient groupées autour de lui, quand le quadrille fut terminé), en
l'entendant raconter, dis-je, gravement, que sa tête pourrait bien,
coupée un beau jour, sécher en grimaçant, sur un piquet, au seuil de
la tente d'un Arabe, je me sentis frissonner des pieds jusqu'à la tête.
Gontran détaillait si singulièrement tout cela, en souriant d'une
façon si navrante et si gaie à la fois, qu'il me semblait, par instant,
— oh ! que j'étais loin du bal alors — voir sa pauvre tête, si noble
et si fière, se crisper sur le sable, au soleil, montrant affreusement les
dents.....

— Mais c'est hideux, ce que vous me racontez là,
mon ami ! murmura madame de Sainte-Adresse.

— Ce drame est de la dernière banalité dans le sud
de l'Afrique. Laissez-moi finir la lettre. Nous arrivons
à la partie intéressante.

Alors, chère Louise, pressant bien fort la main de mon mari, qui
m'avait rejointe et écoutait comme moi, je me trouvai divinement
heureuse ! Mon cœur était inondé de joie. Jamais la tête adorée de
mon Henri ne sera coupée ! Qu'elle doit être terrifiée la femme que
va quitter Gontran — je ne la connais pas — par la pensée que cette
fière tête peut, comme celle d'Orphée, rouler sur la terre, en murmurant son nom bien-aimé ! — Mais, à ce que m'assure mon mari,
M. Gontran n'a pas d'amie.....

— *D'amie* ! hum ! Nina n'ose écrire : maîtresse.
Ame charmante ! Mais pourquoi m'écrit-elle cette
lettre lugubre ?   .

— Vous l'allez voir bientôt.

Non, M. de Savreux part le cœur libre, et triste — il le disait —
de n'avoir pas là quelque bon souvenir, poires exquises pour la soif

du cœur!... Ce regret, tendrement exprimé d'une manière excentrique, me toucha. Mon âme en tressaillit. La femme coquette, inconsciente, se réveillait-elle sous l'épouse? Je ne sais. Et ce que j'ai fait est-il mal, ô ma Louise? Telle est la question de casuistique féminine que je viens vous poser.....

— Enfin! Mais que vais-je apprendre? O Nina! Nina!

— Ce qui vous reste à savoir, madame, le voici :

Eh bien! ma Louise, quittant mon mari, mon cher Henri, que j'adore saintement, je priai M. de Savreux de m'offrir le bras et de me mener dans la serre respirer l'air relativement plus frais. Henri, souriant, nous regarda partir. Il devinait peut-être — qui sait? le cher cœur? — que je voulais faire l'aumône d'un souvenir à ce pauvre garçon qui s'en allait, seul, et si loin. Car tel était mon but. Oui, je voulus instantanément — que nous sommes perverses! et que nous avons de l'Hérodiade en nous! — que mon image restât la dernière dans ce cœur vierge — ou veuf? — et il me parut doux — c'est horrible — de penser que mon nom pourrait être le dernier prononcé par Gontran... — Nous causâmes longuement. Au fond, Gontran est désespéré de partir. Quelle tristesse dans sa voix! Je fus bonne et compatissante, comme une mère, avec autant d'innocence du moins, et comme il est de ces misères dignes auxquelles on n'ose offrir le denier de la pauvre femme, je cueillis une fleur de cyclamen, à côté de nous, et la lui donnai : ce fut ma pièce d'or dans cette bourse vide. Je fis cette action très-simplement, par sympathie. Gontran prit la fleur. « Vous vous souviendrez de moi? » lui dis-je. Il ne fit aucune protestation, mais avec un geste profondément ému et plein de respect, comme un chevalier du moyen âge : « Toujours! » répondit-il.

— Une héroïne de *cour d'amour*, hé? un brave petit cœur !

— Un ange! madame. Encore quelques mots, et je termine :

Louise, dites-moi : suis-je coupable d'avoir agi ainsi, selon l'impulsion irrésistible de mon cœur? Ai-je commis un adultère de pensée? Oui, il y avait plus que de l'amitié dans le don de cette pauvre fleur pâle, je le sais. Mais je n'ai pu résister à la voix qui me disait tout bas : « Tu fais une bonne action. » Louise, votre âme, si vous l'interrogiez, que vous répondrait-elle à ce sujet ?

— Elle dirait... reprit madame de *Sainte-Adresse*, que... il ne faut pas jouer avec le feu. Enfin, M. Gontran s'en va. Tout est bien. — La lettre est terminée, je pense.

— Oui, madame. Regardez plutôt la vôtre.

Madame de Sainte-Adresse ouvrit la lettre de Nina, la lut, et la referma, pensive. « Vous aviez deviné, mon ami, tout, jusqu'au dernier mot. Seulement ne vous fâchez pas, tout cela est écrit d'une plume délicate, et, quel que soit d'ailleurs votre talent de narrateur, — qui vous laisse à cent pieds en arrière, mon brave monsieur !

— Je n'en doute pas, madame. Une femme écrit avec son cœur.

— Ah ça, mon mystérieux ami, comment avez-vous pu savoir ?...

— Oh ! c'est très-simple, vraiment. — Le manége exquis de Nina ne pouvait m'échapper, soit dit sans me flatter. Le monde, pour moi, n'est amusant qu'au microscope. Or, ravi, pendant que Gontran parlait, je regardais Nina écouter, l'œil brillant et rêveur, le récit sinistre du jeune homme. Quand elle prit le bras de Savreux, je la suivis indiscrètement. Et, dans la serre, caché derrière des magnolias, pendant que le bruit un peu adouci de l'orchestre et du bal nous ar-

rivait par bouffées joyeuses, je prêtais bassement, —
dans l'intérêt de la littérature, — l'oreille à leurs
discours mélancoliques, tel Polyphème, à deux pas
de Galatée et d'Acis, mais sans rocher à la main.

— Un joli métier ! mon ami.

— Cela vaut mieux que d'aller au cabaret !

L'ARGENT FAIT LE BONHEUR

Floribel est un grand sculpteur, et Lucien***, son
ami, est un grand poëte ; chacun sait cela.

L'année dernière, par un beau soir de février, Floribel, le grand sculpteur, offrit un *raout* étonnant à
ses nombreux amis, en ses ateliers de la rue de l'Ouest.
(*Au fond de la cour, crier trois fois :* « C'EST LE
PETIT BINIOU ! » *on vous ouvrira.*)

Le souvenir de cette soirée est resté gravé dans
toutes les mémoires qui se respectent un peu. Il y eut
de tout, chez Floribel, le grand sculpteur. On eut
même de quoi s'asseoir.

Vers minuit, Lucien***, le grand poëte, récita
quelques vers d'une richesse de rime inouïe jusqu'alors. Plusieurs dames de la plus haute distinction
assistèrent aux jeux, rafraîchissements et exercices
lyriques accordés aux hôtes de Floribel, le grand

sculpteur. Elles daignèrent donner à plusieurs reprises le signal des applaudissements.

L'une d'elles, Eva Morbihan, venue du côté droit de la Seine, malgré les instances d'un homme d'âge qui la comblait d'attentions et de palissandre parfumé, félicita tout particulièrement Lucien***, le grand poëte, et lui donna gentiment le glorieux baiser que reçut Alain Chartier des lèvres d'une reine.

Eva Morbihan n'était pas une reine. Mais son cœur comprenait la poésie, y compris celle de la « femme à barbe. »

A deux heures du matin, hélas! *sa voiture* vint la prendre. L'homme d'âge mûr l'attendait en bas, révéla le domestique, en demandant : « Madame Eva Morbihan de Trépignadec? »

Triste, après avoir serré la main de Lucien***, le grand poëte, navré jusqu'à l'âme, Eva Morbihan quitta l'atelier de Floribel, le grand sculpteur.

Après le départ de la charmante enfant, les danses, rafraîchissements et exercices lyriques se prolongèrent jusqu'à une heure très-avancée de la matinée.

*
* *

Le lendemain, sur la rive droite du fleuve, l'homme d'âge eut beau faire, il ne parvint pas à dérider la blonde Eva Morbihan. Eva Morbihan, non-seulement ne se dérida pas, mais encore refusa toute nourriture. L'homme d'âge, désespéré, courut au Palais-

Royal acheter quelques brimborions à la mode pour la distraire.

Quand il revint, son domestique l'accueillit par ces mots qui n'ont pas besoin de commentaires :

— Madame Eva Morbihan de Trépignadec est partie en fiacre, il y a cinq ou six minutes.

L'homme d'âge, ému, se retira dans ses appartements.

Pendant qu'il se livre à son désespoir, la tête dans ses mains, et qu'il s'arrache de temps en temps un faux cheveu, transportons-nous dans la chambre à peu près garnie de M. Lucien***, le grand poëte.

On y rit beaucoup, chez M. Lucien***, le grand poëte.

Mademoiselle Eva Morbihan, qui vient d'arriver, comblant de stupéfaction le grand poëte, retour de l'Hélicon, est en train d'ôter son pardessus et son chapeau.

— Ne dis rien! pas de question! s'écrie Eva, rougissant comme une fiancée. C'est moi. Je t'aime. Voilà tout. Et j'ai bien faim, maintenant.

— Maintenant?

— Oui, ce matin j'avais le cœur trop gros.

— Eh bien, partageons-le.

— Comme tu voudras. Tiens.

. . . .

— Demain, — *reprit* — Lucien***, le grand poëte, demain, ma divine petite, nous irons à la campagne. Rendons à la nature ce qui appartient à la nature.

Pas de feuilles aux arbres. Mais de l'air! de grands horizons! la solitude! le ciel! un oiseau par ci, par là, et... une omelette au lard, également par ci, par là.

— Bravo! — Laisse-moi descendre un instant; je vais m'acheter de grosses bottines, mon Lucien.

*
* *

Ah! la journée à Meudon fut exquise!

Il y avait bien un peu de neige, même beaucoup de neige; mais c'est égal, la promenade fut agréable, et de celles qu'on aime à se rappeler plus tard.

Et puis, surprise merveilleuse! voilà-t-il pas qu'aux environs de *l'ermitage de Villebon,* tout le long du petit sentier qui mène à ce restaurant si joyeux l'été, on trouva, devinez quoi? des violettes, toutes pâles et toutes frissonnantes, dans leur bain glacé.

Ce fut Lucien***, le grand poëte, qui les découvrit le premier.

Quelle ivresse! Des violettes, en hiver, dans les bois, le jour même des fiançailles! Comme un gamin, sous les yeux attendris d'Eva, Lucien, à genoux sur *l'aubusson* blanc que déroule sur la terre le bon Dieu, cueillait avec ardeur les fleurs charmantes — et parfumées.

— Tiens, Eva, encore! encore une! criait-il. Oh! que je suis heureux! Vois-tu! on savait bien, dans le monde des Faunes et des Dryades, que tu devais

19

venir aujourd'hui. On a fait des frais. Regarde mon
gros bouquet : c'est pour toi, petite. Des violettes ! Je
t'aime, petite Eva.

Et le grand poëte Lucien***, ému au dernier
point, allait, venait, se baissait comme un fou, déchirant son paletot, un chef-d'œuvre de Bonne, aux
ronces desséchées du chemin. Il avait la larme aux
yeux.

Eva, — un ange à gros chignon, — voltigeait autour de lui, et riait doucement.

On soupa gaiement, dans un cabinet tendu de
nattes, dont la fenêtre donne sur de grandes plaines
calmes.

Puis on revint à Paris, crottés comme des chiens
mis à la porte, mais l'âme légère et les doigts parfumés par le gros bouquet de violettes.

* * *

Le reste de cette histoire d'amour, très-banale
comme vous voyez, m'a été conté par Floribel, le
grand sculpteur, en ses ateliers de la rue de l'Ouest
(*au fond de la cour ; crier trois fois :* C'EST LE PETIT
BINIOU ; *on vous ouvrira*).

Au bout de trois mois, — me dit Floribel, toujours
le grand sculpteur — un beau matin, Lucien***, le
grand poëte, se retrouva seul. Eva, son caprice satisfait, avait regagné la rive droite de la Seine, où son

homme d'âge, inconsolable comme Calypso, l'attendait — dans sa grotte — un fort agréable entresol,
ma foi !

Ce matin-là, Lucien***, le grand poëte, rêveur,
tira de son secrétaire le pauvre bouquet, hélas ! bien
desséché maintenant, et son cœur palpita bêtement
de toutes ses forces, pendant qu'il le regardait, l'œil
humide.

— Au moins, pur souvenir, tu me restes, toi ! Cher
souvenir d'une heureuse journée, merci !

Comme il baisait dévotement les petites fleurs qui
sentaient le foin à plaisir, on frappa à la porte.

— Entrez !

C'était un garçon, orné d'un tablier bleu à bavette
et à poche. Il tenait un papier à la main.

— Pour M. Lucien***, de la part de madame Prévost, du Palais-Royal, dit-il.

— Comment, pour moi ? je n'ai jamais eu affaire à
cette célèbre fleuriste.

— Voyez plutôt.

Et Lucien***, le grand poëte, vit ceci : qu'il était
débiteur envers madame Prévost d'une somme de
soixante-dix francs, pour *achat de pots de violettes,
transport et repiquage desdites, à Villebon.*

— C'est bien. Je passerai demain chez votre patronne.

Le garçon obéit, — plein de respect — et de dé-
fiance.

— L'argent fait le bonheur ! murmura Lucien, toujours grand poëte, mais atterré par cette révélation, en tombant sur son divan qui rendit un bruit de ressorts en peine. C'est Eva qui faisait éclore les violettes à mon compte ! ajouta-t-il. O mes illusions !

CE DONT ON RIT PLUS TARD

— Ah ! mon pauvre Bias !... et je ne pus achever. Le paquet de biscuits, que je tenais dans mes mains, tomba sur le parquet, et les deux bouteilles que renfermait la poche droite de mon paletot s'entrechoquèrent.

— Ah ! c'est toi... assieds-toi, là... tiens, laisse-moi pleurer encore un peu... j'étouffe... c'est bête, c'est moutard de pleurer comme ça ! mais que veux-tu ?... j'ai le cœur fendu en deux..., il faut bien que ça coule par les yeux...

Je le laissai à sa douleur. Cependant, après avoir ramassé mes infortunés biscuits et déposé mes amphores sur la table, je me permis quelques phrases de condoléances... et vraiment, je ne savais que dire... j'ignorais le motif du débordement de ce Nil sentimental.

Bias — nous l'avions appelé ainsi à cause de sa

philosophie et de son peu de bagage — était un garçon qui réalisait fort peu les axiomes grecs sur la beauté humaine ; mais c'était un cœur d'or et, de plus, un cœur de diamant, du moins d'après lui, car les *Grandes Eaux* dont il me rendait le spectateur m'en faisaient grandement douter.

Je me hâte d'ajouter que la cause qui provoquait ses pleurs devait être bien sérieuse, car, de mémoire d'étudiant, je ne l'avais jamais vu donner une preuve quelconque de sensibilité.

— Voyons, Bias, tu ne m'as pas l'air d'être raisonnable..., secoue un peu cette torpeur... Dans quels jardins d'Armide t'étais-tu donc endormi, que le réveil au Xe étage d'une maison de la rue de La Harpe te semble si dur ?... Bias, si tu subis le sort d'Ariane, ce que je pressens, regarde-moi et souris : je te ramène Bacchus — et je montrais mes bouteilles.

— Non. Je suis trop malheureux.

— Eh bien, mon pauvre ami, moi je ne suis pas assez malheureux, donne-moi un peu de ton superflu... nous mettrons nos cœurs de niveau. — Ça te va-t-il ?... tiens, voilà un verre de doux — pour te remettre...

— Tu ne me comprendrais pas...

— Mais je te comprendrai encore moins si tu ne daignes me donner aucune explication !

— Tu te moques... Au fait, pourquoi me cacher ? je vais tout te dire...

— Ah ! pardon, je suis à toi... laisse-moi seulement bourrer ma pipe et remplir nos deux verres...,

— Fais...

— Dis donc, Bias... comme je ne suis pas venu depuis quinze jours... explique-moi donc ce que peut signifier ce ballot qui gît au milieu de la chambre... Est-ce que tu vas déménager ?

— Non, non, non, reprit-il, en regardant longuement le monceau dont je parlais... c'est le bonheur qui a fini son *terme* chez moi.

— Raconte, mon vieux Bias, raconte... et malgré le scepticisme dont d'aucuns prétendent que je suis cuirassé, crois que... enfin suffit... on n'est pas une brute.

— Laisse-moi essuyer mes yeux, et je commence : Voilà toute la chose, mon vieux, tu verras si c'est assez bête !... Il y a huit jours je me sentis très-amoureux... oh ! mais, amoureux !...

— Je connais ça... c'est une rage... comme les dents ; ça vous prend vers les huit heures du soir... quand on est forcé de faire vis-à-vis à sa chandelle, dans sa chambre...

— C'est bien ça... Il tombait une pluie fine au moment où je franchissais mon seuil ; le froid des dernières soirées d'hiver, mêlé aux gouttes d'eau, me rafraîchissait délicieusement...

— Je connais ça... mais ça n'empêche pas d'aller comme le diable à la suite des blondes ou des brunes.

— C'était une blonde. — Tu connais mon amour, mon idolâtrie pour ces filles pâles, pour ces petits cheveux follets du front qui se battent avec le vent.

— Oui, je sais que tu aimes ce germanisme capillaire.

— Eh bien, mon ami, elle était blonde.., et très-mal mise.

Sa robe, une ancienne jolie robe, traînait pitoyablement dans la boue... elle n'avait pas de manchettes, enfin elle était en cheveux...

— Tu la suivis cependant, n'est-ce pas, Bias ?

— Oui... car...

— Tu voulais l'arracher à la misère... noble Bias !

— Je ne sais pas ce que je voulais, mais je la suivais. Enfin, nous arrivons rue Dauphine. Il était déjà tard... les boutiques étaient fermées... et le café Mazarin vomissait ses habitués.

Une grande foule avait envahi Crétaine, le marchand de pains au beurre et de lait... — Étudiants et étudiantes se ruaient sur le repas modeste du digne boulanger.

— Tu l'offris à ta blonde ?

— Ah ! mon ami !... je la vis s'arrêter, en effet, devant la boutique ; mais elle n'entra pas.

— Elle n'avait pas le sou ?...

— Oui, — et elle avait faim.

— Blague ! elles dévorent toutes ainsi des yeux les

victuailles des marchands de cervelas — de onze heures à minuit.

— Non, mon ami. Quand on fait ce métier-là, qui n'émeut généralement que les étudiants de première année, l'on ne va pas s'asseoir sur les bancs circulaires du Pont-Neuf et pleurer comme une Madeleine.

— Qu'a dû dire le bon Henri, lui qui voulait donner à son peuple la poule au pot tous les huit jours ?

— Il aura dit que, pour le présent, les filles d'amour jeûnaient sept jours de la semaine. — Ma pauvre blonde, comme un oiseau mouillé, les cheveux pleins de perles d'eau qui étincelaient sous les rayons du gaz, se tenait blottie sur le banc... Prenant mon courage à quatre mains, je lui parlai...

— Tiens, Bias, veux-tu que je te dise le reste... ?

— Hélas, cher vieux, tu le devines bien... elle avait très-faim ; son amant l'avait abandonnée... il était tard. Je lui offris ma misère et ma chambre. Accepta-t-elle les deux ? La suite de l'histoire te le dira.

Toute tremblante — de froid — comme Bailly, elle se suspendit à mon bras et nous revînmes ensemble ici.

Avec beaucoup *d'affaires* et de papier je fis un feu convenable.

— Oh! c'est du bon feu, frissonna-t-elle, en promenant de grands yeux étonnés dans la chambre triste où nous sommes.

— Chauffez-vous, Alphonsine, lui dis-je, en bouchant avec un almanach le carreau cassé depuis un temps immémorial.

— Vous êtes trop bon, ajouta-t-elle, en me voyant disposer un souper frugal sur la table ; sans vous, je couchais dehors — ou au poste, et je ne soupais pas.

— Comment! ta blonde n'avait plus de domicile ?

— Elle n'avait plus rien. Sauf un petit paquet de lettres qu'elle portait dans sa poche.

— C'est singulier, Bias, ces femmes-là ne perdent presque jamais leurs lettres d'amour... Elles les relisent souvent, toujours, et par une bizarre vanité, c'est devant l'amant actuel qu'elles parlent des amants passés. A défaut de vertu et de pudeur, on croirait qu'elles ont à cœur de montrer qu'elles sont dignes, par leurs amours disparues, de l'amour présent.

— Je ne sais. Alphonsine était adorable ; pendant huit jours, le soleil de l'amour illumina cette affreuse chambre. Soit reconnaissance, soit tout autre motif, elle fut dévouée, bonne fille, riant de tout et faisant les cornes à la pauvreté. Moi, je te l'avoue, j'étais fou d'elle ; je te dirai même plus, il arriva cette transfiguration inexplicable que nous avons tous connue : quelquefois, la nuit, me réveillant près d'elle, appuyé sur le coude, je la regardais dormir.

En voyant cette frêle fille, dont j'étais le soutien, et qui reposait sous les ailes de ma protection avec un charmant abandon, je sentais en mon cœur un autre sentiment que l'amour.

— Je connais ça, Bias, ou du moins j'ai connu ça, et si j'ai jamais proclamé à haute voix un aphorisme, c'est celui-ci : — Dans l'amour pour ces pauvres êtres, auxquels on est tout, il y a plus que de l'amour : il y a de la maternité.

— Tu pourrais avoir raison, ami, il y a quelque chose de cela. Mais j'arrive au sujet des larmes que, sans honte, j'ai versées devant toi. — Une nuit, une curiosité insurmontable me fit regarder dans ses lettres. Je découvris un petit paquet ficelé que j'ouvris. — Il renfermait des reconnaissances du Mont-de-Piété pour une somme de 70 francs.

Je remis le paquet en place, et j'attendis le doux réveil de ma blanche Alphonsine.

Elle ouvrit enfin ses jolis petits yeux... oh ! je les vois encore, ses aimables yeux... hélas !... Je lui parlai de la pénurie où elle se trouvait...

— C'est vrai, me dit-elle, je n'ai rien sur le dos... tout est aux Blancs-Manteaux... et tu n'es pas assez riche... — Restons comme nous sommes, mon chéri... je vais tâcher de trouver une place... et nous nous suffirons...

Cette résignation touchante m'alla au fond de l'âme, et sur-le-champ je me promis de faire l'impossible pour retirer ses misérables hardes du Mont-de-Piété.

Mais 70 francs, c'était dur !

— Naturellement tu ne pensas pas à moi, Bias ?

— Incorrigible rieur !.. Non, je me creusai la tête pendant deux jours ; enfin, je crus avoir trouvé... J'avais une petite bibliothèque, de beaux livres, des amis de quinze ans... de ces chers auteurs dans les pages desquels on a pleuré — ou ri... Je les vendis. Cela me rapporta 35 francs. — Tu ne peux te figurer, mon ami, le cube de livres qu'il faut pour arriver à trente-cinq francs !

J'avais le cœur gros, vois-tu, en me séparant d'eux ; mais je me disais : c'est pour elle, pour la petite, la chère créature... et je les lâchais un à un...

Ma montre, d'un argent antédiluvien, se fondit en deux pièces de cinq francs : — ça venait de chez nous, sais-tu, ce vieil oignon dans la cuvette duquel je voyais ma petite ville et mes champs, tant de fois parcourus ; mais je me redisais : va donc, avare, Alphonsine n'a pas de robes... et puis, tiens... je me faisais une joie délirante de son réveil le jour où tout aurait été rapporté dans notre commode.

Je voyais ses petits doigts fouiller dans tous les tiroirs, tirer un bonnet, puis une robe, un bijou... et parler à tous ces chers revenants avec des larmes dans la voix.

Bref, à force d'emprunter, d'escompter l'avenir, je

me fis une centaine de francs... Cent francs! cent francs! sais-tu ce que c'est?

— Je ne les ai jamais eus, répondis-je simplement.

— C'était hier soir, ami, que je complétai la somme... Toutes mes paroles unies aux tiennes ne suffiraient pas à peindre l'état d'excitation dans lequel je passai la nuit; — encore ce soir, encore demain, me disais-je, et elle aura tout, elle sera heureuse... heureuse...! Si tu l'avais vue sourire, tu comprendrais cette exclamation — heureuse!

— Achève...

— Cette après-midi, après l'avoir embrassée bien fort, je sortis sans lui dire où j'allais... je lui donnai l'argent du dîner et elle me promit qu'à six heures il serait prêt. Je partis.

Si je n'ai pas embrassé tous les passants sur ma route, c'est qu'ils ne l'ont pas voulu... tant j'aimais mes semblables..., enfin, j'étais fou.

Aux Blancs-Manteaux, bouillant d'impatience, je dus attendre mon tour. Je fis mon purgatoire, va, à cette porte où se tient le saint Pierre administratif!

Il arriva pourtant, ce tour réclamé tant de fois, et l'on me remit... le ballot que tu vois.

— Calme-toi, Bias, calme-toi; je comprends peut-être.

— Ah! disons tout... je pris un fiacre, serrant mon paquet sur mon cœur; c'est bien bête tout ça, pas vrai, mon ami?

— On n'est jeune qu'une — ou deux fois, mon vieux.

— J'arrive rue de La Harpe. Le concierge me salue : — j'avais un fiacre ! et il m'aide à monter mon paquet... C'était il y a trois heures... la chambre était comme elle est maintenant... vide de femmes...

— « Votre dame est sortie, me dit le concierge, elle a laissé une lettre. »

Mon ami, voici la lettre, lis-la.

— *Merci de ton hospitalitée... je m'en vas... voici l'été qui vient ; je pourrait trouver facilement ma vie. Tu est trop dans la dèche pour que je veule te gâiner. Adieu. Alphonsine.*

Un long silence suivit cette lecture ; Bias pleurait toujours... je regardai à ma montre : il était onze heures.

— Je m'en vais, Bias... ton concierge ne voudrait plus m'ouvrir tout à l'heure... Allons, un peu de courage...

— J'en ai eu trop, avant...

— Allons, voyons, sapristi... veux-tu que je reste ici à causer ?

— Non, va-t-en.

— Jette au moins toutes ces hardes dans un coin... c'est un mauvais roman d'amour, vois-tu, cela.

— Laisse-moi le relire encore.

20

LE TRAIN DES... MARIS

Le train des... maris, c'est, pendant la saison des bains, le train que prennent le samedi soir, à Paris, les époux fidèles qui vont passer la journée dominicale près de leurs fidèles épouses, Néréides de la Manche éparpillées dans les petits ports de la côte normande.

Le train de retour, le lundi matin, porte également ce nom. Les employés de la compagnie de l'Ouest les désignent tous les deux d'une façon beaucoup plus énergique. Nous substituons pudiquement au mot de Paul de Kock une timide ligne de points de suspension.

Sans plus de préambule, prenons notre sujet à deux mains.

Il est six heures et demie : l'*express* pour Trouville va s'élancer sur le rail. Entrons dans le wagon 647, si vous le voulez bien, et mettons-nous dans ce coin, en face justement d'un monsieur d'âge mûr en veston de jeune homme. — Pendant qu'il remplace son petit chapeau gris par un léger bonnet de voyage, remarquons ses cheveux ras, poivre et sel, sa face grasse, rougeaude. Il a le cou court et duveté, l'oreille fraîche, la lèvre écarlate et humide. Bon. Ce monsieur a dû voir jouer souvent la pièce : *Ce qui plaît aux Dames.*

Chacun a fini de caser son sac de nuit et sa couverture dans le filet. On donne du jeu à la boucle du pantalon. On s'assure si le bulletin de bagage et le ticket sont en lieu de sûreté. Bien. Tout est prêt. Voilà le monsieur du coin qui s'agence dans son trou. Le train part. Pst! on est à Asnières déjà. Adieu, Paris. A après-demain les affaires sérieuses!

*\
* *

Nous qui avons, comme Jéhovah, le pouvoir de « sonder les reins et les cœurs », nous allons vous faire connaître les secrets les plus intimes, les plus cachés dans les replis de l'âme de notre vis-à-vis, pendant son voyage, aller et retour.

Voici ce que pense le gros monsieur à la tête joyeuse et sensuelle :

Après Paris.

« Je n'ai rien oublié? Non : les livres, l'ananas, les « bottines, les cols? Bon. Tout le post-scriptum de la « lettre de ma femme est emballé. — Ma Lucie sera « contente de moi. — Pauvre femme, elle m'a écrit « une lettre charmante; et dire que..... Oh! c'est « qu'Amanda est bien jolie aussi. — Enfin, ne pen- « sons plus à Amanda. Je vais voir ma femme. Si je

« relisais sa lettre? Non, tout à l'heure, quand j'aurai
« pris le café à Mantes. »

Après Mantes, 7 h. 30.

« Détestable café. Excellent cigare. Amanda m'a
« juré qu'elle resterait toute la journée chez elle.
« Hum! Il y a des courses. — Enfin! — La lettre de
« Lucie est vraiment adorable. — Elle s'ennuie à
« Trouville; elle attend le dimanche avec impa-
« tience ; pauvre petite chatte! Elle a fait une petite
« promenade avec M. Rasibus, un charmant garçon,
« hum! — Nous le verrons, ce Rasibus! »

Après Évreux, 8 h. 34.

« Tiens, je dormais. — Hé! mais je me sens un
« petit peu creux; j'ai dîné à cinq heures. — Mau-
« vaise Bourse aujourd'hui. Je digère mal. — Et
« Amanda qui n'est pas venue m'accompagner à la
« gare. — Or çà, Lucie m'attendra ce soir, j'espère.
« Elle fait préparer quelque chose. — Chère Lucie!
« Elle est pleine d'attention. Tous les samedis, un
« petit souper fin près du lit. C'est charmant! Ils ont
« un très-bon bordeaux au *Bras-d'Or*. »

Après Lisieux, 10 h. 27.

« Moi, j'aime ça. Un petit voyage, ça vous change.
« C'est singulier, Lucie a des toilettes d'une gaieté

« folle le samedi soir! je me rappelle que la dernière
« fois... Ah! elle se porte bien, ma femme.

« L'air de la mer est excellent. — L'eau de mer
« donne une fraîcheur à la peau, une douceur! Et
« puis tous ces crustacés, ça vous met un feu dans
« le corps; je ne mangerai pas de crevettes demain.
« Non, décidément. — Ah! que c'est bête de penser
« à cela. — Je bâille, j'ai une faim! comme je vais
« m'en donner tout à l'heure! Et ma petite Lucie qui
« sera là, sur son séant, dans son lit, à me regarder
« manger. Je la vois d'ici, l'épaule sortant de la den-
« telle, et me disant, les mains croisées sur ses genoux :
« *Mange, mon bon petit ogre.* Fichtre.

« Ah! c'est qu'elle a une jolie épaule, ma femme.
« — Amanda? — Non, Amanda n'a pas une épaule
« comme cela. C'est plus... c'est moins... enfin... ce
« n'est pas cela. »

Après Pont-l'Évêque, 11 h. 6.

« Encore une demi-heure. Dieu! que j'ai faim.
« Ce wagon vous secoue d'une façon atroce. Il me
« semble qu'il y a un siècle que je n'ai vu Lucie. Plus
« le train m'en rapproche, plus elle me semble s'éloi-
« gner. Belle petite Lucie! Ah! je suis un monstre!
« vrai. Je ne mérite pas son plus petit baiser. Son
« petit baiser? Sacristi! encore un arrêt. Nous n'ar-
« riverons jamais. »

*
* *

20.

On arrive à Trouville. On s'enfourne dans les omnibus. En route. La nuit se termine. Le soleil se lève pour éclairer les bonnets de coton des femmes du pays. Le dimanche se passe. Lundi arrive. Il faut repartir. Adieux déchirants ! Les maris reprennent leur train. Les dames pensent à leur toilette du soir. Les messieurs Rasibus vont prendre leur revanche. Retournons dans notre wagon. Le mari de Lucie s'est replacé dans son coin. Il sommeille. Il vient de déjeuner.

RETOUR

Avant Pont-l'Évêque, une heure après midi.

« Lucie ! — je le jure, je te resterai fidèle. Déci-
« dément l'air de la mer est exquis. Je suis un peu
« fatigué ; puis le sable de la mer est éreintant, ma
« parole ! — Chère Lucie, comme on l'admirait ! Ce
« M. Rasibus est un imbécile, un gandin. — Lui ?
« Allons donc ! je n'ai pas peur. Si je fumais en rê-
« vant à Lucie ? »

Avant Lisieux, 2 h.

« Jolie campagne, bien cultivée, plantureuse...
« comme la servante de l'hôtel, du reste. — Que fait
« Lucie ? Elle s'habille peut-être. Pauvre Lili, elle a
« pleuré ce matin. Et moi donc : un ruisseau ! — J'a-
« vais l'air de demander un cadeau comme Amanda.

« Tiens ! c'est vrai, Amanda, je l'avais oubliée. Elle
« vient m'attendre à la gare, je crois ? — Au fait,
« j'ai sa lettre sur moi. Voyons. Non, ça c'est la lettre
« de Lucie, cher ange ! — Ah ! voici le barbouillage
« d'Amanda. »

Avant Évreux, 3 h. 20.

« Belle cathédrale ! — Amanda est belle égale-
« ment, mais pas en pierre. Sera-t-elle à la gare ? —
« Tant pis, je dîne sans elle ! — Les voyages, ça
« creuse. L'estomac demande quelque chose. —
« Hum ! — On est mal assis sur cette moleskine.
« Qu'aura fait la Bourse, aujourd'hui ? Et Amanda ?
« — Elle aura été à Vincennes, hier, j'en suis sûr. Oh !
« si elle a manqué à ses devoirs de seconde épouse,
« je... — Ah ! bien oui, allez donc vous fâcher, elle
« mettra ses jolis bras autour de mon faux-col et me
« dira : *On est donc méchant n'aujourd'hui ?*

« Et puis elle me parlera de Lucie. — J'aurai l'air
« de lui faire une scène de la part de ma femme... »

Avant Mantes, 4 h. 20.

« Mantes la jolie ! enfin nous arrivons, voilà le joli
« clocher. — J'ai le ventre vide, sacrebleu ! Pourvu
« qu'Amanda ne me fasse pas attendre. Je lui flanque
« un savon. Et puis j'ai une soif ! Je me sens en feu
« dans l'intérieur. Décidément je ne mangerai plus
« de crevettes ! Fumons. »

Avant Paris, 5 h. 30.

« Ah ! voilà les fortifications. Splendide œuvre
« d'art. — Quel joli petit dîner chez Beaurain je vais
« faire faire à Amanda et à Bibi. Bah ! pour une fois,
« je lui offre tout ce qu'elle voudra. — Dieu, si elle
« m'entendait ! — Ah ! c'est qu'Amanda, c'est du
« salpêtre dans la coupe de l'existence. Est-ce que
« Lucie chausse du 33, allons donc ! est-ce que ?...
« jamais, jamais, jamais. Il n'y a qu'Amanda. Ange !
« Nous aurons du homard ! »

Paris !!

THOMINE DES BRUYÈRES

Hier, sous le ciel attristant d'un automne qui va
bientôt dicter ses dernières volontés, j'errais dans les
immenses rues, irrégulières encore et parfois pitto-
resques, de l'extrême banlieue.

J'étais à la recherche d'un *peintre d'enseignes*,
fort bizarre et d'un grand talent.

***

Tout en filant avec vitesse le long des boutiques
d'aspect presque provincial, j'aperçus à la porte d'une

épicerie modeste, entre des lanières de peau d'anguille et des filets remplis de toupies et de *sabots*, une botte de ces balais qu'on ne trouve plus que bien rarement au cœur de Paris, chez les épiciers progressifs, qui s'intitulent *marchands de denrées coloniales*.

Je veux parler des balais de bruyère.

*
* *

Il y avait longtemps que je n'avais vu ces balais des pauvres gens, que leur bas prix met même au-dessous des balais de bouleau, si humbles, cependant, à côté des opulents *piaçavas*, que leur origine étrangère et les cantonniers de la Ville ont mis à la mode.

Je n'aime pas, je l'avoue, à rencontrer les balais de bruyère. Non, dût-on m'accuser de lyrisme effréné, la vue de ces balais tout fleuris encore, et qui ont gardé en quelque sorte dans leurs rameaux l'âpre et saine senteur des plaines bretonnes et le frémissement des brises salées de l'Océan, m'est pénible.

Non-seulement ces balais me rappellent l'histoire de *Thomine* des Bruyères que je vais vous raconter, mais encore, n'ayant pas, que je sache, le tempérament du marquis de Sade, la pensée que ces pauvres fleurs sauvages vont balayer les résidus de notre corruption civilisée m'attriste.

*
* *

Cela dit, je passe à mon histoire, après avoir supplié les balais de crin, de joncs, de bouleau, de plumes,
de chiendent, de paille de fer, etc., de ne pas former
une cabale contre moi, en accusant les balais de
bruyère de m'avoir soudoyé.

*
* *

Un jour d'août — il y a de cela deux ans — au
milieu des landes sans fin et silencieuses du cap de la
Hague, je m'étais assis, regardant avec émotion la
vaste mer, à l'horizon, au pied d'un tombeau de pi-
rates danois, monticule de terre jadis orgueilleux, et
qui s'est affaissé jusqu'à l'humble niveau de la plaine
sous le pied indifférent des siècles lourds.

*
* *

Sous l'immensité charmante d'un ciel où les
nuages faisaient comme de blancs continents sur un
océan d'azur, s'étendait à perte de vue l'immensité
verte et rose des bruyères en fleur, exhalant leurs
parfums rustiques, qui remplissent si délicieusement
la poitrine.

Pendant que, les mains jointes derrière la nuque,
je m'enivrais pieusement de la vue des trois subli-
mités ravissantes de la nature : la mer, le ciel, la
plaine, il passa, à vingt pas de moi, une belle fille,
pieds nus, en jupon de futaine, aux plis pesants et
droits, portant sur son épaule gauche une cruche de

cuivre, maintenue en équilibre au moyen d'une longue lisière de drap qui, passant au-dessus du front, allait rejoindre la main du bras droit tendu avec grâce.

*
* *

Cette attitude sculpturale presque grecque, qu'a rendue avec tant de bonheur le tableau d'Hippolyte de la Charlerie, si justement remarqué à Paris et à Bruxelles, me frappa au dernier point, sous le ciel normand, au milieu de la campagne déserte.

Et pourtant, entre cette fille au torse hardiment développé, au teint frais et coloré, et la terre robuste qu'elle foulait, courbant sous son large orteil les bruyères blanches et cramoisies, il y avait comme des airs de famille.

*
* *

Quand elle arriva près de moi, je lui demandai son nom.

Elle me répondit : *Thomine.*

A la Hague, Thomine est le féminin de Thomas.

*
* *

Revenu à Paris, le souvenir de la fille aux formes nobles et le souvenir des fleurs gracieuses se sont intimement mêlés dans mon esprit.

Et quand, dans les élégantes jardinières de salons, je voyais s'étioler les pâles bruyères des pays chauds, sous l'œil de femmes nerveuses et surmenées de Paris, il me venait comme une bouffée de l'air vivifiant et parfumé de la Hague, et je pensais à Thomine, la paysanne qui ne connaîtra pas les délices factices d'une promenade au Bois, il est vrai, mais que la névralgie ne brisera jamais.

*
* *

Mais qu'ai-je dit ?

Il y a un an, à l'entrée de l'hiver, un matin, en descendant de voiture dans la Grande-Rue de la Chapelle, je manquai d'être écrasé par une lourde charrette de campagne. Comme je toisais avec une colère courte le conducteur, je vis avec une extrême surprise que sa figure ne m'était point inconnue.

Le charretier arrêta ses chevaux et, avec un accent qui me fit plaisir soudain, me dit :

— *N'ayez pas de soin*, Monsieur, c'est Mauger, votre serviteur.

*
* *

Mauger, un descendant de l'archevêque anglais de ce nom, selon la légende de la Hague, avait été mon hôte dans ce pays.

Il amenait de la bruyère à Paris.

En effet, la pauvre bruyère remplissait la charrette à deux mètres au-dessus des ridelles.

En outre — et cela m'attrista tout de suite, sans que je susse pourquoi — il amenait avec sa *marchandise*, assise au milieu des fagots fleuris, tout effarée, toute niaise, la belle Thomine.

Elle venait se *mettre en condition.*

*
* *

La bruyère allait devenir la garniture d'un *article* de ménage ; l'inspiratrice d'un beau tableau venait se faire servante.

O rêves ! Le poëte n'avait qu'à dire son *mea culpa.* Je le dis avec ferveur, en priant le ciel d'épargner à l'innocente enfant les tentations inouïes de la vie facile, en souhaitant aux bruyères un emmagasinement éternel chez le commerçant.

*
* *

Hélas ! — ai-je besoin de vous dire la suite de cette rencontre inattendue ?

La peine vraie que me cause la vue du balai de bruyère, et que je ne vous ai pas cachée, ne vous fait-elle pas sous-entendre ce qui me coûte à ajouter ?

Et si je mettais ici : *La fin au prochain numéro,* lecteurs, ne devineriez-vous pas les lignes pleines d'une atroce banalité qui peuvent suivre ?

*
* *

Mais allons jusqu'au bout.

Un soir, je vis une vieille femme balayer avec ardeur le ruisseau infect de sa maison. La boue épaisse, luisante comme du vieux plomb, coulait péniblement sur son lit d'ignobles pavés.

Le balai de la vieille était de bruyère !

*
* *

— Quant à Thomine...

Au-dessus du ruisseau, oh! tout près! il y avait un trottoir; la nuit tombait.....

LA VOLIGE

Tout à l'heure, en parcourant les feuillets griffonnés au crayon d'un de mes vieux *memento*, j'ai lu la note suivante qui m'a plongé dans un abîme de rêverie.

« *Présenté hier à la* Volige. — *A dû être fort jolie. — Semble abrutie. — Ne m'a dit qu'un seul mot d'un ton traînant : — Chouâte.* »

La Volige ! — Qu'est-ce que c'était que la Volige? Pourquoi ai-je été *présenté* à la Volige ?

Ces questions, accompagnées d'un cortége imposant de points d'interrogation, se sont dressées immédiatement dans mon esprit, et mon esprit, après les

avoir priées poliment d'attendre une seconde, est allé
fouiller dans les cases de mon cerveau.

La seconde exigée a bien duré plusieurs minutes,
je l'avoue, mais à la fin nos recherches ont été cou-
ronnées de succès, et j'ai pu *me* répondre en ces
termes :

— C'est au Casino-Cadet, dans un coin obscur de
la galerie, il y a de cela au moins douze ans, que tu
as été présenté par des artistes sans renom à une
femme que sa longueur et sa minceur avaient fait
surnommer la Volige.

Sobriquet peu obligeant, mais d'une justesse parfaite.

La Volige, quand tu t'inclinas devant elle, ô bon
petit jeune homme que le bruit d'un jupon empesé
faisait alors tressaillir de la tête aux pieds, *et vice
versa*, la Volige, ô mon enfant! était en train de
boire un verre d'une liqueur étrangement colorée.

Tu le sus plus tard : cette liqueur était un mélange
d'absinthe et de cassis !

La Volige prenait de l'absinthe à toute heure du
jour et de la nuit ; seulement, quand les étoiles *ver-
luisaient* dans le ciel, elle la panachait avec du cassis,
tandis que pendant la journée elle y versait du café
noir.

Effroyable breuvage !

La Volige était une des curiosités du Casino-Cadet à cette époque, et c'est pourquoi, ô bon petit

jeune homme qui pâlissais et sentais un trouble inex-
primable au creux de l'estomac quand l'haleine
d'une femme venait à effleurer ton front, c'est pourquoi, ô cher petit ! tu demandas à être présenté à la
Volige.

Et ton souhait fut exaucé.

Et les artistes sans renom aucun, qui aimaient à
baller et à rossignoler sur le plancher des dames du
Casino-Cadet, te conduisirent auprès de cette créature bizarre.

La créature, quand tu la saluas, était encore charmante, bien que ses yeux fussent très-creux et très-
ardents, bien que ses pommettes fussent d'un rouge
singulier.

Mais pourtant, tu t'en souviens, ô jeune homme
au cœur compatissant ! tu t'en souviens, tu fus dou-
loureusement frappé en constatant que la teinte générale du visage de la Volige était d'une pâleur
verdâtre, qui rappelait le *cœur du chou*.

Plus sombre et beaucoup moins bavarde que
Marius assis sur les ruines de Carthage, la Volige
accueillit ton salut par un simple soulèvement de ses
belles paupières bronzées, et le seul mot qui sortit de
ses lèvres fut :

— *Chouâte !*

Et ce mot était prononcé comme avec accable-
ment.

Et il résonna à tes oreilles, ô cher petit poëte déjà

tout émotionné, il résonna plus sinistrement que le cri proféré par le *Mort* de Goya, quand il soulève la pierre de son tombeau.

Quel cri terrible jette donc ce mort? — Il dit : *Nada !* (Néant!)

— Chouâte !

Enfin, ô tendre jeune homme, quand les artistes sans renom te quittèrent pour aller *se rigoler*, tu t'assis à côté de la Volige. Tu regardas ses magnifiques mains qui tremblaient comme des mains de vieille, et tu les pris dans les tiennes. Tu plongeas avec bonté tes yeux candides et doux dans les yeux de la Volige, dans ses yeux qui flamboyaient vaguement au fond de leurs orbites comme la lave au fond d'un cratère.

O naïf! ô respectable naïf! tu rêvas une rédemption. Ma parole, tu la rêvas! Ne dis pas non, tu mentirais! Oui, tu rêvas... des choses délicates et charmantes, aussi charmantes qu'impossibles. Et tu les dis tout bas à la Volige, avec des paroles de velours, et la Volige, qui t'écoutait, la tête penchée sur sa poitrine plate, te répondit :

— Chouâte !

De quoi ne lui parlas-tu pas, à la Volige?

Pendant une heure, tandis que tes amis, les artistes sans renom, exécutaient des « cavalier-seul » qui arrachaient à l'assistance d'unanimes applaudissements, toi tu demeuras auprès de cette fille noyée au

21.

fond de son verre. Tu lui tendis la perche ! Tu fis miroiter le bien, le beau et le vrai à ses yeux brûlants, avec l'onctuosité et la dextérité d'un missionnaire. Tu prêchas. Ne dis pas non, tu mentirais ! Tu prêchas !

Mais à la fin de chacune de tes brillantes, de tes enthousiastes périodes, la Volige, buvant une goutte de sa noire mixture, disait plus morne et plus désolée que jamais :

— Chouâte.

Enfin tu rejoignis tes amis, les artistes sans renom qui regrettaient de n'avoir point les jambes du Colosse de Rhodes pour étonner l'univers par des entrechats prodigieux, et tu leur demandas si la Volige était folle !

— Elle n'est point folle ! répondirent unanimement ces sages qui préféraient les exercices du corps à ceux de l'imagination. C'est son caractère, voilà tout. Depuis trois ans qu'elle vient ici, personne n'a pu lui arracher d'autre parole que celle que tu as entendue, ô notre ami ! *Chouâte* est le cri de cet animal à robe de soie, comme *glou glou glou* est la parole de la dinde qui ignore les perfidies de la truffe. Il faut s'en contenter. Chacun est libre de l'interpréter à sa façon, d'ailleurs. *Chouâte* peut signifier : *Je vous aime*, comme il peut vouloir dire aussi : *Vous m'em...bêtez*. Chacun a son énigme dans la vie. Maintenant, cher poëte, venez-vous étonner une choucroute très-garnie par la rapidité avec laquelle nous l'avalerons ?

. . . .

— Voilà ce que te répondirent tes amis, les artistes absolument sans renom, et tu baissas la tête comme la Vierge de Vaucouleurs, et tu essuyas une larme à la dérobée.

— Chouâte !

NOTRE GRANDE FACHERIE

Au collége, en province.

Un lundi de janvier, à l'*étude du soir* (j'avais alors quinze ans), le lendemain d'une des *sauteries* hebdomadaires que donnait mon oncle le professeur aux jeunes filles et aux collégiens de ma connaissance, je reconnus, à n'en pouvoir douter — (j'avais basé mon *diagnostic* sur les renseignements fournis par mon La Bruyère), — que j'étais tombé éperdument amoureux d'une certaine mademoiselle Nelly Wagner, chère créature âgée de quatorze ans peut-être, mais déjà ornée de deux longues nattes châtaines terminées par des nœuds de rubans verts, et avec laquelle, la veille, j'avais dansé et causé comme un fou.

Il pouvait être de sept heures sept minutes à sept

heures et quart, lorsque je fis cette stupéfiante découverte en passant à plusieurs reprises ma main sur
mon cœur, et, conséquemment, sous mon gilet d'uni-
forme. Elle suivit immédiatement la confidence flatteuse pour mon amour-propre, que me fit en cet
instant, et touchant cette même Nelly, mon *copain*,
Legrand II. (On le numérotait ainsi parce qu'il avait
un frère en seconde.)

Legrand II, ami de toutes ces demoiselles (ne
sais pourquoi), grâce sans doute à sa sœur Angélina
(douze ans), l'intime de Nelly, me murmura, pendant
que je *potassais* le dictionnaire de Bouillet :

— Dis donc, tu ne sais pas? hier, chez ton oncle,
Nelly a dit à Angélina, en te regardant rédower : *Il
a l'air extrêmement distingué !*

— Bah ! répondis-je d'un air parfaitement indifférent.

Mais j'étais joliment content, allez ! — *Distingué !*
— Je le crois sans peine. J'avais même dépensé
deux francs cinquante centimes pour atteindre ce but
suprême.

Et voici comment. — Aux vacances du jour de
l'an dernier, j'étais allé à Paris dans ma famille. Le
matin des étrennes, dès l'aube, à peine eus-je reçu
le cadeau paternel, — un louis, nom d'un chien ! —
je courus tout d'une traite de Belleville à la rue de
la Lune. J'avais remarqué, dans une petite baraque
édifiée en face de cette voie publique qu'illustrent

ses brioches, un lorgnon en fausse écaille et qui m'avait séduit. Oh! posséder ce lorgnon! l'orner d'un ruban moiré très-large! mettre le tout sur un nez récalcitrant, et endolori au bout de trois minutes... Quel rêve!

Ce désir, je l'exauçai moi-même. Le lorgnon devint ma proie.

« Comme cela me donne bon genre! » pensais-je, passant, fier comme un paon, devant les glaces des magasins.

Mais, ô châtiment! le marchand de lorgnons, né malin, m'avait vendu le premier pince-nez venu. Par timidité, je n'avais pas osé choisir! Et mon lorgnon, qui eût rendu de véritables services à une myopie ridicule, me faisait voir, à moi, que parent encore des yeux excellents, les gens gros comme des mouches.

A chaque instant, semblable au chat de Florian qui regarde par le gros bout de la lorgnette, je me heurtais contre des gens que je croyais à dix pas de moi.

« Voilà l'absinthe! » eût murmuré Hamlet.

Mais c'est égal, je me trouvais l'air « très-distingué! » Et la preuve que je n'étais pas le seul de mon opinion, c'est que mademoiselle Nelly, un ange à grosses nattes châtaines, l'avait dit à mademoiselle Angélina, qui..., etc., qui..., etc...

La révélation amicale de mon *copain*, Legrand II,

me mit si bien la cervelle sens dessus dessous, que,
rejetant avec mépris le respectable Bouillet loin de
moi, je m'acharnai à confectionner une déclaration
d'amour — en vers! — à cette Nelly déjà adorée à
l'excès.

Au bout de vingt pénibles minutes, j'accouchai
d'un distique que je priai mon *copain* de faire tenir,
le dimanche suivant, par sa sœur à Nelly.

Voici ce distique :

> Je vous aime, Nelly. Si vous ne m'aimez pas,
> Devant moi vont s'ouvrir les portes du trépas!

Je trouvais ces deux vers d'une distinction parfaite, d'une exquisité de pensées particulière. Il me
semblait que le dernier peignait admirablement l'état
triste d'une âme qui ne trouvera plus désormais de
repos que dans les bras de la mort, si sa *flamme* est
repoussée.

Hum!

Legrand II me jura « sur l'autel de l'amitié, »
comme un confident de tragédie, de faire l'impossible pour rapprocher deux cœurs si bien faits pour
s'entendre.

En effet, le dimanche (jour de sortie !), je me
rendis au Parc après déjeuner. Les musiciens de la
garnison faisaient retentir les échos. Toute la ville se
pressait autour du rond formé par les chaises de ces
Orphées en pantalon garance.

En province, on va tous les dimanches et tous les jeudis au Parc entendre le concert militaire.

Mais je m'occupais bien des *pas redoublés* et des *variations sur la Muette*, composées par le chef de musique. Ce que j'attendais, le cœur ivre d'anxiété et l'air plus distingué que jamais, mon lorgnon sur le nez, c'était l'arrivée de Nelly, — qui devait avoir reçu mon distique, distique écrit en encres de couleurs sur vélin !

Ineffable moment !

Enfin, parurent Nelly et Angélina suivies de leurs mères terribles. Legrand II, pensif, accablé sous le poids du secret dont il était le dépositaire fidèle, marchait à côté de ces dames si redoutables.

Il m'aperçut, doubla le pas, et, pendant que je saluais gauchement, atteint en plein cœur par un regard brillant de Nelly, plus charmante que jamais avec ses longues nattes surmontées d'un toquet à pompons, il vint me prendre par le bras.

Ces dames, visions exquises pour moi, passèrent en souriant.

— Mon vieux, s'écria Legrand II, quand nous fûmes seuls, allons fumer une *vieille pipe* dans un coin, et deviser de l'amour ! — Tu verras ta Nelly, ce soir, chez ton oncle. Elle est extrêmement flattée, m'a dit Angélina, de ta recherche, et ne dansera qu'avec toi.

— Tu me rends la vie ! m'écriai-je.

Mais nous avions compté sans la coquetterie de Nelly, Legrand II et moi. Et le soir, chez mon oncle, Nelly, ses nattes et ses rubans valsèrent, oui, valsèrent avec un certain Barbeau (Émile), un rhétoricien pédant. J'étais furieux. J'osai, nous osâmes, veux-je dire, mon lorgnon, mon air distingué et moi, faire un doux reproche à Nelly. Mais la chère petite, d'une façon très-délurée, me déclara qu'elle n'entendait pas — *se donner un maître* — en voulant bien accepter — *mes hommages*. Ainsi...

Gonflé de rage, muet de surprise, je m'assis dans un fauteuil solitaire, et, sombre, je passai le reste de la soirée à regarder mon oncle et l'aumônier du collége se disputer à la fin de chaque partie de dominos.

On vint m'inviter, — oui, *on vint m'inviter*, — des jeunes filles charmantes! elles-mêmes! On me supplia de danser. Vains efforts! Je résistai à toutes les prières. J'entendis, il est vrai, ma tante murmurer : « C'est un ours! laissez-le. » Mais que pouvaient faire sur un cœur refroidi à jamais les sarcasmes d'une proche parente aveuglée!

Le lendemain, à l'étude, nouveau distique adressé à Nelly. Je le cite textuellement :

> Non, vous ne m'aimez plus, infidèle! perfide!
> Vous êtes un serpent à la langue *bifide !*

Bifide me semblait dur, mais vengeur. J'avais trouvé ce mot, d'abord dans mon dictionnaire de

rimes, ensuite dans un *Traité d'histoire naturelle.*
Il m'avait plu. Bifide! Langue double! Bravo!

Mon *copain* Legrand II, navré, promit solennellement de donner à sa sœur, le lendemain, au par-
loir, le billet affreux que je lui confiais.

Trois jours après, par les mêmes voies détournées,
je reçus ce mot, véritable « coup du lapin » :

.« Ge suis morte pour vous, Monsieur. Je vous
« hait. Vous m'avez insulthé. Adieu pour la vie.

« NELLY W. »

Le *bifide* avait produit son effet. Néanmoins je
versai de grosses larmes. Legrand II pleura également. Le pion nous *colla quatre heures de piquet*
pour bavardages sans fin à l'étude. Hélas!

Nelly tint parole. Pendant trois dimanches, trois!
soit au Parc, soit chez mon oncle, elle affecta à mon
égard une superbe indifférence. Pas un mot, pas
une injure! — Que je souffrais! Mais quelle dignité
mélancolique se lisait dans toute ma personne!

Cependant, parfois, au salon, passant près de Nelly,
qui feignait de ne pas s'apercevoir de ma présence,
je la frôlais, comme par mégarde, et avec une politesse excessive je lui détachais un :

« Oh! mille pardons, mademoiselle! Je ne vous
voyais pas! »

Et je filais, raide et satisfait.

Mais j'étais bien malheureux, allez! J'en cassai

22

mon lorgnon de colère un jour. Legrand II, plus calme (je crois qu'il aimait Nelly autant que moi, ma parole!), me disait souvent :

« Tu es trop cruel, mon cher. Je t'assure que ma sœur a vu Nelly pleurer. Elle se repent, mais elle est fière... Allons, fais le premier pas. Reviens.

— Jamais! disais-je avec un geste désespéré et éclatant en sanglots (nous étions *en cour*, à la récréation). Jamais! *Mon cœur est mort*, vois-tu. »

Et ce bon Legrand II paraissait plus peiné que jamais.

Mais cette vie ne pouvait durer. Mon travail se ressentait de mes préoccupations. En thème latin, sur trente-neuf élèves, j'avais été le trente-septième. Mon oncle, furieux, me donnait au diable.

Enfin, le premier dimanche de février, au Parc, — oh! vieux Parc bien-aimé! — Legrand, très-ému, me dit :

« Viens donc un peu par ici, dans les *quinconces*. »

J'obéis, troublé, frissonnant. Je devinais ce qui allait arriver.

En effet, contre une charmille, j'aperçus tout d'abord la sœur de Legrand, mademoiselle Angélina, qui me souriait gentiment. Sur son épaule, cachant sa figure, se penchait mademoiselle Nelly, ne laissant voir que ses nattes immobiles sur son dos. Elle pleurait tout haut.

Je n'y tins plus. Et, m'avançant bravement, pâle :

« Voulez-vous me pardonner, Mademoiselle? dis-je. Oublions tout. J'ai été grossier. Mais la calomnie, de faux rapports ont égaré mon cœur. J'étais fou!...

— Embrassez-la donc, voyons, dit mademoiselle Angélina, conciliante.

— Voulez-vous, Nelly? »

Elle ne répondit rien.

Courroucé, je me retournai vers Legrand qui fondait en larmes, et je murmurai :

« C'est une mauvaise petite fille. Allons-nous-en. »

Et comme Legrand essayait de me retenir :

« Elle veut donc que je m'agenouille ici? » ajoutai-je.

Bref, on parlementa. Ce furent les allées et venues du *Dépit amoureux*, avec fausses sorties, etc. Enfin nous fûmes réconciliés. Et nous nous séparâmes, soulagés, rappelés à la réalité par les appels discordants des deux mères inquiètes.

« A ce soir, mon amie! dis-je à Nelly.

— A ce soir, méchant! »

On se quitta. Fou de joie, délesté, ailé, je passai, en compagnie de Legrand II, mon excellent *copain*, une délicieuse après-midi, mêlée de cigarettes, dans les bois qui avoisinent la ville.

Puis nous revînmes dîner, chacun chez nous.

En route, tourmenté par l'idée qu'il serait poli et galant, au soir d'une réconciliation, de faire un cadeau à ma bien-aimée, et fort embarrassé du choix de ce présent, je me décidai, après du mûres réflexions, à acheter chez un épicier *un petit bocal de cerises à l'eau-de-vie!* J'ignore encore si ces fruits confits étaient du goût de Nelly; mais moi, je les adorais à cette époque. Voilà tout.

Mais, en y réfléchissant, je m'aperçus qu'il serait bien difficile d'introduire des cerises à l'eau-de-vie dans le sein des familles, et, *embêté*, je débouchai le malheureux bocal. J'avalai, coup sur coup, une trentaine de cerises; puis, comme une mère qui en a assez de sa progéniture, je précipitai le récipient et le reste de son contenu dans une cave, par le soupirail béant.

« Eh bien! dites donc, là-haut! » hurla une voix souterraine.

Je m'enfuis!

. . . .

Le souvenir de la soirée qui suivit cette belle expédition est resté dans ma mémoire pour toujours fixé. Jamais bonheur plus pur, plus chaste, plus céleste, n'inonda un cœur humain... Oh! Nelly! quelle sincérité dans la passion enfantine que vous m'inspiriez! ma Nelly!

Qu'est-elle devenue?...

Faites, ô mon Dieu, que je ne la revoie jamais!

AH! LA PAUVRE PETITE FEMME!

Ah ! la pauvre petite femme !

Mon Dieu, qu'elle est malheureuse, la pauvre petite femme !

Allez ! elle est bien... *ennuyée*, la chère créature !

Vraiment, elle n'a pas de chance ; non, elle n'a pas de chance, positivement !

— Mais voyons, pourquoi cela ? Qu'est-ce qu'il y a donc ? Que lui arrive-t-il à « cette pauvre petite femme » ?

Ce qu'il y a !... Ah ! enfin !... ces exclamations répétées sur le ton d'une pitié excessivement tendre éveillent en vous une curiosité sympathique. Je m'y attendais, Monsieur. Je comptais vous intriguer, Monsieur. Et maintenant, Monsieur, peut-être donneriez-vous deux sous pour savoir ce dont il s'agit ?

Eh bien, mon bon monsieur, n'apprêtez pas votre bourse ; ne fouillez pas avec un geste élégant dans la poche droite de votre gilet. (Un joli gilet, du reste ; mes compliments, Monsieur!) En trois mots, et pour rien, je vais vous dire, tout bas, entre nous (entre hommes, vous entendez?) ce qui cause la grande peine de cette « *pauvre petite femme* ». Oui, vous

22.

allez savoir ce qui fait froncer en ce moment le fin sourcil de ce joli petit être, et donne à toute sa mignonne personne un air presque comique d'embarras et de détresse.

C'est « *une pauvre petite femme* », c'est convenu ; mais ne nous laissons point trop attendrir, monsieur et cher lecteur. Souvenons-nous à temps de la Bible, qui l'eût appelée, cette Parisienne, « *un sépulcre blanchi* ». (On ne connaissait point la poudre de riz, pourtant.) Souvenons-nous encore de Shakespeare, qui qualifiait la compagne de l'homme de « *perfide comme l'onde* » !

Cela posé, revenons à notre adorable mouton.

Figurez-vous, Monsieur.... que cette ravissante dame... — diable ! cela est plus difficile à dire que je ne pensais — que cette dame (*la pauvre petite femme !*) est obligée ce matin, non pas sur un ordre, mais d'après le conseil de son docteur, un ami de dix-huit ans, — le docteur l'a vue naître, — d'aller chez son pharmacien, le jovial M. X...

C'est un simple conseil à suivre (pas en secret, ni en voyage), non, un simple conseil d'ami, vu les plaisanteries barométriques et thermométriques de la température.

Il s'agit tout simplement d'acheter pour quatre ou cinq sous de... un astringent anodin, la moindre des choses, et puis une boîte de poudre de lycopode, je crois. Vous savez, cette poudre qui, répandue avec intelligence sur les chairs délicates, empêche les frottements trop rudes et réitérés, si désagréables quand on est un peu « forte ».

Vous voyez, cher Monsieur, qu'il n'y a pas là de quoi fouetter un chat !

Eh bien, quel que soit l'aplomb immense des dames dans la plupart des circonstances les plus scabreuses de la vie, aplomb qu'elles puisent dans le sentiment de leur faiblesse et de leur innocence, voilà-t-il pas qu'aujourd'hui « *la pauvre petite femme* » de qui nous parlons (une dame comme les autres, et dont l'assurance n'est pas mince) est très, très... *ennuyée ;* et depuis dix minutes elle *tournaille* dans la rue à vingt pas de la pharmacie du jovial M. X.

Déjà elle est venue deux fois jusqu'à la porte redoutable, et deux fois sa petite main gantée n'a pas trouvé le courage de tourner le bouton. (T. L. B. S. V. P.)

C'est bien singulier ! — Je sais bien, — et je dois vous en informer — que les comptoirs de la pharmacie sont occupés par trois grands gaillards d'élèves, aux yeux pervers, qui ricanent entre eux ; mais la *pauvre petite femme*, autrefois, ne se laissait pas intimider par la vue de ces trois grands gaillards. Elle se disait : « C'est leur métier. Que m'importe ce qu'ils peuvent penser et se dire entre eux à voix basse ? »

Sapristi ! quelle cause inconnue et puissante re-

tient donc cette « pauvre petite femme » sur le seuil
du jovial M. X, et la rend si confuse ce matin ?

Ah ! voilà. — C'est qu'en sortant de chez elle,
juste au moment où, fringante et fraîche comme une
fleur nouvellement épanouie, elle s'élançait d'un pied
léger sur le trottoir, un brillant officier de cavalerie
(*Cuirassier, que tu l'affliges !*), tout couvert d'or
et de chamarres, l'avait croisée.

Ce brillant soldat, en grande tenue, oubliant sou·
dain le service, l'appel, le rapport..., je ne sais quoi
de très-important, avait fait volte-face, et, retournant
sa moustache, s'était mis à emboîter le pas avec
ardeur, derrière la pauvre petite femme !

C'est alors que des tristesses et des dépits sans
nombre avaient germé dans son cœur de *pauvre
petite femme* très-honnête, très-dévouée à son mari,
mais qui ne trouve rien d'offensant, non, rien du
tout, à ce qu'un officier en tenue glorieuse, tout couvert d'or et de chamarres, et dont le casque à tous
crins étonne et fait rêver, la remarque, et, dois-je le
dire, la suive avec obstination.

Certes, pour un tendre cœur pur et charmant, il
est doux de se savoir suivie — en tout bien tout honneur — par un bel homme de fière mine. Il y a toujours de l'Omphale dans les filles d'Ève. Donc il est
doux, en regardant à la dérobée dans les glaces des
magasins, de voir Hercule (grande tenue, casque à
tous crins, or et chamarres) marcher sur vos traces.

Cela coûte si peu de ne pas se fâcher, et cela lui fait tant de plaisir à cet Hercule (même quand il est dans la cavalerie) de suivre une *pauvre petite femme* en rupture de gynécée !

Oui, sans doute, quand on est une « *pauvre petite femme* » (1ᵐ,53), il est agréable de mener en laisse un guerrier de belle prestance (1ᵐ,94). Mais, quand on se rend chez son pharmacien, le plaisir n'est pas du tout le même, et la saveur change singulièrement : elle devient amère.

On se moque pas mal, j'y consens, de ce qu'un cuirassier peut penser. On se dit : « Ah bien ! après « tout, ne suis-je pas libre d'aller chercher de ce que « le docteur me conseille d'employer matin et soir « (décoction) ? » On se raisonne de la sorte, et pourtant on est très... ennuyée d'être suivie justement le jour où l'on se rend chez le jovial M. X...

Ces choses-là ne s'expliquent pas, Monsieur. Il faut les deviner.

Les militaires n'ignorent rien des vanités humaines. En voyant la dame que l'on suit, un poëme dans le cœur, entrer tout à coup chez un apothicaire, que voulez-vous qu'on pense ? Comme on ne peut pas aller tout de suite au fond des choses, on base sa conviction sur les apparences. Et, remarquez-le, l'esprit aime toujours à chercher midi à quatorze heures en pareille matière ; oui, c'est toujours le mal qu'on suppose d'abord.

Telles sont, sommairement, les réflexions navrantes que fait, avec un dépit mal dissimulé, la « *pauvre petite femme* » que nous avons laissée, hésitant, devant la porte de la pharmacie X...

Enfin elle se décide, entre précipitamment, le rouge de la pudeur sur la joue, et, tournant le dos à la vitrine, confie tout bas à l'un des trois grands gaillards le sujet de sa visite.

Pendant qu'on exécute ses ordres, la « *pauvre petite dame* » réfléchit :

« — Peut-être ce monsieur est-il parti ? Quel
« bonheur ! Et que je suis bête de m'affecter à ce
« point. Et puis, qu'est-ce que cela me fait, en ré-
« sumé ? N'ai-je pas l'amour de mon mari pour me
« consoler d'un instant de vanité froissée ? Bah ! n'y
« pensons plus ! »

Et, bravement, elle tourne la tête et regarde dans la rue.

Le cavalier tout couvert de chamarres est là. Il vient à son tour de se planter devant la pharmacie X... Sa main caresse dubitativement sa moustache rousse. Le guerrier se consulte. Puis... faisant un geste qui signifie clairement : — « *Chez le pharmacien ! ah ! bien non, par exemple !* » il s'éloigne avec terreur, balançant son casque à tous crins où la brise passe ses doigts frais, — sans l'appeler *Arthur* cependant.

Oh !... la « *pauvre petite dame* » ne comprend

pas certainement tout ce que ce geste veut dire, — espérons-le, — mais elle est... *très-ennuyée* et fait une moue gigantesque.

Ah ! *la pauvre petite femme !*

CE QUE DISENT NOS MEUBLES

Décor : Un wigwam de garçon, l'hiver.

I

LE PARAPLUIE. — Soie et coton ! quel temps ! — je suis transi ! — mon taffetas colle sur mes baleines ! — quel temps !

LA CANNE. — Je vous avais prévenu, mon cher antipode. — J'avais deviné la pluie d'aujourd'hui dans le temps sombre d'hier : aussi ne suis-je pas sortie.

LE PARAPLUIE. — Et vous avez fort bien fait, aimable Verdier. — Je suis trempé comme le mouchoir d'une dent arrachée.

LA BOTTE. — Croyez, utile Cazal, que je vous plains sincèrement ; mais soyez sûr qu'à trois mètres de vous je n'étais guère plus heureuse. — Si vous êtes trempé, je suis transpercée, — (ah ! celui qui m'a faite n'avait pas un cuir de père!), — et, qui plus est, crottée comme une roue de fiacre. — Encore m'estimerais-je favorisée du sort, si je pouvais, comme vous, me réchauffer jusqu'à demain matin ; mais, ô fragilité de la chaussure humaine! une jolie, une charmante, une aimée bottine à talons m'appelle de nouveau hors d'ici, ce soir.

Le Parapluie. — Erreur, ma belle et vernie amie, erreur! — Où vous irez j'irai, du moins aujourd'hui, car il pleut à verse.

La Canne. — Du temps de Schaunard, j'eusse été de la partie! hélas! tout s'en va.

La Pendule. — Oôôha! ding!

La Canne. — Qu'avez-vous, Bréguette?

La Pendule. — Je viens de bâiller six heures et demie... On s'ennuie tant sous ce globe!

La Table. — A votre aise vous en parlez, la belle, vous qui menez l'homme par le bout du nez, vous que le Temps a faite sa comptable, vous sur qui tous les regards sont fixés, vous vous plaignez!... — Mais que dois-je dire, moi, qui suis d'un acajou problématique, et couverte d'un tapis et des romans du vicomte P. du T.?

La Botte. — Sapristi! comme disait éternellement l'acteur Félix, je suis en retard.

La Canne. — Bah! la bottine est donc bien exacte?

La Botte. — Couci-couci. Elle a tant de lacets

à passer et de nœuds à faire ou à défaire! Enfin l'amour doit être à l'heure... Partons, et du pied gauche. Parapluie, je vous offre le bras.

La Porte. — Vlan!

II

La Bouilloire. — Brrrrou... brrrrou... je commence à m'échauffer, ce n'est pas malheureux! Voilà une heure que je frissonne devant ce feu maudit.

Le Feu. — Piff! piff! paff! qu'avez-vous, ma rebondie compagne?

La Bouilloire. — J'ai mes vapeurs... ça me me monte à la tête... ne pourriez-vous vous éteindre un peu?

Le Feu. — Paff! piff! paff!... je ne suis pas trop brillant, la houille me fait défaut.

Première Houille. — Hoa! il faisé froide comme à Man-ches-teur...

Deuxième Houille. — Goodferdum! Est-ce que l'on m'a fait venir de Mons pour rester dans ce sale bac? On gèle ici, savez-vous?

Première Houille. — Oh! il est un moyen fort simple de sortir de notre *in-ak-cheun.*

Deuxième Houille. — Inaction! ça est bon pour une fois, ça, sais-tu? prononcez mieux, je te prie, Monsieur.

Première Houille. — Stioupid! mister Fire!

Le Feu. — Je ne comprends pas le groënlandais.

Première Houille. — Monsieur le Feu, brûlez cet appartement, et nous aurons le plaisir, oh! yès, fort grande, de nous consioumer tous ensemble...

Un Petit Journal. — Elle est mauvaise!

La Bouilloire. — Véto! je m'y oppose!... ou je me répands... en invectives.

Le Garde-Feu. — Ne craignez rien, voisine, je suis là... A moins cependant que la cheminée ne veuille s'annexer au feu...

La Cheminée. — Je souis Franchaise..... Eh! hioup, la Catarina!

Le Feu. — Par Vulcain! je m'éteins...

La Bouilloire. — Berr... berr...

La Pendule. — Oôôha! ding!

Une Paire de Gants. — Sept heures et demie!... le temps est long!... pourquoi diable suis-je restée ici? je m'ennuie comme une abonnée à la *Revue des Deux Mondes*.

La Théière. — Hé! la Bouilloire?

La Bouilloire. — Madame a sonné?

La Théière. — Oui, Cendrillon. Depuis une heure vous bavardez, sans avoir l'air de vous douter que vous faites attendre le noble Chinois qui daigne me faire une visite quotidienne.

Le Sucre. — Noble Chinois! Ah! sans moi tou fleuve Jaune déplairait à bien des estomacs!

Deux Tasses. — Mon cher Sucre, croyez que

nous sommes désolées de ne pouvoir apprécier tout le bon goût de votre compagnie, toute la douceur de votre intimité... Le fond... de notre cœur est rempli d'amertume, et...

DEUX CUILLERS. — Quel sort nous avons! nous qui aimons à remuer, nous dont l'argent devrait courir le monde, on nous laisse dormir dans notre boîte de maroquin... Maudit soit le dieu qui nous fait ces loisirs !...

LE RHUM. — Théière, bonne maîtresse blanche, moi, bon nègre, pauvre petit Jamaïque, vouloir casser carafon, moi, vouloir donner des forces au Chinois.

LE SUCRE.—Du calme, mon fils ! Ta mère la Betterave disait souvent : — Patience et longueur...

LA THÉIÈRE. — Vous avez lu cela dans un bouquin ?

LE SUCRE. — Oui, dans un boucaut, au temps du blocus continental... lorsque j'étais tombé dans l'eau... et que les négociants cassaient mes cannes sur le dos des esclaves.

III

LA LAMPE. — Certainement, je file... je dois fumer... je me connais... Oh ! comme je file !

LA PENDULE. — Atch ! atch !... ôôôha, ding !

LA CANNE. — Assez boudé !... huit heures et

demie... bigre!... Atch! atch! atchum!... Ce n'est pas étonnant... j'ai toujours le pied dans l'eau... je m'enrhume si vite... — Mais que diable fait donc le parapluie?

LE FEU. — Ah! mais! mon foyer va devenir un lendemain de mardi-gras... je suis tout transi.

LES HOUILLES. — Goddam! — Godferdeckt!

LA BOUILLOIRE. — Je tiédis, mes enfants; positivement, je tiédis... A la fraîche! qui veut boire!

VITRES ET GLOBES. — Frrroutttt..... frrrouttt..... frrrouttt... roum.

LA CANNE. —Tiens! voilà une voiture qui s'arrête dans la rue!

L'ESCALIER. — Hi!... aïe... hi... aïe... hi... aïe...

LA SERRURE. — Cric-croc... croc... croc... cric...

LE PARAPLUIE (*entrant*). — Ah! sacristi! Ah! bigre! Ah! fichtre! quel temps!

LA BOTTINE (*voix aiguë*). — Ah! bigre! Ah! fichtre! Ah! sapristi! quel temps!

LA BOTTE (*basse-taille*). — Ah! potence à l'ail! quel temps!

LA PORTE. — Vlan!

LE PARQUET. —Oh là! là!... petites gouttes d'eau, que vous êtes glacées!

LES GOUTTES D'EAU. — Il fait un temps à lire Capendu lui-même.

LA BOTTINE. — Dis donc, il y a des glaçons chez toi : j'ai laidement froid.

LA BOTTE. — Tu as froid ? Attends... une... deux... vlan !

LES HOUILLES. — Aïe ! aïe !... pas si fort !... Oh ! mes escarbilles !

LA BOUILLOIRE. — Allah ! Dieu est grand... je vais bouillir.

IV

LA BOTTE. — Sais-tu, chérie, que j'ai douté de toi un bon moment ?

LA BOTTINE. — Vilain ! voyez-vous ça ?

LA BOTTE. — Dame ! tu me fais attendre deux heures, deux siècles...

PETIT JOURNAL. — Deux Havin !

LA BOTTINE. — Écoute, mon loulou bleu, c'est ma tante qui m'a retenue. Oh ! je t'assure que je bouillais...

LA BOUILLOIRE. — Pas moi, frrrout... pas moi, berr...

LA BOTTINE. — Mon chat, laisse-moi mettre mes caoutchoucs devant le feu.

LE GARDE-FEU. — Bonjour, mes petits Américains ! comment se porte votre gutta ?

LES CAOUTCHOUCS. — Fatiguée, cher, fatiguée... je te dirai ça plus tard.

LA BOTTE. — Veux-tu du thé, petiote ?

LA BOTTINE. — Si, signor.

LE THÉ. — Attendez, j'infuse.

LA BOTTE. — Tiens! la pendule est arrêtée...

LA BOTTINE. — Elle a donc commis un petit assassinat?

LA BOTTE. — Non : c'est que le Temps s'est amusé aux vitrines photographiques.

LA BOTTINE. — Nos mots sont mauvais ; mais ton thé, par exemple...

LE THÉ. — La jolie bouche, ô Confucius! les jolies dents, la blanche main, ô Pé-king!

LA LAMPE. — Je n'ai plus d'huile... plus... plus du tout.

LA BOTTE. — Allons nous coucou..., allons nous coucher...

LA LAMPE. — Infect lumignon!

L'ABAT-JOUR. — Ah! oh! ah!

LE LIT. — Quelle existence!... en voilà un métier!... Vous verrez qu'ils ne me donneront pas de pour-boire...

V

LES CAOUTCHOUCS. — Chut!... Eh bien, mon cher Garde-Feu, nous n'avons pas été chez la tante en question.

LE GARDE-FEU. — C'est mal.

LES CAOUTCHOUCS. — Oh! nous jouissons d'une certaine élasticité.

Le Feu. — C'est très-mal.

Les Caoutchoucs. — Imbécile!

Le Feu. — Vous parlez sèchement!

Les Caoutchoucs. — Devant toi, nous ne pouvons que parler ainsi.

Le Garde-Feu. — Elle n'a pas été... chez... sa tante! Oh! les bottines! les bottines!!... soyons de cuivre!

LE BAIN DE LA CHASTE SUZANNE

Le jour dont nous parlons est un samedi.

Il est trois heures de l'après-déjeuner.

Et l'excellent thermomètre de l'ingénieur Chevalier, opticien, marque opiniâtrément 30° centigrades à l'ombre!

Aujourd'hui, par cette chaleur, et pendant que son mari, un Joakim parisien, est à ses affaires, quel projet plus agréable pouvait naître en l'esprit de la chaste Suzanne qui nous occupe, sinon d'aller au bain?

La chaste Suzanne — vingt-cinq ans, blonde, appétissante, et très-modeste — est donc allée au bain, tout doucement, en suivant dans les rues le côté de l'ombre, son ombrelle microscopique sur l'épaule, un petit panier élégant au bras, un petit panier rempli de mystérieux objets féminins.

Et la voilà qui franchit le seuil garni de fleurs, du bureau de l'établissement « balnéaire », comme disent les journaux.

— Un bain garni — très-frais, dit-elle en s'asseyant, à peine en tiédeur, sur le divan de velours.

Et tandis que, sur son ordre, la dame du comptoir, aux vastes appas, difficilement dissimulés sous un large canezou blanc, s'empresse à lui rendre de la monnaie accompagnée d'un cachet, le chat de la maison assoupi ouvre ses yeux fendus comme des têtes de vis.

Bientôt la chaste Suzanne est introduite dans sa cellule.

— Madame sonnera pour le peignoir, murmure la bonne, tournant la tête de côté — selon l'habitude constante de ces femmes — comme si elle parlait à quelqu'un dans le corridor.

Le premier soin de la chaste Suzanne, avant d'ôter son chapeau et sa robe, est d'examiner la porte. A-t-elle des trous ? Grave question ! Dame, le frotteur est encore dans le couloir !

Puis elle abaisse soigneusement les lames de la jalousie, et tire les rideaux de calicot.

Voici maintenant la robe accrochée à la patère. Le premier jupon est suspendu devant le trou de la serrure. Vite un coup d'œil au vasistas qui fait com-

muniquer, si l'on veut, deux cellules. Bon ! le verrou
est tiré.

Otons nos bottines !

Cette opération, que les femmes exécutent de tant
de façons différentes, tantôt assises, une jambe repliée
sur l'autre, tantôt debout, à bout de bras, à cloche-
pied, la chaste Suzanne l'accomplit très-pudiquement.
Vlan ! voilà qui est fait. Oh ! les beaux petits pieds !

Le reste des vêtements tombe. Mais, avant de se
plonger dans l'onde, la chaste Suzanne range sur la
planchette, devant la glace couverte de buée, ses
petites affaires : — éponges, peignes, poudre de riz,
pommade, limes, etc.

Le roman qu'on n'a pas terminé (à preuve, une
large corne au milieu) est posé sur la chaise, tout
près de la baignoire, qui ressemble, grâce au linge
blanc qui en garnit l'intérieur, à une bière aquatique
munie de son suaire.

Tout étant bien prêt, la chambre close comme une
prison et éclairée d'un demi-jour agréable, la chaste
Suzanne, d'un mouvement d'épaules, fait glisser son
innocente chemise, qu'une coquine de dentelle rend
très-séduisante, sur ses hanches, et, pan ! voilà le
« simple appareil » à ses pieds.

C'est le moment où triomphait, dans l'antiquité,
Vénus, aux yeux du berger à la pomme ; c'est le moment encore où Diane n'admettait pas qu'un chasseur pût la voir ; c'est l'instant aussi que les vieil-

lards choisirent pour offrir leurs compliments sincères
à la belle Suzanne.

Je ne sais si la jolie petite femme dont nous parlons — vingt-cinq ans, blonde, appétissante, modeste, — regrette Pâris, Actéon, ou les juges d'Israël
en retraite ; mais, charmante et rose, allongeant la
jambe comme une statuette d'Allegrain, elle entre
en frémissant dans l'eau qui la reflète.

L'eau fraîche, c'est exquis, un samedi, pendant que
Joakim est à la Bourse, et lorsqu'il fait au thermomètre de l'ingénieur Chevalier, opticien, 30 degrés à
l'ombre, n'est-ce pas, chaste Suzanne ?

Le murmure des abeilles dans le petit parterre des
bains, le silence lourd de l'après-midi, la solitude, la
détente des nerfs que procure l'eau, tout cela porte à
la rêverie, et, laissant de côté le livre à la large corne,
la chaste Suzanne contemple ses bras fuselés et blancs
qui surnagent, sans qu'elle y pense.

Mais quels sont ces éclats de rire, dans la cellule
de droite ? Une odeur de cigarette flotte dans l'air
tout à coup. On parle haut, puis on baisse la voix,
puis les rires reprennent de plus belle.

Ce sont des cocottes, pense avec une petite moue la
chaste Suzanne. Quel voisinage ennuyeux !

Dans la cellule de gauche, une voix d'enfant s'é-
lève. Il fait des questions au moins saugrenues. La
mère, timbre plus grave, lui fait des reproches, cour-
roucée.

Mais les cocottes se jettent de l'eau à pleines mains. On entend leurs mains frapper l'eau.

— Oh ! les affreuses créatures, murmure la chaste Suzanne. Quelles effrontées ! Et dire que les hommes aiment ces filles-là ! On les dit jolies, bien faites... mais...

La chaste Suzanne, pinçant les lèvres, droite dans la baignoire, regarde en ce moment, innocente *omphalopsyque*, son joli corps qui semble de l'ivoire à travers l'eau immobile. Un petit sourire vainqueur glisse imperceptible sur son visage. Puis le sourire se dessine correctement... Sourire bien légitime, si vous saviez !

Et les coquetteries ignorées de la chaste Suzanne apparaissent soudain au jour crépusculaire de la cellule.

. . . .

Faut-il l'avouer?... c'est l'instant où le souvenir bien léger, bien frêle, d'une parole d'amour entendue, dans une soirée, en valsant, revient avec force ; et la chaste Suzanne, en dépit de ses résolutions, écoute complaisamment la voix exquise du passé qui chuchote à son oreille délicate...

Mais cela dure à peine le temps d'un éclair, rassurez-vous, Messieurs ; rassure-toi, morale austère !

C'est déjà fini même.

Et la chaste Suzanne sonne pour son peignoir.

La bonne — toujours la tête à l'envers, comme si

cette partie intéressante de son individu avait été coupée et mal recollée — passe l'objet en question, et se sauve.

La dame, allanguie, les yeux brillants et profonds, endosse le vêtement toujours six fois trop ample, et se livre à des soins de toilette minutieux et multipliés.

Elle abuse de la poudre de riz, et s'enfarine des pieds à la tête comme un gracieux petit merlan qu'on va frire.

Arrêtons-nous ici. Il serait cruel d'aller jusqu'à décrire la pose du faux chignon. Gardons au moins une illusion !

La chaste Suzanne a pris son bain. Nous avons esquissé ses innocentes coquetteries. A vous de compléter ce croquis imparfait.

———

LA SAISON DES VOISINES

A Paris, — pourquoi ne pas le reconnaître et l'avouer franchement, ô administrés embellis, ô contribuables inépuisables ? — l'année ne se divise plus guère qu'en deux saisons également atroces :

— La saison du froid et de la boue ; la saison de la poussière et de la chaleur.

La pluie, hâtons-nous de l'ajouter, forme comme

un immense et interminable trait d'union entre ces deux modernes divisions de l'année parisienne.

Très-souvent encore, l'ordre et la marche de ces deux saisons subissent des changements inconnus à nos pères, si bien qu'après avoir transpiré en février, on est parfois obligé de mettre un pardessus ouaté en juillet.

Quant aux époques intermédiaires, la joie des enfants de jadis, la tranquillité des parents d'autrefois, — le *printemps*, *l'automne*, — elles n'existent plus que sur l'*Almanach des Postes*.

*
* *

Les poëtes leur accordent annuellement des mentions honorables à l'occasion ; mais cette fidélité de mémoire fait tout bonnement l'éloge du cœur excellent de ces écrivains lyriques, et ne prouve nullement que l'automne et le printemps aient encore lieu au sein de notre belle capitale.

Et d'ailleurs, si ces deux époques, toutes deux charmantes et poétiques, font, — acceptons cette hypothèse, — de temps à autre, par caprice, une apparition dans le cours du siècle qui s'écoule, il est juste de dire qu'elle est toujours singulièrement courte ; en outre, les manifestations d'après lesquelles on avait l'habitude de constater l'arrivée du printemps ou de l'automne ne sont plus du tout, mais du tout les mêmes.

Et, pour en finir avec l'automne, avançons tout de suite que cette heure mélancolique de l'année qui s'en va chargée d'adieux, ne s'annonçant plus que par un redoublement dans la vente des pâtes de jujube ou de lichen, il convient de la nommer : *l'ère des bronchites.*

Mais pour le printemps, c'est une autre affaire.

Et nous proposons de l'appeler : — la *saison des voisines.*

*
* *

En effet, à Paris, où les fleurs printanières, — violettes, narcisses, muguets, anémones, jacinthes, tulipes, — se vendent pendant toute l'année, et par bouquets, rien n'indique mieux le *débotté* du Printemps, le chevalier aux rubans verts, que l'apparition soudaine des *voisines*, invisibles tout le long de l'hiver, aux croisées enfin ouvertes, et que le soleil caresse de ses premiers rayons un peu sortables.

Le retour des voisines, en peignoirs blancs, en camisoles sans formes, mais qui en prennent de si jolies, tel est le signe certain auquel on doit reconnaître l'arrivée de la tiède saison !

Ne pas compter, pour se livrer à cette agréable consolation, sur les arbres du boulevard ou sur les hirondelles.

Les hirondelles sont toujours en retard, et font la France buissonnière ; quant aux arbres en zinc de

nos belles voies publiques, ils n'ont jamais de bour
geons.

Par les sombres nuits, sur arrêté préfectoral, les
employés de M. Alphand viennent souder à leurs
branches des feuilles en métal, artistement peintes
en vert ; mais voilà tout. ·

Donc, quand le matin, des mansarde à sl'entre-sol,
à toutes les fenêtres (fussent-elles à tabatières), vous
apercevrez, flottant aux souffles tièdes et veloutés du
vent d'avril, les vêtements légers, et sans préten-
tion, de vos voisines (fussent-elles aussi à tabatières),
croyez de tout votre cœur au renouveau célébré de
tout temps.

Ah ! les voisines !

*
* *

Notez que l'usage d'une lorgnette, en pareille circonstance, ne nous semble pas défendu ; il est même
louable. On ne saurait trop utiliser les conquêtes de
l'esprit humain : sans cela, dame ! Cassini, du haut du
ciel, sa demeure dernière, ne serait pas content.

Pour la seconde fois, qu'on nous permette de nous
écrier : « Oh ! les voisines ! les voisines d'en face ! »

Au premier étage, aussitôt après l'apparition de la
femme de chambre qui a ouvert les persiennes, se
présente sur son balcon, nonchalamment, la jolie
locataire que les bals de l'hiver n'ont pas trop fatiguée. Coiffée *par à peu près*, ondulant sous un long

vêtement taillé dans un nuage, elle s'avance, abaissant ses belles paupières, que l'Astre jeune et gai baise tout doucement. Elle s'accoude sur un coussin et flâne de l'œil dans la rue. La brise sculpte malicieusement le bloc vaporeux de son peignoir, et la femme s'entrevoit bientôt sous ses voiles, voiles peu jaloux, allez !

Plus haut, c'est une petite dame, en *bébé*, avec un petit bonnet — coquin de bonnet ! — qui va tout de travers et s'efforce de cacher les boucles éparpillées. Derrière elle, dans la chambre, au sein de la pénombre, on distingue un monsieur à moustaches noires qui met sa cravate noire devant la glace. (Il doit chantonner ?)

Au quatrième, deux toquées qui ne se donnent même pas la peine d'agrafer leurs camisoles, jouent comme des enfants avec leur chien havane. On les entend s'exclamer. En courant par leur appartement, elles renversent les chaises, s'accrochent aux meubles et rient plus haut que jamais.

A côté de ces deux folles, une sorte de pet-en-l'air, jaune, carapace d'une vieille bonne femme, s'aperçoit, entre des caisses à fleurs et des cages d'oiseaux. Tournons les yeux, S. V. P.

Enfin, dans les régions supérieures, à fleur de toit, chauffant ses épaules rebondies aux flammes nouvelles du classique Apollon, se débarbouille tranquillement, sans aucune inquiétude, une ouvrière

qui s'est levée tard, et que son magasin réclame.
Tout en promenant la serviette sur son col (pas désagréable, le col), elle examine avec douceur la conduite langoureuse de ses deux serins, dans leur
cage pendue en dehors de la fenêtre. Un tableau
genre dix-huitième siècle.

*
* *

Partout, aussi loin que le regard peut aller, à tous
les étages, d'un bout à l'autre des rues où le soleil
daigne descendre le matin, des femmes sont écloses,
et des visages pleins de fraîcheur, épanouis, roses,
qu'auréolent des cheveux de toute nuance, sourient
gaiement dans le cadre des croisées entre-bâillées.

La saison des voisines est venue !

Et c'est l'heure ineffable où des jeunes gens très-
sensibles, mais ébouriffés, en bras de chemise, s'at-
tablent devant leur bureau, et, d'une main tremblante,
le cœur gros de soupirs, écrivent : — *Madame* ou
Mademoiselle, en tête de belles feuilles de papier
vélin.

Ne sourions pas! La saison des voisines est capi-
teuse, et — qui sait? — nous pourrions, à notre tour,
un bouquet de primevères à la boutonnière, courir
chez le papetier voisin, et lui demander, d'une voix
altérée, une lettre ornée d'un *cœur* percé de trente-
deux mille flèches!

———

24.

UN AMOUR SUR LE PAVÉ

I

Ce n'est pas sans éprouver la plus extrême des surprises que j'ai lu, il y a environ un mois, dans les « *Petites Affiches* », cette singulière annonce anglaise :

> ☞ Un AMOUR VÉRITABLE, *pouvant offrir les meilleurs renseignements, désire se placer, soit chez une dame seule, soit chez un célibataire, comme Sentiment de compagnie.*
>
> *Au besoin, il accepterait le même emploi chez des gens mariés.*
>
> *Prétentions modérées.* — *S'adresser au bureau du journal.*
>
> N° 36,547.

Curieux par profession, mais par nature très-paresseux, quoique vivement alléché par cette annonce bizarre et mystérieuse, je mis trente bons jours à me décider d'écrire, bureau restant, aux *Petites Affiches*.

Je pensais bien ne recevoir aucune espèce de réponse, croyant de toute ma naïveté qu'un *Amour véritable*, muni de certificats en règle, aurait trouvé facilement à se caser à Paris.

Mais, à ma grande confusion, hier, j'appris par une lettre qui me fut remise au saut du lit que l'*Amour* en question, — « *sans engagements pour l'instant,* » était « *complétement* à ma disposition ; » — je cite son texte ; le tout — « *avec l'assurance parfaite de ses sentiments les plus distingués.* »

Je résolus immédiatement, cette fois, de ne pas négliger une si belle occasion de lier connaissance avec un personnage aussi parfaitement agréable, au dire des romances des Rues et des Bois.

Or, après avoir parlé de ce projet à une dame qui m'est chère, en l'assurant que ma pure intention était, non d'acquérir un nouvel amour dont je n'avais que faire, mais d'ébaucher une étude de mœurs, inté-ressante peut-être, — ce qu'on avala difficilement, entre nous, — je me rendis dans le Quartier-Latin, ou du moins dans le peu qu'il en reste, à l'adresse indiquée par mon correspondant dans sa missive inattendue.

II

Miséricorde ! — L'*Amour véritable*, — un fort joli garçon, doué de cette grâce indéfinissable des statues antiques, que l'arabesque des lignes et les justes proportions rendent belles, mais que les sou-

venirs font charmantes et jeunes, — logeait au cinquième étage — parce qu'il n'y avait pas de sixième
— d'une vieille maison de la rue de l'École-de-Mé-
decine.

La chambre, la garde-robe, et naturellement la
bourse du pauvre diable d'Amour, étaient garnies
— comme les choux le sont de perdrix dans les restaurants à prix fixe — c'est-à-dire fort peu.

Malgré sa pénurie non déguisée, le logis n'était
pas d'une tristesse larmoyante. — On y sentait
vaguement planer l'espérance. Le visage même de
l'*Amour véritable*, un peu maigre et pâlot, resplen-
dissait des joies intérieures de ceux qui, méconnus de
leur vivant, comptent, d'un cœur résigné, sur la
gloire posthume.

La sérénité douce que donne la conscience de
l'immortalité rayonnait modestement sur le front pur
et gracieux de cet Amour qui ne pouvait trouver
dans la grande ville même une place de surnumé-
raire.

On voyait dans la mansarde — la dernière des
mansardes, ô mon siècle! — objets sacrés et conso-
lants sur lesquels les yeux aiment à se reposer lorsque
la pensée fatiguée revient de ses voyages dans les
pays immatériels : — *un bouquet de roses et de violettes, une Vénus de Milo, un volume de Musset*, et
un brin de buis bénit — compagnons fidèles de
l'Amour, souvenirs vivants dont l'éloquence muette

fortifie l'âme, en chasse le découragement et l'ironie, et lui rappelle : — Dieu, la Nature, la Poésie, l'Art.

III

L'*Amour véritable* me sourit d'une façon tendre quand j'entrai — je n'ose dire dans sa dernière demeure. Il me tendit la main, et je crus comprendre à ses paroles de bienvenue qu'il s'excusait de vivre encore, malgré le monde et la mode, et surtout de m'avoir dérangé.

Entre parenthèses, nous nous reconnûmes immédiatement. — Comment diable ma mémoire avait-elle pu me jouer ce tour de ne m'en pas faire souvenir plus tôt ?

Jadis, en effet, dans deux ou trois circonstances, peu agréables du reste, nous nous étions rencontrés. Hélas ! nous nous étions perdus de vue. A qui la faute ?

— Mon cher ancien ami, lui dis-je, je ne viens pas vous proposer de reprendre du service chez moi. Mon cœur n'est plus porté sur les cadres des troupes en activité. — Mon âme est à demi-solde. — Mais je viens vous demander à quoi je peux vous être bon.

— Mon cher ancien maître, répondit-il avec un soupir, je ne réclame rien de votre obligeance, maintenant. Pour vous seul je serais resté à Paris, mais j'ai l'intention de partir pour l'Islande.

— Patrie du cabillaud. Pas d'ombrage, c'est vrai, mais peu de soleil. Singulière idée!

— Hélas! on trouve encore des âmes neuves et brûlantes là-bas, quoique le sol soit glacé.

— Ma foi, en fait de glaces, je préfère encore Imoda, à quelques désillusions près! — Ah çà, d'où veniez-vous lorsque parut votre annonce dans les *Petites Affiches?*

— Je quittais l'intérieur de l'Afrique.

— Sapristi! — Les extrêmes se touchent, chez vous! Que diable faisiez-vous, en ce temps chaud?

— En ce temps chaud, ne vous déplaise, j'étais l'esclave heureux et choyé d'un couple d'amoureux, noirs comme des chapeaux de soie, qui n'avaient pour parures que la chemise d'un géographe anglais, disparu dans leurs poitrines.

— Ah! diable!

— Je vivais de larves grillées et d'entre-côtes de jaguar. C'était un sort fort doux. — Mais un voyageur allemand d'une science de quarante académiciens, de passage en nos palmiers, séduisit l'épouse... — Je dus partir.

— Pauvre Amour! — Je pense que sous l'équateur vous étiez *brûlé de plus de feux que vous n'en allumiez,* comme Oreste?

— Tout l'indique. Mais je regrette le pays. On s'aime véritablement, voyez-vous, dans les oasis, tandis qu'ici, pour la fragilité une blanche vaut deux noires.

— Comme en musique. Très-joli. Un peu vieux. Gui d'Arezzo l'inventa. — Mais dites-moi, depuis votre retour, comment avez-vous vécu ?

— L'annonce du journal, répliqua l'*Amour véritable,* avait été lue, beaucoup lue. Je reçus un grand nombre d'invitations. — Au hasard, j'en choisis une demi-douzaine, et, paré de mon mieux, je me fis conduire à la première de mes six adresses.

— Ah ! racontez-moi le premier chapitre de votre odyssée.

IV

— D'abord j'allai chez une jeune fille, une mince, grande, pâle, et noble habitante du faubourg Saint-Germain. Elle avait deux millions de dot, et rêvait d'être aimée pour elle-même. Tâche ardue ! — Je fis l'impossible. Nous ne réussîmes point. Je reçus mon congé par les soins d'un vieux duc, véritable maréchal de Rantzau de l'amour, écloppé dans les plaines de Vénus, qui épousa une jolie maîtresse. Elle est fidèle, m'a-t-on dit.

— Et vous fûtes sur le pavé ! — Allons, le deuxième chapitre.

— Un vieillard me pria de l'aider. C'était un cœur de vingt ans sous une enveloppe *hippopotamisée* par l'âge.

Il adorait sa nièce et voulait s'en faire aimer.

Hélas! ce fut un lieutenant de hussards qui sabra son rêve. Le pauvre vieux mourut d'une passion rentrée. Je le pleurai, car il était sincère. Que ses cheveux ne l'étaient-ils également!

— Pas de chance! — Et après?

— Une actrice me supplia de venir à son secours. Entourée de gandins somptueux, des Pactoles en habits noirs! d'acteurs passionnés, de princes très-élevés, enfin de deux pompiers obscurs qui ne demandaient qu'à former une chaîne, la pauvre fille soupirait pour un insensible garçon d'étal, son voisin à la ville.

Mais le garçon boucher joua les Joseph et les Hippolyte; elle en fit une maladie; et l'on me renvoya comme inutilité.

— Ensuite, cher martyr?

— Ensuite, je fus appelé à grands cris, dans une heure d'exaltation, par un poëte lyrique.

— Aïe!

— Cet infortuné littérateur, — ignoré — mais si digne de l'être! — me pressa de le seconder. J'obéis. — Que de sonnets! que de rondeaux! que de ballades! Le pauvre enfant s'était mis en tête d'être sincèrement épris. Mais il s'aperçut bientôt avec effroi que la rime riche, l'adjectif capiteux, le verbe flamboyant, cet or qui couvre la pilule vide, se trouvaient plus facilement dans le silence du cabinet que dans les tempêtes du cœur; et il renonça à aimer véritablement.

Il quitta sa maîtresse pour un idéal quelconque, en lui dédiant une pièce de vers qui se terminait ainsi :

> . . . . . Enfin, je pris en haine
> Sa grâce ophidienne et sa scurrilité.
> *Cette femme attentait à ma sérénité !*

— Ah ! malheureux *Amour véritable*, que de courses ! — Où allâtes-vous en descendant de l'Hélicon ?

— Chez un officier de cavalerie. — Mais je ne fis pas long feu chez lui. — Parade, ronde, boute-selle, éperons, fournisseurs, cafés, cheval, maquignons, cigares, punchs, au galop ! au galop ! Voilà les agréables péripéties de ma vie au corps, pendant trois jours, du reste.

Je quittai l'escadron le matin du quatrième jour, après déjeuner, entre le mazagran et la chartreuse.

V

— Que de déboires ! Enfin, vous fîtes-vous trappiste, en dernier lieu ?

— Non. J'essayai des gens mariés.

— Pour faire de l'excentricité ?

— Oui. Bref, à Trouville, devant la mer à la mode, cette cuvette indulgente de Paris, une grande dame m'emmena un matin, tandis que son mari agiotait

25

comme dans un bois, non loin du passage des Panoramas. •

Ses regrets ne furent point amers. Madame supportait noblement le poids de l'absence.

Un jeune homme, très-répandu dans le monde, obtint bientôt la faveur de lui servir de cavalier servant.

On en causa sur la plage, et tout fut dit. L'époux bien-aimé partit pour Vichy, et moi je dus reprendre le chemin de fer.

— Je vous plains, mon beau Vert-Vert.

— Ne me plaignez pas. Je remplis un mandat, continua l'*Amour véritable*, que je tiens d'en haut. J'ai une mission. — Comme le bon médecin, j'accours aussitôt qu'on m'appelle. Je tâte, j'ausculte, je fais mon ordonnance. Libre à ceux qui m'ont fait venir de ne pas la suivre. Quand je peux soulager un cœur, je suis ravi. Cela m'arrive rarement. Mais le temps est à moi. Je ne me décourage jamais. Ainsi, demain, je m'en vais en Amérique, à Matamoros, avant d'aller voir l'Islande.

— Pourquoi Matamoros?

— Parce que ce nom me plaît. L'*Amour véritable* n'a pas d'autre raison à donner. S'il en avait, il ne serait plus l'Amour.

— C'est juste!

LA PAGE.....

— Quelle page ?

— Ah ! vous la connaissez fort bien, Madame !

— Moi !

— Vous.

— Sérieusement, Monsieur, et j'ai l'honnneur de vous le demander une seconde fois, quelle page ?

— Quelle page ?... eh ! parbleu, Madame, ce n'est ni la trentième ni la centième du roman que vous teniez tout à l'heure ; mas c'est une page, une certaine page, une page délicieuse, dont le parfum trop enivrant peut-être vous a forcée d'interrompre la lecture... une page unique, qui semble écrite en traits de feu... une page qui vous a fait rougir, pâlir... une page enfin que vous avez quittée presque à regret, le cœur rempli jusqu'aux bords d'un trouble d'une douceur ineffable...

— Combien vous donne-t-on, ô Sphinx de lettres, pour proposer des énigmes aux lecteurs passants ?

— Je ne reçois pas un réal, dame irascible et charmante ; et, si vous daignez me le permettre, je vous ferai remarquer que je n'ai point en ce moment l'inappréciable avantage de vous parler en logogriphe : la modeste définition de cette fameuse page, présentée ci-dessus, est d'une telle exactitude, que la couleur de votre teint lutte en ce moment, et avec avantage, avec le rouge du corail de vos pendants d'oreilles.

— Monsieur !

— Eh ! Madame !... vous me faites donc enfin l'honneur de me comprendre... vous savez donc maintenant quelle est cette page : cette page quittée et reprise maintes fois avec une émotion sincère ; cette page qui rend frémissante, vibrante, la femme la plus ingratement constituée ; cette page qui s'infiltre brûlante dans les tissus les plus serrés du cœur; cette page qui fait bondir l'âme de l'endroit où elle se cache ; cette page qui semble se poser sur les lèvres comme un ardent baiser ; cette page...

— Ma foi, Monsieur, je ne me poserai pas plus longtemps en Œdipe ; j'avoue, à ma grande honte, que ma perspicacité a le sort du vieux Tobie ou de feu Bélisaire... Si vous vouliez être assez bon pour me faire l'aumône d'une explication, je vous en serais temporairement reconnaissante.

— *Aures habet, et...*

— Vous dites, Monsieur ?

— Je dis, Madame, qu'entendre est obéir, en France comme en Turquie ; et, puisque vous l'exigez absolument, je vais m'empresser de vous donner cette explication... bien inutile entre nous. — Or, voici, mot à mot, la traduction des deux syllabes formant le mot — PAGE — inscrit sur le listel, le fronton, l'exergue de cet article ; suivez-moi, Madame :

Ce matin il faisait du brouillard, le parc était glissant, la promenade impossible ; d'autre part, votre amie la migraine avait bien voulu vous faire une visite, et c'était là, j'en conviens, une somme de motifs très-respectable pour rester chez soi.

Et c'est ce que vous avez fait.

Après quelques reproches, par votre femme de chambre reçus convenablement ; après le départ de monsieur votre mari pour la forêt de la Bourse, vous avez passé une robe du matin qui, semblable à l'idylle de Boileau, « éclate sans pompe », et, vous étant accommodée dans votre fauteuil, la robe un peu levée au nez du feu, vous avez pris le roman incoupé.

Tout en comparant, sans coquetterie, l'ivoire du couteau à papier avec la blancheur de vos mains, vous avez exécuté l'effrayant travail du coupage.

Cet exploit d'Hercule fait, vous vous êtes mise à lire.

Ici je ne soulèverai pas le voile mystérieux dont je me plais à couvrir le nom de votre auteur favori, l'heureux drôle ! mais j'affirme qu'il est digne de fatiguer d'aussi jolis yeux. — Mon Dieu, que je deviens fade !

Vous avez donc commencé votre lecture, et les pages ont suivi les pages.

Vainement la pendule a sonné plusieurs fois, vainement le feu a diminué d'intensité, vainement la bonne est entrée pour vous apporter une lettre de votre meilleure amie, j'en suis sûr : vous n'avez pas levé la tête.

Vos doigts tournaient les feuillets, avec calme d'abord, ensuite avec vivacité, et finalement avec agitation fiévreuse.

Vos lèvres tremblaient sous les efforts que faisaient — je ne sais quels mots — pour s'élancer hors de votre bouche.

Votre sein bondissait comme la mer à la fin d'une tempête.

Vous étiez plus rouge qu'une pivoine.

Votre œil était humide et d'une langueur à damner l'anachorète le plus ermite des solitaires présents et futurs.

Enfin, un siroco amoureux émanait de votre gracieuse personne.

Alors il est venu un certain moment où, mettant le livre sur vos genoux, vous vous êtes renversée en arrière sur le dos de votre fauteuil, fermant doucement les yeux, et vous laissant aller comme vaincue aux pensées voluptueuses écloses, par une sorte d'incubation, dans l'atmosphère de votre cerveau.

Ce moment plein de charmes délirants était le produit inévitable, fatal, de la mystérieuse page, *la page !* entendez-vous, Madame ?

— Quelle page ?

— Madame, j'ai horreur des répétitions ; cependant, puisque nous sommes seuls, je condescends à vous affirmer pour la troisième fois que cette page, vous la connaissez — mieux que moi : — car vous l'avez relue. Et veuillez croire que je ne suis point la dupe de votre flegme mensonger... mais permettez-moi de continuer, Madame, et de repartir de l'instant où vous vous renversiez sur le dos moelleux de votre siége.

Sous vos paupières mi-closes, les souvenirs se représentant en foule devant les yeux de votre mémoire, vous avez vu apparaître la plus aimable des visions.

Cette vision se composait :

1° D'une allée sous bois, infiniment longue, verte sous vos pieds, verte sur votre tête, verte à vos côtés, et remplie d'une lumière crépusculaire adorablement tendre de ton ;

2° D'un groupe de personnes aussi mûres que les raisins du pressoir, parmi lesquelles à sa majesté hyménéenne se distingue monsieur votre mari ;

3° D'un second groupe, situé à cent pas en arrière, et formé d'un beau jeune homme et d'une belle jeune femme.

Cette belle jeune femme, blonde, que vous connaissez aussi bien que la *page* précitée, marche suspendue au bras du beau jeune homme, dont nous tairons la nuance, et ce beau jeune homme se penche *amoroso* vers sa timide compagne.

Les petits oiseaux, — qu'on met toujours en scène et qui se moquent pas mal du monde entier, des oiseliers exceptés, — chantent dans les *bocages* (!) leurs chansons les plus insignifiantes.

Le beau jeune homme débite quelques alinéas — revus et augmentés — de J.-J. Rousseau, de Gœthe, de Stendhal, de Musset, de George Sand, et « *couvre l'abîme d'un voile de fleurs* », tandis que la jeune femme avale ce tapioca des âmes malades avec un air de bonheur qui fait plaisir à voir.

A l'horizon gesticule le mari...

— Savez-vous, mon cher Monsieur, qu'on a fait coudre en un sac et jeter en rivière des gens qui valaient mieux que vous?...

— Ah! Madame!

— Savez-vous que des gens sont morts sous le bâton qui n'en avaient point tant dit?...

— Ils ont eu tort, Madame. On doit toujours beaucoup parler, commettre une foule d'indiscrétions avant de quitter cette existence, vallée pleine de larmes. Je vous assure, Madame, lisez les bons auteurs: vous y verrez des moribonds qui racontent un roman de six cents pages, en deux parties, à leur heure dernière...

— Quand il vous plaira de cesser cette plaisanterie, Monsieur...

— Allons, allons, calmez-vous, Madame ; faisons la paix, là, le voulez-vous?

— Oui ! — je ne sais pas garder de rancune ; mais à une condition...

— Laquelle ?

— Vous allez me dire ce que c'est que la page ?

— Eh bien, oui ! entêtée dame ! — cette page se trouve dans les trois quarts des romans que la terre et les éditeurs ont produits.

Elle est dans un chapitre intitulé *Enfin !* — ou — *A moi !* — ou — *Ce soir !* — ou — *Elle m'aime !* — ou — etc., etc.

Et le texte est à peu près celui-ci :

« *Son bras s'était noué autour de son cou... la*
« *nuit tombait.... les oiseaux* (encore !) *se tai-*
« *saient... un vent tiède fait pour l'amour.... des*
« *parfums inconnus... sa tête s'inclina sur son*
« *épaule... il se tourna vers elle... ses yeux humides*
« *brillaient... une attraction invincible.... leurs*
« *mains se cherchèrent... leurs lèvres se joigni-*
« *rent.... tout bruit cessa..... la terre fut ou-*
« *bliée !... »*

LA LETTRE DE MON AMI LUCIEN

SURNOMMÉ LE VIZIR TRISTE

Mon ami Lucien est un grand jeune homme, d'allure très-élégante, à moustaches fines, brun.

Des personnes ordinairement bien informées affirment qu'il a commis autrefois, en société avec la Muse, un volume de vers des plus remarquables.

Pour ma part, je n'en sais rien. Lucien est d'une discrétion de tombeau. Mais ce que je peux vous dire, c'est que la plus profonde mélancolie, une mélancolie incurable, donne à sa physionomie une douceur navrante toute particulière, et qui inspire une véritable pitié.

Si bien qu'après avoir vainement tenté, à de nombreuses reprises, de dérider son front austère et charmant par des contes bouffons de toute sorte, nous l'avons appelé, en désespoir de cause, *Atalmuc, le vizir triste*.

Si vous vous rappelez — avez-vous lu *les Mille et un Jours?* — la disparition tragique et mystérieuse de la femme d'Atalmuc, cet époux à jamais blessé au cœur, et la tristesse immuable qui régnait sur le visage de ce vizir inconsolable, vous conviendrez que le surnom donné à mon ami Lucien est des plus justes et qu'il le peint le mieux.

C'est surtout à la fin de mars que la figure de mon ami Lucien s'assombrit davantage : à cette époque, et lorsqu'une tendre gaieté communicative se lit sur tous les visages jeunes, son cœur semble gonflé des plus noirs soucis.

La vue des amoureux éparpillés deux à deux, et qui savent si bien s'isoler de la foule, lui est particulièrement, non pas désagréable, mais pénible.

On sent qu'un souvenir rongeur le hante, et que quelque vieille blessure, incicatrisable, saigne de nouveau en lui.

A la fin du mois de mars, je le répète, Lucien, le *vizir triste*, semble fuir les humains ; il se réfugie dans les cimetières avec délices !

Le bruit du vent dans les ifs, qui rappelle le bruit vaste des mers sur les grèves désertes, calme un instant ses nerfs et les détend parfois, mais, plus souvent aussi, les crispe de nouveau.

. . . . ;

J'essayais de résoudre ce problème, hier, voulant me faire le médecin de cette âme malade, et cherchant quel remède conviendrait le mieux à cet état inquiétant, lorsqu'une lettre me fut remise.

Je l'ouvris. Elle était écrite par Lucien, notre cher *vizir triste*.

La voici :

— Tu veux savoir? Eh bien, apprends. Mon histoire n'est pas d'une gaieté folle, tu t'en doutes. La voici donc, telle qu'elle est. Aussi bien je me sens déjà soulagé de te confier mon lourd secret. Peut-être, en parcourant ces lignes, souriras-tu ; peut-être ma sensibilité te semblera-t-elle excessive de nos jours. Qui sait? Je suis ainsi bâti.

« *Mon histoire*, comme dit Henri Heine, *est une vieille histoire qui reste toujours nouvelle, et celui à qui elle vient d'arriver en a le cœur brisé !* »

Et moi, j'ai le cœur brisé pour jamais!

Il y a trois ans, le 29 mars, j'errais par les allées du cimetière du Père-Lachaise, attristé. Je venais de faire une visite à mon père, cette âme exquise envolée.

Au détour d'une avenue de tilleuls encore défeuillée, devant une tombe récemment construite (la pierre tumulaire était toute blanche encore), j'aperçus une jeune femme, en grand deuil, d'une fraîcheur de teint éblouissante. Elle était blonde. Deux bandeaux encadraient l'ovale fin et pur de son visage. Elle avait l'air étranger, cet air non parisien qui me séduit.

Un petit enfant, vêtu à la russe, en velours noir, jouait à côté d'elle. De sa petite pelle il amassait des monticules de sable pour y planter des herbes.

La dame en noir, très-jeune, petite, mince, les mains jointes, penchée et appuyée sur la balustrade en fer, priait, les yeux clos.

On lisait sur la pierre blanche : SACRED TO THE MEMORY OF...

C'était une veuve, une Anglaise, au tombeau de son époux.

L'enfant, inquiet, lassé de jouer, la tirait par sa robe par instants, et dans son petit langage bizarre la suppliait de s'en aller.

Avec la docilité ravissante des mères, elle obéit. Mais, avant de quitter le cher jardinet sous le gazon duquel celui qu'elle avait aimé dormait dans les ténèbres et glacé, elle prit un petit arrosoir vert déposé dans un coin et fit tomber une fine rosée sur les premières pousses vertes.

Elle fit cette action si gracieusement, avec tant d'amour et de douleur, que mes yeux s'en mouillèrent, et que, plein d'une sympathie soudaine, je résolus de la connaître.

Oh ! mon ami, voilà le premier chapitre de mon amour !...

Car, tu le devines, je l'ai aimée... et pourquoi non ? Cela vint si naturellement !.... J'étais triste ; elle était seule, douloureuse : nos souffrances étaient parentes.

Donc, quand elle quitta le cimetière, tenant d'une main son pauvre petit garçon, et de l'autre, délicatement, l'arrosoir vert qui donne à boire aux fleurs du souvenir... je la suivis.

. . . .

Cinq mois après, à Ville-d'Avray, un soir, au moment où le crépuscule allait naître, parfumé de l'odeur pénétrante des seringats, ces blancs encensoirs de la nuit, sur un banc, au fond d'un jardin, deux amants, deux fiancés, ô mon ami! parlaient d'amour, en regardant les petites étoiles diamanter, une à une, la grande coupole bleue, le ciel vénérable.

Oui, nous parlions d'amour et d'avenir. Nous devions nous marier bientôt. Nous! Elle et moi, la veuve anglaise et ton pauvre ami.

Oh ! la soirée exquise !

Pendant que sa main fraîche caressait ma main brûlante; pendant qu'à la lueur expirante du jour je voyais le globe humide de ses beaux yeux reluire amoureusement ; pendant que, mêlé aux senteurs fugitives du jardin, m'arrivait le parfum de ses cheveux blonds, et que mon âme reconnaissante montait vers Dieu dans un élan de passion, nous entendîmes courir sur le sable criard le cher petit enfant que j'allais adopter, et que j'aimais de tout mon cœur.

Pour s'amuser, il s'était fait un instrument de musique d'un objet quelconque, et à pleine voix, dans l'ombre, il imitait les sonneries militaires.

Tra la la la la! tra la la!...

L'instrument bizarre dans lequel il soufflait, et que

l'obscurité nous empêchait de distinguer nettement, rendait un son métallique, étrange... *Tra la la la! tra la la!...*

— Dans quoi donc souffles-tu, mon mignon ? lui demanda doucement sa mère.

— *Dans le petit arrosoir à papa...* une belle trompette, va ! tiens. *Tra la la la ! tra la la !*

Ce mot me fit tressaillir des pieds à la tête... *L'arrosoir à papa !* — Hélas ! oui, je m'en souviens ! le petit arrosoir vert du cimetière !... pour faire pousser les plantes dans le jardin du mort... du mort oublié, endormi dans les ténèbres et glacé... mon prédécesseur !

— Tra la la ! tra la la !... continuait l'enfant...

Et je sentis, mon ami, que mon corps se glaçait aussi, comme le corps de l'autre. La main qui tenait la mienne me sembla plus froide que jamais. Je la laissai glisser sans la retenir ; un grand silence succéda à nos paroles émues et nombreuses.

. . . .

Non, je n'ai pas eu le courage de retourner, le lendemain, chez elle. J'avais peur... *Le petit arrosoir à papa !...* Horreur ! Si je mourais à mon tour, comme l'autre ?... Oh ! l'amère pensée !

Voilà le secret de ma tristesse, ami. Je n'ai jamais revu la veuve adorée, au cœur fragile ; et, quoique pour elle mon amour accru soit plus irrésistible que jamais au fond de mon âme, je ne la reverrai jamais.

Le petit arrosoir à papa !... Il me semble avoir la bouche remplie de terre humide quand je prononce ces mots. — Mort à peine, oublié tout de suite ; oh !... la *Matrone d'Éphèse !*

. . . .

Telle est l'histoire de mon ami Lucien, surnommé *Atalmuc, le vizir triste.*

A QUOI RÊVENT LES VIEILLES FILLES

Paris dort.

C'est l'heure où, dans les Enfers, — suivant la Mythologie des écoles primaires, — s'ouvrent la *porte d'ivoire* et la *porte de corne*, qui laissent s'échapper les Songes, doux ou cruels.

Oui, c'est le moment où les Songes, petits-noëls quotidiens, s'introduisent par la cheminée dans les domiciles parisiens, et viennent réjouir ou tourmenter les faibles mortels et les quarante Immortels eux-mêmes.

Voici justement que prend son vol, sur l'ordre de Morphée, le Songe en chef, la troupe indisciplinée des Rêves qui vont s'abattre au chevet du lit des vieilles filles.

Suivons-les, ces Songes, et, cachés sous leurs ailes

noires, comme les compagnons d'Ulysse sous la toison des moutons de Polyphème, pénétrons dans le sanctuaire des virginités sur le retour.

1

Quelle est cette vieille fille ? Devinez.

Elle a gardé jusque dans son sommeil sur son visage le masque de sévérité qu'exige sa profession.

Elle se tient raide, convenablement. Le lit n'est pas tourmenté. L'oreiller, déprimé à peine en son centre, a conservé sa forme rectangulaire.

Le sourcil, froncé pendant le jour, ne s'est pas détendu pendant la nuit. La bouche, railleusement entr'ouverte, semble donner un premier avertissement à quelqu'un. Parfois elle prononce des mots sans suite, dans une langue étrangère : — « *That the sultan Mahmoud by....* » — ou adresse dans le vide des questions bizarres : — « *Qu'est-ce qu'un promontoire ?...* » — ou dicte : — « *un point, à la ligne !....* »

Cependant sa figure se déride tout à coup. La vieille fille rêve, je le jure, qu'on lui souhaite... quelque chose... sa fête, par exemple. Les doigts, longs et blancs comme des touches de piano, pressent un bouquet imaginaire. Elle le respire. — Délicieuse odeur !

26.

Une larme, larme annuelle ! coule entre ses cils courts, et elle murmure :... « *Mesdemoiselles ! ah ! c'est trop !* »

Soudain son rêve change d'objet. Les traits de la vieille fille s'imprègnent de la conviction de sa haute valeur. On dirait qu'elle trône dans quelque endroit solennel. Des lueurs d'orgueil illuminent son front, et elle s'écrie :

« Cosmographie supérieure, premier prix... Louise de Salisbury, née à Cambridge!! »

II

Une robe de bal est là, sur un fauteuil. La pendule sonne une heure du matin. Près du lit, sur une petite table de nuit couverte de fioles, tout ce qu'il faut « pour réparer des ans l'irréparable outrage ».

Elle dort, la dame de céans ; elle dort dans son bonnet à dentelles. Son front huilé, ses joues graissées de pommades adoucissantes, rafraîchissantes, rajeunissantes, reluisent sous les rayons de la veilleuse.

Une épaule maigre dépasse le bord de la fine couverture ; elle invite à descendre dans de profondes vallées — désolées !

« Trop bête ! *rêve la dame de céans,* — trop gros ; trop maigre ; trop petit ; trop grand!... me croit-on femme à prendre le premier mari venu?... Et pourtant, pour une fille, quarante ans, c'est lourd à porter !... »

Et pendant qu'elle vagit ainsi dans la nuit, elle revoit le premier de ses prétendants, le jeune et beau garçon que son père lui amena un jour à la campagne, et qu'elle a repoussé en riant aux éclats.

Rêve poignant! regret amer!

Mourra-t-elle fille, cette vierge mûre? Dieu! que la perspective de finir par le *limaçon* dont parle La Fontaine doit lui sembler désagréable!

III

Ici tout est calme. La vieillesse a été franchement acceptée, et sur l'oreiller qui n'aura jamais de compagnon s'étalent les papillottes en papier marron où sont roulées les mèches grises.

Oui, les mèches sont grises; il y en a même de blanches, et elles font un contraste éclatant avec la *boucle d'un noir de jais* qui est là-bas, dans un petit cadre, à côté de la glace de la cheminée, sous le portrait au crayon d'un jeune homme inconnu.

Ah! c'est que la boucle noire n'a pas eu le temps de recevoir la neige blanche que l'âge fait pleuvoir. La tête qui la portait a disparu, bien jeune, sous le gazon, et les mèches grises, autrefois blondes, lui sont restées fidèles et lui ont voué un culte attendri.

Voyez comme il bat régulièrement et avec placidité, le noble cœur de cette vieille fille, sous le drap

blanc ! Voyez-vous ce sourire jeune ! comme il trans-
figure cette face ridée et jaunie !

Oh ! ne la réveillez pas. Le soleil du passé éclaire
et réchauffe en ce moment son âme sur la route des
souvenirs joyeux. Laissez-la dormir.

IV

Hum !... on sent l'oignon ici.

Parbleu ! nous sommes dans une mansarde de domestique. La lune lance une flèche d'argent par le
jour-de-souffrance du plafond.

Un corset aux *goussets* vastes repose sur une chaise
grossière. Des bas de laine — longs comme des spec-
tres — traînent sur le carreau rouge, près des souliers.

Un tablier blanc, à poches, est accroché au mur.

— Eh, eh! nous sourions, ma grosse dormeuse :
qu'avons-nous donc ? Est-ce que ce Louis-Onésyme
Chamouroux, sergent au 1ᵉʳ de la garde, vous a *signé
un papier* par lequel il s'engage à vous épouser, à
son retour dans ses foyers ?

Hélas ! non : la vieille fille des champs ne pense pas
du tout à Louis-Onésyme Chamouroux, le héros de
la Crimée et du Mexique. Le traître grenadier l'a
affligée d'une façon indigne. Chut !

Elle rêve maintenant à une place de loueuse de

chaises, vacante pour le moment à Sainte-Élisabeth. Elle a fait de petites économies : ses maîtres son si bons... et si confiants! Loueuse de chaises, quel joli sort!... Et puis le sonneur est encore un bien bel homme! Ce célibataire acharné, cet ami de la bouteille pleine, ferait un mari présentable, après tout.

Et la grosse dondon, dans sa félicité, se donne une claque sur... la main.

Laissons-la, laissons-la vite à ses rêves, car ici on sent l'ail, sapristi!

V

La chambre est petite, froide ; le carreau ciré est frotté avec excès. Les murs sont blanchis à la chaux, et nus. Ici, un Christ en plâtre sur une croix noire ; là-bas, une Sainte, en habits rouges, jaunes et bleus, avec une auréole.

Pour tous meubles : un lit, une chaise, un prie-Dieu ; les draps sont en serge ; minces sont les couvertures. Derrière les vitres dépolies de la fenêtre se découpent, aux rayons lunaires, les ombres noires des barreaux croisés.

Une grande coiffe blanche, des vêtements gris sont pliés soigneusement sur la chaise. A la ceinture de la robe pend un rosaire à gros grains, au bout duquel une croix de cuivre se balance entre une petite tête

de mort en ivoire et une paire de ciseaux. Sur le pied
du lit un grand tablier à bavette s'étale.

Sur le dur traversin repose une tête pâle, pâle
comme de la vieille cire. Un serre-tête blanc coiffe
ce crâne sans cheveux. Les lèvres blanches lancent
automatiquement des lambeaux de phrases :

— « Le numéro 15 est mal, très-mal. — Pauvre jeune homme ! —
gargarisme... eau de son alunée...— Oui, Monsieur le docteur...— C'est
une femme... foie de soufre... huile d'olive... du bon vin... monsieur
l'interne l'a dit. — Le 7 ? — Hier, à deux heures, monsieur... Allons,
mon enfant, du courage !... graine de lin... Non, ma sœur... Soyez bien
sage... un œuf à la coque. — Le 19 est très-pieux, mon père. »

Dors, brave vieille fille, dors. Va, là-haut, près du
Père, les anges baiseront ta main vénérable.

VI

Silence ! ici sommeille la marquise de C..., homme
de lettres.

Elle s'est endormie sur la table, la plume en main,
au milieu des redoutables restes d'un article commencé. *Le Fuseau des salons*, journal de modes, lui
avait commandé un article amusant sur les tours-de-
tête en caoutchouc, en l'invitant à y placer le nom de
soixante-sept fabricants en renom et abonnés !

Plaignez la malheureuse marquise de C...! A l'âge
de dix-sept ans, elle envoyait déjà des vers à toutes
les *revues*. Ces vers restèrent en route ; ils avaient
pourtant assez de pieds pour faire leur chemin.

Un bon mariage, un mariage d'inclination, mystérieux et poétique, était pourtant au bout de cette
plume. Quelque métromane aurait pu devenir fou
d'amour pour les séduisantes initiales M^{se} de C... qui
signaient les menus vers de cette dame. Mais le sort
en avait décidé autrement. Et la marquise de C... rêve
aux tours-de-tête en caoutchouc :

— « Chères lectrices... petits babies rosés... les salons de la princesse de K... allez chez Iloskoff, notre grand parfumeur... voici les
beaux jours... les papillons... soutaché... jupe tailladée... ce qu'il y a
de mieux porté... Champs-Élysées... grande largeur... les demoiselles... jupon écarlate... dans le dos, échancré... votre humble chro-
niqueuse... »

Silence ! silence ! ici sommeille la marquise de C...,
homme de lettres.

VII

Hélas ! regardez la pauvre vieille qui dort péniblement dans ce tout petit lit. On entend sa respiration
sifflante. Sa tête est enfoncée entre des épaules mon-
strueuses.

Pauvre, pauvre vieille ! Elle a séjourné, jeune encore, dans tous les établissements orthopédiques de
Chaillot. Sa famille a tout fait au monde pour redres-
ser ses membres déviés : hélas ! elle est restée ce que
la nature l'a faite, une infirme !

Écoutez. Elle soupire ; elle parle :

— « Ma sœur est belle... et lui... oh ! qu'il est noble et bien fait !...
moi, bossue !... Ils s'aiment... mon Dieu !... mon Dieu !... bossue !... Oh !
oh ! oh ! Ils s'aiment... oh ! »

Elle pleure, elle pleure à fendre l'âme en dormant.
Ah ! c'est que, voyez-vous, elle a été ce matin chez
« eux », dans le ménage de sa sœur. Elle a bercé leur
petit garçon — « à qui elle a fait peur ». Oh ! horrible !
horrible !

Elle fait peur à leur petit garçon, et qui sait ? peut-
être, quand il n'est pas sage, le menace-t-on d'elle
et de sa bosse, lorsqu'elle n'est plus là. Et plus tard,
ce petit lui parlera sans doute avec compassion, en
regardant sa mère qui lui aura fait la leçon. — Oh !
horrible ! horrible !

Songe affreux, éloigne-toi de cette vieille fille.

VIII

Que d'images ! que de Christs ! que de Saints ! que
de Vierges !

Sur la cheminée, sur la commode, sur le guéridon,
sont installées de petites chapelles, avec des autels
garnis de chandeliers en étain. Partout des Martyrs
avec leurs palmes vertes, leurs roues, leurs robes aux
couleurs vives. De petits anges blancs un genou en
terre, les yeux au ciel, prient ardemment dans tous
les coins. Le front du Sauveur saigne goutte à goutte

sous la couronne d'épines. Les Vierges étendent leurs mains ouvertes, elles marchent sur des serpents; à leurs cous on a passé des colliers en perles variées.

Sur une chaise sont jetés des vêtements noirs. Sur une pèlerine brille une médaille d'argent suspendue à un ruban bleu tendre.

Dans le lit blanc et net dort une sèche personne. Ses yeux sont fermés avec onction. Sa lèvre inférieure s'avance dévotement comme pour recevoir une hostie.

Quels rêves, quels rêves peut avoir la vieille fille · qui gît béatement dans ce saint lieu qui tient à la fois de l'oratoire et de la chambre à coucher? Son rêve, le voici :

Elle se voit dans une église, fendant sans bruit les rangs bien alignés des chaises hautes et basses, sur les dossiers desquelles on lit, en lettres noires gravées dans des plaques de cuivre, les noms des personnes pieuses qui s'y asseyent. Le temple est vide, obscur ; un jour bizarrement coloré par les vitraux teint le haut des piliers jaunâtres. De vagues formes noires, le voile baissé, prient dans les coins, près des troncs en chêne. Au fond du chœur scintille la veilleuse, comme une étoile. Quelques éclats de lumière s'attachent aux ciselures des flambeaux gigantesques du maître-autel. Une odeur de pierre fraîche, de moisi, de cire brûlée, de vieil encens, emplit la maison du

27

Seigneur. Dans les chapelles latérales les grands tableaux reluisent sans permettre de laisser voir ce qu'ils représentent.

Elle se voit devant la croix qui luit dans l'ombre, faisant la révérence en se signant. Puis elle se dirige vers le confessionnal. A travers le treillis serré de la porte, une forme blanche, le prêtre en surplis s'entrevoit. Elle s'agenouille. Les marches sonores du temple de la pénitence retentissent; leur bruit s'éteint au loin. Elle se confesse. On entend un chuchotement. L'haleine froide de l'homme de Dieu chatouille son visage. Le prêtre fait de temps en temps : « hum! hum! » Cette toux contenue est répercutée par les voûtes mystérieuses.

La confession terminée, l'absolution reçue, elle se voit encore, courbée en deux sur l'appuie-main d'une chaise et regardant le confesseur disparaître comme un fantôme dans la sacristie.

Enfin elle se lève, va de nouveau s'incliner devant le chœur, se munit d'eau bénite, se signe encore une fois et pousse la portière à clous dorés qui retombe derrière elle avec un bruit sourd.

A l'instant elle se retrouve au sein de la lumière éclatante et de l'air tiède, au milieu des gamins qui jouent aux billes sur les marches de l'église.

Ainsi rêve cette vieille fille.

IX

Enfin, une dernière vieille demoiselle est aussi visitée par les Songes aux ailes impatientes. Celle-là sourit tristement et semble prêter l'oreille à quelque son qu'on peut percevoir en écoutant avec attention.

Tenez, à la lueur de la lampe qui s'éteint, voyez-vous là-bas cette porte ouverte?

C'est de là que vient le bruit régulier d'une respiration paisible.

Un peignoir et des pantoufles sont préparés près du lit de la dormeuse.

Évidemment elle ne dort que d'un œil, prête à voler hors de sa couche au premier appel.

Oh! c'est qu'en effet, dans la chambre voisine, repose le vieux père pour qui elle est restée fille.

O Songes, soyez doux pour cette noble vierge : montrez-lui son cher malade debout, dans le jardin, et s'appuyant à son bras ; montrez-le-lui se chauffant au soleil amical, humant les parfums substantiels qui sortent de la terre, et suivant avec bonheur dans le ciel resplendissant le vol des abeilles industrieuses.

O rêves fugitifs, soyez riants : apportez l'espoir à cette fille courageuse, et surtout éloignez de sa vue les femmes qui passent joyeuses à côté de leur mari, avec des enfants pendus à leur jupe. Ne rendez pas cette âme innocemment lâche !

X

Mais déjà, ainsi que dit l'Ombre, dans *Hamlet :*

« *Le ver luisant, dont le feu sans chaleur commence à pâlir, annonce l'approche du matin.* »

Le vent fraîchit ; les étoiles blanchissent ; une longue bande grise, puis blanche, puis jaune, puis rose, borde l'horizon sombre des toits de la ville.

Les Songes vont rentrer dans leur palais, où les attendent le Sommeil et la Nuit.

Dans les rues interminables et vides se montrent çà et là les balayeurs. Les ouvriers matineux, leur pain sous le bras, les mains dans les poches, la pipe aux dents, se rendent à leurs noirs ateliers.

Les garçons des marchands de vin, l'œil rougi et gonflé, ôtent les boulons et les clavettes des volets en sifflant.

Le pouls de Paris recommence à battre.

Adieu, lecteurs ! voici l'heure où les vieilles filles se réveillent, et, solitaires, caressent un chat, leur ami intime, qui a passé la nuit — le coquin — à courir la pretentaine !

RETOUR AU BERCAIL

Oh ! souvent, bien souvent, l'après-midi, blotties au fond des lourds omnibus qui les ramenaient de quelque banlieue au cœur de Paris, que j'en ai vu de ces femmes amoureuses revenir lentement au bercail !

Elles reviennent lentement au bercail, conjugal ou non, seules, blotties au fond du lourd omnibus qui les ramène de quelque *fort*, riche en jolis officiers ; et le rude roulis de la voiture, et la chanson stridente et monotone des vitres semblent les bercer.

Elles se sont assises négligemment, sans faire grande attention aux plis de leur robe, et, tournant presque le dos aux voyageurs, elles regardent, à travers les mailles de leur voilette baissée, les chevaux dont la croupe grasse ondule comme la mer.

Elles ont ainsi l'attitude de la petite fille curieuse d'autrefois, et qui voulait « *voir les dadas !* »

Hélas, ce ne sont plus des petites filles !

Lentement, sans désirer d'aller plus vite, elles reviennent de quelque paradis illégitime, digérant le plaisir copieusement pris, indifférentes à tout ce qui se passe, et ne daignant même pas examiner la toilette des autres femmes !

Que j'en ai vu de ces femmes amoureuses, revenir

27.

au bercail, l'après-midi, le voile baissé, négligemment assises au fond des omnibus !

Elles sont pâles d'une pâleur ardente, la pommette marbrée de rose, la lèvre épaisse, fiévreuse, fendillée et très-rouge.

Leur volumineux chignon, refait à la hâte, devant un miroir trop petit, un miroir de garçon, vibre à chaque secousse de l'énorme véhicule.

Un air abandonné et comme mal agrafé règne dans tous leurs riches vêtements. On sent que ces parures, armes frêles, n'ont plus besoin de vaincre personne.

Elles retournent au bercail ; et personne, amant ou mari, ne jettera sur elles un coup d'œil flatteur. Quel besoin alors de redonner à ces hardes charmantes l'air frais et provoquant qu'elles avaient tantôt !

Tantôt ! Le souvenir des heures écoulées ! Voilà, sous ces fronts mornes, ce qui palpite encore par instants.

Entre les long cils veloutés, s'il sort tout à coup comme un éclair des yeux stupéfiés, atones, cernés d'une auréole bleuâtre, c'est que l'oreille délicate des femmes amoureuses qui reviennent au bercail l'après-midi, blotties au fond des omnibus, entend soudain l'écho lointain des baisers ardemment donnés.

Mais l'éclair s'éteint bientôt, la paupière alourdie s'abaisse de nouveau, une langueur délicieuse se glisse dans tous les membres. La face, pâle sous la

sombre voilette, reprend sa physionomie indif-
férente.

Négligemment assises, les jambes étendues, affais-
sées en leur coin, mal gantées, que j'en ai vu de ces
femmes revenir au bercail, bercées par le rude roulis
et par la chanson monotone et stridente des vitres,
dans l'omnibus qui les ramenait de quelque *fort* des
environs, riche en jolis officiers, au cœur de la ville !

Comme l'épouse coupable de Claude, lasses, mais
non repues, ruminant leur bonheur, elles suivent de
leur regard intérieur la spirale sans fin de leurs
pensées.

Leur âme est comme une eau stagnante où les
souvenirs, semblables à des oiseaux qui passent,
mettent soudain leurs reflets fugitifs.

Or les souvenirs, les souvenirs qui font tressaillir,
qui prennent doucement à la gorge, passent sans
relâche dans leur cerveau.

Aussi, de temps en temps, un soupir entrecoupé
soulève leur poitrine tumultueusement.

On dirait, à les voir soupirer ainsi, que la petite fille
reparaît encore sous la femme, qui regarde les dadas,
et qu'un chagrin à peine consolé à force de bonbons
leur fournit ces suprêmes sanglots nerveux.

Hélas ! ce ne sont plus des petites filles !

Ce sont des femmes amoureuses qui reviennent au
bercail.

Que j'en ai vu souvent ! oh ! souvent ! l'après-midi,

blotties au fond du lourd'omnibus, négligemment assises, de ces belles créatures perfides, fuyant, avec un
regret latent, quelque paradis illégitime.

DEUX TÊTES SUR UN OREILLER

Ce sont deux têtes, deux têtes très-placidement
endormies, et qui cependant reposent pour la première fois, joue à joue, sur les oreillers conjugaux,
des oreillers fort élégants.

La chambre nuptiale est obscure. Seule, une veilleuse qui languit, comme le roi Richard, dans une
tour, mais une tour de porcelaine, éclaire discrètement les deux têtes. Par instants, la lumière agoni-
sante lance comme des râles de feu, et les meubles
neufs reluisent dans l'ombre, tout à coup.

Les deux têtes sont profondément endormies. Une
égale tranquillité détend leurs traits. Mais, si la quiétude qui se lit sur ces fronts est la même, combien
sont différentes, choquantes, les dissemblances de ces
deux visages !

La figure de l'épouse est exquise. Cette femme
a-t-elle vingt ans ? Pas encore. C'est une fleur de
mai, à peine entr'ouverte. C'est presque une enfant.

Les délicatesses de ce nez et de cette bouche étroite et fraîche le disent d'une façon charmante. Non, ce doux petit être n'a pas vingt ans. On peut aller chez sa mère. Dans quelque coin, j'en suis sûr, la dernière poupée est encore cachée.

Et lui! ce monsieur! celui qui dort, qui dort avec tant de conviction, quel âge a-t-il atteint, lourdement, en déchirant les ailes de sa jeunesse à tous les mauvais halliers de la vie? *Lui?* — Mon Dieu, si nous ne voulons point maquiller la vérité, on peut affirmer haut la main qu'il supporte assez mal le poids de cinquante-six années de tracas vulgaires, de bas soucis, d'affaires banales et véreuses, de déceptions de Bourse.

Elle n'a pas vingt ans, la malheureuse petite! Dix-sept ans au plus. Dix-sept ans!

Il a cinquante-six ans. Davantage peut-être? Cinquante-six ans! Sa face est ignoble.

Oui, cette tête n'est point ravagée, belle comme une auguste ruine, ou vénérable, ou terrible; non, je vous le dis: elle est plate, bête, ignoble. C'est le mot.

. . . .

Aussi, tout à coup, au milieu du silence pesant, la pendule, un meuble à sujet, qui, en compagnie de tous les autres meubles de l'appartement, a assisté au coucher des époux, avec stupeur, nous aimons à le croire, s'écrie brusquement:

— Mes amis, je n'y tiens plus! j'éclate! Je m'en

ferais sauter le timbre! Il faut que je parle.' Si l'Académie vous posait ce problème : — *Quel a été le
trait d'union impérieux entre les deux êtres qui
dorment là-bas, si placidement?* que répondriez-
vous? Voyons, entre nous, que répondriez-vous?

UNE CAUSEUSE, *avec un sourire égrillard.* —
Eh, eh! — Qui sait? — C'était peut-être une répa-
ration? — Ce vieillard est malin. Cette petite sotte
se sera laissée... Cela se voit souvent... Mais tout est
sauvé. Il lui aura rendu l'honneur qu'il lui avait
« ravi », comme disent les romanciers. — Tel est
mon mot.

L'ARMOIRE A GLACE. — Mot de débauchée, ma
chère! Pourquoi ne pas supposer, et c'est mon avis,
que le nom glorieux de cet époux... décati, je l'avoue,
a tenté la jeune fille? Cet homme, c'est peut-être un
grand artiste, un poëte, un savant illustre, un homme
politique : Mirabeau faisait rêver!... Qu'est-ce que la
laideur, je vous prie, d'un homme de génie? Rien.
L'histoire le prouve en cent endroits divers... Les
femmes ne s'éprennent pas uniquement des garçons
coiffeurs et des ténors...

UN MAGOT JAPONAIS. — Parbleu! — Tous les
goûts sont dans la folle nature de la femme, d'ailleurs! — On peut être bizarre : c'est permis. Cette
enfant a peut-être été séduite par la laideur de cet
homme. Pourquoi pas?

UN FLAMBEAU. — Certainement, pourquoi pas? —

Esméralda peut se trouver ici-bas. Et si ce n'est l'amour, c'est peut-être le dévouement, la pitié, qui ont conduit ce frêle oiseau à ce vieil arbre ?

LE VIDE-BAGUES. — Et puis, pensez, mes amis, à ces serments faits au lit de mort des parents. Pauvre mignonne ! elle se sacrifie sans doute. Il le fallait. Elle obéit à un vœu, l'âme torturée, le cœur saignant. — C'est son chemin de croix, qui sait ?

UN GUÉRIDON. — Pourquoi ne parlez-vous pas de l'amour ? Cette créature, tout simplement, est, des pieds à la tête, l'esclave dévouée et reconnaissante de la grande loi. Elle aime cet homme. Pour quel motif ? Pour ce motif inexplicable : elle l'aime !

UN LIVRE BIEN RELIÉ. — L'amour ! oh ! oui, c'est l'amour ! — Tenez, je crois connaître l'histoire de leur liaison, étrange au premier abord. C'était un soir, sous bois : on faisait un temps de galop. Elle, la grâce et la confiance, accompagnée de lui, la force et l'amitié. — Soudain, détonation, cris dans les environs. Le cheval de l'enfant s'effraye, prend le mors aux dents. Course effrenée. Le vieillard pique des deux. Horreur ! un précipice ! gouffre béant ! Mort imminente ! mort terrible ! Tout Ponson du Terrail ! Le vieillard saute à bas de son alezan brûlé, se précipite, s'élance aux naseaux du cheval, l'empoigne, et sauve la vie à l'héroïne. C'est bien simple. De là, reconnaissance éternelle. Amour discret et humble du sauveur. Bref, offre de sa main faite par la jeune

fille. Scène touchante, larmes, sourires, baisers re-
cueillis. Dénoûment inattendu.

Un petit secrétaire, *bois de rose et cuivre
ciselé.* — Vous n'êtes plus dans le mouvement, mes
très-bons! Pas du tout. Soyons modernes. Pas de
chimères! Les rêves au vestiaire. Les illusions à
Chaillot. Et puis il faut bien vivre! Non, ce qui a
tenté cette petite grue, ce n'est ni le nom, ni la
gloire, ni les talents, ni l'amour dévoué, ni même la
laideur de son joli petit mari. Non, mes chers bons,
vous ne connaissez pas assez votre vie parisienne. Ce
qui a réuni, sur les élégants oreillers conjugaux, ces
deux têtes, *l'alpha* et *l'oméga* de l'alphabet humain
en matière de charmes, c'est tout simplement ce qui
remplit mes tiroirs. Voulez-vous que j'ouvre mes
tiroirs?

Tous, *avec horreur.* — Infamie!

Le secrétaire. — De quoi? Oh la la! *Ous qu'est
ma clef!* Vous allez voir. Cent cinquante mille francs
de rente!... C'est gentil, ça! Et puis, c'est légitime.
— L'honneur doit être satisfait! Ils ont donc bien le
droit, tous deux, de dormir sans effroi, sans remords,
placidement!

CETTE GRUE D'IRMA

(HISTOIRE POUR LE JOUR DE LA TOUSSAINT)

LA-HAUT

L'âme de Vanadir, le poëte, récemment décédé, erre dans le Jardin d'attente du Paradis des Gens-de-Lettres, en compagnie de l'Ange-chambellan, de service ce jour-là, et qui doit la présenter aux Maîtres.

ICI-BAS

Le corps de Vanadir, l'auteur illustre de *Cantharides et Nénuphars* (un fort volume in-8°, prix net : 1 fr. 75), repose encore, froid à jamais, sur des tréteaux noirs, dans une petite église de la banlieue.

—

Tout Paris assiste au convoi, service et enterrement du pauvre garçon, mort à la fleur de l'âge, chez le docteur Blanche.

—

— Obligeant Esprit, soupire Vanadir, peux-tu me dire où on en est de la cérémonie ? Il me tarde d'entrer dans la demeure tranquille des âmes.

— Le prêtre élève le ciboire étincelant vers le ciel. L'orgue pleure.

— Bon! Tous mes amis sont-ils là? Tu les connais de vue.

— Oh! il y a foule. Le suisse refuse du monde à la porte. On paye quatre sous la chaise.

— C'est flatteur. Mais, dis-moi, vois-tu mes chers camarades : A., B., C., etc.?

— Je vois K., l'acteur.

— Tiens! Et A.? et B.? et C.?

— Je vois aussi P., le chanteur.

— Bah! Je comprends. Ils veulent qu'on mette leur nom dans le journal de demain. Mais A., mon frère, mon vieil ami, est-il venu ce matin?

— Non! — Pardon ; si; il est venu. Mais il est resté au café d'en face, avalant un bitter. Il attend que tout soit fini.

— Hum!... Enfin!... Esprit, vois-tu mon cher B., mon compagnon de misère, mon *alter ego?*

— Oui. Le voilà qui entre. Il traverse la foule, la tête haute, passant la main dans ses longs cheveux, faisant des effets de front olympien. Il sourit. Envoie des saluts. Tout le monde le remarque. Les dames demandent son nom.

— Hélas! Et C.?

— C...? Il prend des notes, recueille des anecdotes, rit à voix basse, questionne, interroge, et trouve que tu te fais enterrer de trop bonne heure.

— C'est charmant! Je m'attendais, du reste, à ces surprises... et je ne m'en afflige pas... Pour ma part, mon cher Esprit, c'est toujours après un enterrement que j'ai trouvé aux radis roses d'un déjeuner leur saveur la plus piquante... Mon convoi va leur donner de l'appétit. Tant mieux !

— Je vois aussi, dans un coin obscur, une femme voilée étroitement, et qui pleure, penchée sur le dossier d'une chaise grossière...

— Une femme qui pleure !... à mon enterrement !... Par exemple, voilà qui est curieux ! Et son nom ?

— C'est *cette grue d'Irma.* — Du moins, c'est ainsi que l'appellent deux jolies actrices, riant avec grâce, et mangeant des bonbons à côté du banc-d'œuvre.

— Cette grue d'Irma ? — Irma ? — Voyons donc ?... Qui diable ?... Non, je ne me souviens pas... pas du tout... Irma ?

— Pardon, cher maître, tu la connais.

— Moi, jamais de la vie... Irma ?

— Eh bien, tu vas la reconnaître. Ce qu'elle pense, tu vas le savoir.

— C'est cela... Irma ?... Non, décidément... connais pas.

— Cette grue d'Irma est venue, à pied, l'estomac vide, par ce froid noir, parce que hier soir, au café de Madrid, en parcourant *le Boulevardier*, elle a lu ces lignes :

« Le poëte Vanadir, l'auteur de *Cantharides et Nénuphars*, est mort hier. Il était anémique depuis dix ans. C'est une grande perte pour la littérature. Le vide qu'il laisse sera difficilement comblé. Nous publierons bientôt sur cette intelligence d'élite une étude des plus intéressantes — et un grand nombre d'anecdotes.

« L'enterrement aura lieu demain à Auteuil. On se réunira à l'église de Passy, à 10 heures très-précises. »

— Eh bien! demande l'Ame de Vanadir... en quoi cette *douloureuse nouvelle* pouvait-elle intéresser cette grue d'Irma?

— Écoute, cette grue d'Irma s'est souvenue de...

— Pourquoi rougis-tu, Esprit? demande Vanadir.

— Je rougis... parce que... Bref, cette Irma fut l'une des roses délicates que tu respiras, un instant, sur la route triste de la vie...

— Ah! bon!... j'y suis!...

— Tant mieux! Cela m'est agréable. — Cette grue d'Irma s'est tout à coup rappelé ton nom. — Oui, c'est bien lui, s'est-elle écriée : un poëte! un grand garçon! un blond! Je demeurais alors rue de la Tour-d'Auvergne... Nous nous étions rencontrés chez Clémence... On but du Latour-Blanche au dessert... Monselet était là... il me disait de vilaines choses... Je m'en souviens... Pauvre garçon! Quelle gaieté!... Pauvre garçon! Quel malheur!

— Vrai? cette grue d'Irma a dit cela?

— Oui. Et même, au milieu du bruit infernal que font les joueurs de *jacquet* et les *dominotiers*, elle a ajouté : — Le lendemain matin, comme il faisait un grand soleil, Vanadir m'a proposé d'aller à la campagne. Nous nous sommes habillés en deux temps.

Qu'il était drôle! Il faisait des mots à perdre haleine!
Il récitait des vers, et s'interrompait pour dire :
« Ah! le crétin! ah! le Ponsard! » Puis il reprenait:
« Allons, ma déesse, allons, en route! Nous allons
courir un peu, là-bas, au bord de la Marne! » Puis
il prétendait que dans mes yeux on lisait distinctement : *Matelotes et fritures, bosquets et balan-
çoires.*

— Chère Irma, quelle mémoire!

— Cette grue d'Irma se souvint aussi, avec un
doux battement de cœur, poursuit l'Ange-chambellan, de cette belle et unique journée passée en plein
air, au grand soleil. — Nous avons bien couru, pen-
sait-elle, mais Vanadir avait des étouffements. Il
jurait de colère. Pauvre garçon! C'était peut-être sa
maladie qui commençait. Ah! que j'ai été heureuse
pendant ces douze heures-là! — Le soir, sur la terrasse du restaurant, il m'a juré un amour éternel, en
pleurant... et puis... je ne l'ai plus rencontré. Il n'est
plus revenu à la maison... C'est égal! il m'a aimée
réellement pendant toute une longue journée... J'irai
demain à son convoi... je lui dois bien cela.

— Pauvre fille!...

— Elle a tenu parole, continue l'Ange. Cette
grue d'Irma, sans le sou, le ventre creux, elle est
venue! Et elle pleure. Et les sons de l'orgue la na-
vrent. Elle ne peut s'empêcher de voir, sous le drap
noir, le corps de celui qui a dormi à ses côtés. Et

elle frissonne... Il lui semble qu'elle vient de perdre quelqu'un de très-cher et de très-intime.

— Mon Dieu! pardonnez-lui beaucoup! murmure Vanadir.

— Sois sans crainte, répond l'Ange-chambellan. Ces larmes précieuses sont enregistrées, en ce moment, par le chérubin-greffier, à l'AVOIR de cette grue d'Irma, sur le Grand-Livre de Dieu.

— *Amen*, fait Vanadir, soulagé.

LA VÉNUS D'ANATOLE

— Anatole est furieux. Pour tout de bon, il est furieux! Le grand Anatole, vous le connaissez bien? Anatole de la rue Fontaine, l'Anatole à Nana! Mais vous ne connaissez que lui! Un grand jeune homme avec des cheveux roux et une poitrine comme une cuirasse! Anatole Jubeau, celui qui a exposé, l'année dernière, un tableau si drôle : *le Diable dans un bénitier !* Anatole, enfin!

— Connais pas du tout.

— C'est singulier! — Eh bien! le grand Anatole est furieux. Il devait envoyer au Salon une Vénus... pas aux Carottes, mais... aux pommes, mon petit; et, d'après les discours de Banet, son rapin, que je viens de rencontrer avec des larmes grosses comme des poires sous les yeux, il est furieux : il ne peut achever sa Vénus.

— Pas possible !

— C'est comme cela. Il est furieux. Banet est renvoyé. Il ne sait plus où coucher.

— Pauvre Banet! Il est donc coupable?

— Coupable? Oui et non. C'est comme l'utilité des corsets. Il n'a pas fait exactement son devoir, voilà tout. Mais, entre nous. il n'y a pas de sa faute. Que voulez-vous qu'il fît ? Quand une femme a quelque chose en tête, bien fort est l'homme qui la détourne de son dessein.

— Mais quelle est donc son histoire ?

— Ah! voilà. — Jubeau, je veux dire Anatole, avait trouvé l'année dernière, après le Salon, une fille superbe, un modèle à tout casser. Parfaite. Elle posait l'ensemble depuis peu de temps. Anatole, je veux dire Jubeau, la rencontre dans un atelier, chez Hangot ; vous connaissez Hangot? Hangot de la place Pigalle. Celui qui vit avec Titine. Hangot! mais vous ne connaissez que cela ! Un petit avec une barbe noire, pas de cheveux, et des mains comme un bossu qui aurait eu l'art de se faire passer sa bosse. Vous ne vous rappelez pas Hangot, toujours souriant, toujours content?

— Connais pas.

— C'est singulier. Donc Anatole, je dis bien, donc

Jubeau (oh! doit-il être furieux!) rencontre un modèle premier choix, tout jeune, chez Hangot. Il lui
offre une somme. Jolie somme. Des égards. Du feu à
discrétion pendant les poses. Et une gratification au
bout du travail. Il avait son plan.

— Oui, mais que dit Hangot?

— Hangot, toujours content, toujours souriant.
« Je ferai la petite un autre jour, » dit-il. Et il passe
le couteau sur sa toile, et vling! et vlan! « Allons
prendre un bock, » dit-il. On alla prendre le bock
avec le modèle, une fille unique : un torse, des jambes,
une tête plantée comme par Phidias et des épaules
à faire pâlir la reine de Honolulu ; tout cela un peu
jeune, un peu gracile, charmant.

— Mais votre Anatole devait être aux anges?

— Il ne s'agit pas d'anges là-dedans. C'était une
Vénus naissante sortant de l'onde qu'il lui fallait.
Aussi Anatole est furieux.

— Mais...

— Attendez donc. Comme on ne voit pas clair dans
son atelier, il écrit à Varou qui est en voyage : « Veux-
tu me prêter ton domicile? le jour y est excellent. »
Vous connaissez bien Varou? Varou, un maigre avec
un nez qui remue comme une trompe ; Varou de
la rue Duperré? Mais si, vous ne connaissez que
cela : très-maigre, des cheveux gris, borgne, le Varou à Maria? Vous ne l'avez jamais vu?

— Connais pas.

— C'est singulier! — Enfin! Varou répond à Jubeau, Anatole. Il lui prête son atelier. Il lui recommande seulement de ne pas fumer dans une pipe qu'il lui désigne : elle a appartenu à sa tante.

— A sa tante?

— Oui. — Elle fumait du datura stramonium.

— Oh! bon! j'y suis.

— Anatole, ou Jubeau, comme vous voudrez, s'installe donc chez Varou, avec son modèle. Il picche pendant huit jours avec une crânerie de tigre! C'était superbe. Ça venait. Quelle poigne, cet homme-là! Hangot vient voir l'étude, toujours souriant, toujours content. Il offre un bock. On va boire le bock. La santé de la *Vénus* est portée. La petite était d'un fier!...

— Je le crois sans peine. C'était l'immortalité qui lui tombait du ciel.

— Au café, on rencontre Migue, le pauvre Migue, le boiteux, vous savez bien? Migue qui demeure à Passy, un peintre de raisins et de plats d'huîtres, avec un couteau et un rond de citron dessus? Vous ne connaissez que ça. Migue qui adore Loulou, la grosse blonde de chez Bède, le gargotier? ce pauvre Migue enfin!

— Connais pas.

— C'est singulier! Migue offre un autre bock, complimente Anatole, Jubeau, nous disons, sur sa trouvaille. Il serre la main de la petite, lui promet sa pratique. Enfin c'était charmant.

— Mais la Vénus n'avançait pas beaucoup.

— Voilà le hic. Au bout de quinze jours, à part le
torse qui n'était qu'indiqué, tout était à peu près en
place. Ça venait. Crédié ! Quelle poigne, ce Jubeau !
Il a raison d'être furieux. C'était un succès. Il avait la
médaille, certainement. Mais va-t'en voir s'ils viennent ! Il reçoit une lettre de son oncle, l'homme aux
écus. Ce bourgeois était malade. Il demandait Anatole. Comment faire ? Il ne pouvait refuser. Il y allait
de son héritage. Ma foi, tout le monde, Hangot,
Migue, et les autres, moi, nous lui conseillons de
ficher son camp. Il nous écoute, et part.

— Eh bien, et la Vénus ?

— Attendez donc ! — Il confie sa toile et le modèle à Banet, son rapin, son élève, le petit Banet, je
vous en ai parlé tout à l'heure...

— Ah ! oui, celui qui a été chassé.

— Justement. Banet, qu'il lui dit, surveille le modèle et les huiles. Je te rends responsable de tout. Si on
me chippe l'idée ou la femme, je te flanque à la porte.
Banet jure sur le moulage de la tête de Géricault
qu'il fera tout son possible pour garder la petite, et la
maintenir, vent arrière, le cap sur la vertu. Anatole
(doit-il être furieux !) use du chemin de fer sur ces
assurances, et s'installe au chevet de son oncle, le sac
agonisant.

— Banet fait son devoir...

— Banet fait son devoir, vous l'avez dit. Les mois

se passent. Après six mois de séjour à la campagne,
Anatole, riche, monsieur Jubeau, pour être respectueux, revient à Paris. C'était ces temps derniers.

— Ah! et après?...

— Il fait venir la petite, prépare sa boîte, et se
dispose au travail. Il lui restait le torse à faire, vous
savez. Allons, qu'il lui dit, mettons-nous en Vénus.
Elle refuse. — Et pourquoi ça? — Elle pleure.
Voilà bien du nouveau, se dit Anatole. Qu'est-ce que
tu as, mon petit chat?

— Oui, enfin, qu'est-ce qu'elle avait?

— Eh bien, elle avait qu'elle n'avait plus... un torse
présentable. Six mois d'absence, malgré l'œil de
Banet, toujours ouvert. — Ça datait de six mois.

— Elle était...

— Parbleu! une fille superbe! C'est fini! Plus de
Vénus! Anatole est furieux: pas moyen d'exposer! Où
trouver avant le 20 mars une autre beauté comme
celle-là? Jubeau est furieux. Ah! la petite malheureuse!

— Et de qui... ce changement?

— Devinez.

— De Hangot?... de Migue?... de Banet?... de
Varou, subitement revenu?...

— Non. De Ragois! de Ragois!

— Ragois?

— Oui, Ragois, un vieux, avec un ventre en dedans; Ragois, du boulevard des Martyrs, qui vit avec

Ninie. Un bonhomme qui imite la lampe à court d'huile, et qu'on remonte; vous savez bien, Ragois? Mais vous ne voyez que lui. Ragois, l'auteur de « *Souliers et Côtes de melon*, » nature morte !

— Connais pas !

— Ah! c'est Anatole qui est furieux ! Pas de Vénus !

UNE LÉGENDE D'ATELIER

C'était dans l'atelier du statuaire Prévallon, la semaine dernière, en l'absence du maître.

Les élèves et les praticiens avaient quitté, ceux-ci les marbres qu'ils mettaient au point, ceux-là l'ébauche de terre glaise, et, à côté des flâneurs survenus en visite, ils s'étalaient paresseusement sur le divan bas qui fait le tour de l'atelier.

On parlait haut et fort, avec un enthousiasme émaillé de mots techniques, de la beauté parfaite de madame J...

Madame J... est la femme d'un banquier parisien.

Tout le monde artiste connaît peu ou prou la belle madame J... Chacun en a été plus ou moins amoureux. Mais nul, à moins d'être le plus insigne blagueur de l'univers, n'a jamais pu dire :

— Nous avons conjugué ensemble le verbe que les grammairiens imprudents mettent le premier dans la mémoire des écoliers : aimer !

Personne n'ignore que la belle madame J... éprouve à l'égard de son mari une indifférence suprême, laquelle, si la balance cessait d'être en équilibre, se transformerait en froide aversion. Mais personne n'ignore non plus que M. J... n'a pas le plus petit reproche à adresser à la magnifique créature qui orne son foyer somptueux.

Madame J... sait fort bien que dans un nouveau concours public, sur le mont Ida, elle obtiendrait la pomme flatteuse du berger Pâris. Mais ce triomphe ne lui ferait pas regarder pour cela d'un œil plus doux Pâris que tous les autres bergers.

Elle a l'impassibilité de Minerve, jointe aux charmes surhumains de Vénus.

Dans l'atelier du statuaire Prévallon, la semaine dernière, en l'absence du maître, on énumérait donc, une à une, les beautés de madame J..., en devinant par induction celles que le costume moderne dérobe aux yeux émus et chagrinés des amateurs et des artistes.

Un jeune peintre roux, dont les cheveux pendaient sur le front en dents de peigne, profita d'un instant de silence qui suivit une ardente description des mains de madame J..., pour émettre, avec une assurance aussi insolente que sotte, l'opinion suivante :

29

— Avec tout cela, madame J... est une femme comme toutes les autres. Qu'elle consente à venir poser dans mon atelier pendant quelques heures, et je vous fiche ma palette que...

Une orageuse rumeur coupa la parole au téméraire barbouilleur. Une douche d'épithètes désagréables lui fut versée sur la tête. Et de méprisants éclats de rire l'accompagnèrent.

— Je vous dis, moi, reprit violemment le jeune peintre, que je suis certain de...

— Et moi, je vous assure, mon petit, interrompit un grand jeune homme sec, qui ressemblait à un Christ noir, que madame J... n'est pas une femme... c'est une déesse en marbre, en véritable marbre... et...

— Qu'en savez-vous, Babagou ? demandèrent dix voix différentes.

— Ce que j'en sais ?... eh bien ! écoutez cette histoire, poursuivit le grand jeune homme sec appelé Babagou, et qui était sculpteur de son métier, écoutez !

— Va ! nous t'écoutons, répondirent les dix voix, y compris celle du présomptueux peintre aux cheveux roux éparpillés sur son front en dents de peigne.

— Messieurs, voici la chose, dit Babagou : comme tout le monde, j'ai été violemment épris de la belle madame J... Passion aussi respectueuse que véhémente d'ailleurs. Comme homme, j'aimais en elle la merveilleuse créature, mais je vénérais sa splendide beauté en qualité d'artiste...

— Oui, murmurèrent quelques jeunes gens. On dit même que ta *Junon* du dernier Salon est une sorte de J..., épreuve après la robe...

— Messieurs, n'anticipons pas sur les événements, reprit Babagou. Donc, je l'aimais ! Avec la ténacité d'un statuaire en arrêt devant un motif superbe, je le lui déclarai. Elle se mit à rire. Je lui peignis avec un feu violent le désir que j'avais d'atteindre à la gloire en laissant l'image de sa beauté aux générations futures. Certes, alors, l'art me dictait les mots que j'employai. Cependant, de même que notre ami aux cheveux en dents de peigne, j'avais aussi dans le cœur un bas et vague espoir en la suppliant de daigner condescendre à me servir de modèle. L'artiste n'est pas parfait...

— Achève, Babagou !... reprirent les dix voix haletantes.

— Madame J... vint donc à mon atelier, simplement, sans phrases, sans me faire jurer rien, sans exiger les promesses de respect qu'une autre mondaine m'eût arrachées. Elle vint chez moi. Jour vingt-sept fois heureux !

— Et ?...

— Elle prit le costume... de ma *Junon*...

— Oh ! oh ! firent les dix voix, cela veut dire qu'elle quitta le sien... complétement.

— Complétement, murmura Babagou. — En ce moment le sang afflua sous mes tempes. Je crus que je deviendrais fou. Elle monta, belle comme un antique, sur le misérable piédestal de bois de mon atelier, et prit la pose...

— Babagou, achève !

— Éperdu, aveuglé, fasciné, je lâchai la glaise... et je m'élançai, les bras tendus, vers cette olympienne descendue du ciel ; mais...

— Vite, Babagou !

— Mais, au moment où j'allais porter une main criminelle sur cette déesse, qui souriait du rire imperceptible de la *Joconde*..., le plancher de mon atelier s'entr'ouvrit, et il en sortit un homme tout habillé de drap vert, avec un gilet rouge à galons d'or, et coiffé d'un tricorne..., qui me dit, en désignant du doigt la belle madame J... :

— « *Le public est prié de ne pas toucher...* »

A l'instant, je repris mon calme, et, devant ce chef-d'œuvre humain, l'artiste ayant chassé bien loin le jeune homme, je me remis avec ardeur au travail. L'immortelle beauté avait triomphé de l'incessant mais éphémère amour. Huit jours après je tenais ma *Junon*.

Telle est la légende instructive que le sculpteur Babagou raconta dans l'atelier du statuaire Prévallon, la semaine dernière, en l'absence du maître.

LE PETIT BOUTON

Onze heures? — Hum ! c'est bien tard ! — Après cela, l'hiver!... — Eh bien, il était onze heures quand la mignonne madame X..., si appétissante en costume de nuit, — tout le fait espérer du moins, — se réveilla, fraîche comme une petite rose, souriant, et, d'un coup de tête coquet, renvoyant à leur place les boucles rebelles éparpillées sur son joli museau :

— Bonjour, chéri ! dit-elle, en étirant ses bras élégants.

M. X..., auquel un unique rayon de soleil sur la figure faisait justement comme un nez d'or et de lumière en ce moment-là, ouvrit ses yeux noirs à demi.

Bonjour, mon petit chat ! fit-il.

. . . .

— Tiens ! reprit-il d'un air paterne au bout d'un instant, tu as un petit bouton sur le nez.

— Où donc? demanda avec une petite moue madame X..., en tâtant un nez si délicat et si peu important que ce n'est vraiment pas la peine d'en parler.

— Là, dans le coin de la narine... Oh ! mais il est tout petit, va !

— C'est bien ennuyeux... Il doit être *mûr*. Je le percerai tout à l'heure.

29.

— Mauvais système! Attends à demain.

— Non, non. Et ce soir, pour aller à la *première* de ton ami Jules! Tu n'y penses pas. Va me chercher la petite glace, dis?... pour voir?

M. X... lutta quelques instants contre une incommensurable envie de rester dans son lit chaud ; mais, pincé, tiraillé, poussé, vaincu, il se leva et alla prendre la psyché sur la toilette.

— Cela n'arrive qu'à moi! cria d'une voix altérée madame X... Mon Dieu! mon Dieu! mon Dieu!

— Allons, enfant, ne tourmente pas l'Éternel pour si peu de chose. Un peu d'eau fraîche, tout à l'heure, et ce sera fini.

Hélas! — le petit bouton sur le nez résista. Malgré les conseils d'un époux expérimenté, on perça le petit cône séditieux. Il en résulta un cratère infiniment rouge, d'un rouge vif. — « N'y pense pas, ajoutait M. X..., tu es plus charmante que jamais. En te regardant tout à l'heure, tu sais, j'ai compris le goût effréné des ogres. Vous devez être bien tendre, mon petit rat? » — Efforts vains! gaieté sans effet! Madame X... s'assombrissait de plus en plus. A chaque instant elle portait ses doigts tremblants à l'endroit fatal. — N'y touche donc pas toujours, mon amie, criait M. X... — Ah! petite entêtée! »

— Si j'y mettais de la poudre de riz!!! Madame X... se crut sauvée après ce cri du cœur. Peine inutile! Rien n'y fit. La poudre de riz, le *cold-cream*, etc., etc., enflammèrent de plus en plus le petit bouton.

Sur ces entrefaites, M. X... s'en alla à ses affaires. On l'attendait à déjeuner quelque part. Heureux homme!

Madame X... resta seule, — *un, deux, trois,* — avec son petit bouton, son désespoir et sa bonne, qui n'en pouvait mais.

C'est singulier, le jour où naissent les petits boutons, comme les bonnes des dames font mal leur service! Jamais on ne crie autant après elles. Et puis, remarquez-le, tout se tourne contre vous. Ainsi, les tirettes des bottines de madame X... se cassèrent quand on les tira fébrilement : les vilaines! pourquoi ça? — Madame X... devait sortir : elle se mit en toilette ; mais tout allait en dépit du bon sens. C'est bien étrange? Le nœud du chapeau *refusait*, oui, Monsieur, refusait de se laisser *accomplir :* car un nœud de chapeau, c'est une œuvre, Monsieur!

Madame X... sortit, très-agitée ; elle aurait bien voulu rester à la maison. Mais des emplettes à faire, des riens indispensables à trouver, la forçaient complétement de courir les magasins.

Madame X... avait mis une épaisse voilette. Dame! quand on est « *couverte* » de boutons — (comme les dames exagèrent, les jours de fièvre!), il faut bien ne pas « *dégoûter* » les passants.

Mais figurez-vous qu'un coquin de vent d'ouest eut l'aplomb de souffler toute la journée, et il prit à tâche, l'affreux garnement, de contrarier madame X... en soulevant à chaque instant sa voilette. Lutte horrible d'une frêle créature contre les éléments conjurés!!!

En outre — ces choses-là n'arrivent qu'à madame X... — en outre, dis-je, madame X... ne fit qu'être rencontrée par des amies malicieuses et bavardes.

Naturellement, madame X..., ne voulant « *dégoûter* » personne, pressait le pas, et feignait d'être myope quand elle croisait une de ses connaissances.

Naturellement aussi, les dames ne comprenaient rien à la conduite de leur amie madame X..., si soigneusement voilée, et qui semblait si pressée. Elles riaient donc en la coudoyant.

Madame X..., pensant à son petit bouton, le *sachant* vu par tout le monde, était furieuse et malheureuse, oh! bien malheureuse!

Enfin, elle atteignit le soir de cette journée mémorable.

En rentrant, elle déclara avoir une affreuse migraine : affreuse est l'adjectif employé avec emphase les jours de petit bouton. Elle ne dîna pas.

M. X..., rentré d'une humeur charmante, plaisanta agréablement sa femme. Imprudent!

Il vaut mieux aller tirer la queue des lions dans

leur repaire que de plaisanter une femme qui feint de souffrir !

Madame X... le regarda sans dire un mot, se leva comme un spectre, et se retira dans ses appartements, reine à jamais offensée !

— Bah ! murmura M. X..., tout ça ne m'empêchera pas d'aller à la *première* de Jules.

Il sonna. La bonne parut.

— Théodorine, lui dit-il, Madame est allée se coucher, avec la fièvre. Je ne vous conseille pas de vous y frotter. — Maintenant, apportez-moi la boîte aux cigares, et faites chauffer mes bottines : je vais sortir, et...

En ce moment un violent coup de sonnette lui coupa la parole...

— Fichtre ! poursuivit M. X... Ouvrez vos ailes, ma fille... Madame vous appelle.

— Eh ! eh ! continua M. X... après le départ de la servante, en se curant les dents de l'air d'un satrape satisfait, pourvu que petit bouton ne devienne pas grand !

AVE, SANCTA GENOVEFA !

Elle priait.

C'était à Notre-Dame, un mardi, vers deux heures, devant la chapelle de Sainte-Geneviève.

Un vaste et rasséréuant silence emplissait l'immense basilique, pareil à celui qui doit régner là-haut, pendant la sieste du Bon Dieu, lorsque les chérubins joufflus devisent à voix basse, les doigts immobiles sur les cordes de leur psaltérion. Les rosaces géantes, aux vitraux coloriés traversés par le jour grisâtre, avaient l'éclat doux et timide des fleurs d'automne.

Par instants on entendait, lointaine et répercutée, la toux sourde du donneur d'eau bénite, ce Bernard-l'Ermite humain, enfoui par droit de conquête dans une coquille de chêne.

Des hauteurs de l'église, où des ouvriers piquaient la pierre des murailles, tombait parfois un cliquetis sec et cristallin, absolument semblable au bruit tout particulier du sucre remué dans de la porcelaine...

Elle priait !

Laissez-moi fermer un moment les yeux : je veux la revoir tout entière.

Parisiennement agenouillée, c'est-à-dire avec une

foi touchante, mais pleine de grâces mondaines, sur
la paille grossière d'une chaise en équilibre sur ses
bâtons de devant, elle se tenait, un pied posé à plat
sur la dalle, et l'autre, le talon en l'air, touchant seulement le sol de son bout mignon.

Au bas de sa robe de soie noire, tailladée, courte,
passait la bande d'un jupon de couleurs vives, lequel,
se relevant comme par hasard, découvrait des bottines aux cambrures ravissantes, posées comme je
viens de le dire. Ces deux petits pieds étaient parfaits, nerveux, point maigres. Là, le Malin cherchant
pâture se tenait tapi sournoisement! Il eut la pâle
habileté de faire commettre à mon esprit quelques
péchés que j'ose qualifier encore à cette heure de vé-
niels. Comme c'était difficile! — Et d'ailleurs, si le
Serpent cherche à mordre la femme au talon, comme
il est dit, il me semble bien naturel que l'homme essaye
de s'assurer fréquemment *de visu* si le talon de sa
compagne est capable de lui écraser la tête, — à ce
serpent pervers!

Donc, après avoir glorifié les beautés pédestres de
la *prieuse* inconnue, je fixai mes regards — *quo
non ascendam?* — sur le reste de sa personne.

A mains jointes, ayant entrelacé ses doigts délicats
et gantés juste, et la taille comme abandonnée à elle-
même sur les avant-bras que soutenait le dossier de
la chaise, elle priait, l'œil à demi-clos sous une coquine de voilette évaporée qui faisait tous ses efforts

pour prendre un air austère et vénérable, et n'y par-
venait pas !

En outre, sur le chapeau — une plaisanterie de
tulle, de soie, un rien du tout ! — une fleur rouge,
longue, toute guillerette, semblait, hélas ! une langue
tirée au ciel malicieusement.

Et pourtant la jolie créature, inclinée devant son
Créateur indulgent, priait avec sincérité, très-gravement. Mais les anges blonds et dodus, sténographes
divins qui portent à l'*Officiel* céleste les prières des
humains, regardaient sans doute en souriant la bouche
rose de la chère enfant pendant qu'elle s'adressait à
sainte Geneviève, sa chaste patronne.

Ave, sancta Genovefa !

Certes, ce doux travail leur agréait mille fois plus
que d'aller, par le vent et la neige, recueillir les antiques élans, les soupirs surannés et les actes de contrition de ces vieilles dévotes qu'on voit aux environs
de Saint-Sulpice, longues et pâles, sous leurs voiles
de veuve, et portant à leur maigre bras, suspendu
par des cordelettes fanées, un cabas plat en tapisserie
où des fleurs d'un vert odieux courent sur un fond
noir luisant.

Anges, ne dis-je pas la vérité ?

Elle priait ! son petit minois de sainte peinte par
Murillo, un minois chiffonné, provoquant, attendri
néanmoins, était tout imprégné d'une béatitude absolument terrestre.

La jolie dévote était entrée dans le temple du Seigneur, « comme elle fût montée chez une amie », — par hasard, — parce qu'elle passait devant la porte en faisant ses courses.

Mais, avec l'aptitude particulière à la Parisienne de faire une chose à ravir dès qu'elle s'y met sérieusement, l'élégante *prieuse*, — détachée tout à fait de Satan et de ses œuvres complètes, pour un instant, — se donnait tout entière à Celui qui la jugera plus tard.

Elle priait avec ardeur, sans voir les passants matérialistes, que le charme inattendu de sa pose pieuse faisait s'arrêter près d'elle. Sa petite oreille, sourde aux vains bruits de la terre, n'aurait certainement pas recueilli un madrigal de bon goût ; elle s'en fût peut-être, — chose étrange ! — offensée en cette minute de ferveur ?

Elle priait !

C'était à Notre-Dame, un mardi, vers deux heures. *Ave, sancta Genovefa !*

——— ———

PENSÉES DU 5 AVRIL

Aujourd'hui, 5 avril, la matinée étant délicieuse, je regarde verdir à vue d'œil les hauts marronniers qui bornent mon horizon. De leurs gros bourgeons, oblongs et vernissés comme les poulies goudronnées des vaisseaux hollandais s'échappent frêles et tendres, des feuilles marquées de plis, ainsi que le sont les étoffes gaies et légères qu'on tire de la commode après l'hiver.

Je regarde verdir mes beaux marronniers, j'écoute les oiseaux matineux chanter de tout leur petit gosier en traversant le ciel bleu où le soleil essuie les derniers nuages; j'entends les mille murmures de la vie, que réveille le printemps, s'élancer de la terre vers l'espace, et je songe.

Je songe à une jeune créature, pâle, au corsage plat, aux cheveux tristement échafaudés sur un front d'un blanc jaunâtre, qui inscrit des achats de bottes de réglisse et des ventes de fruits secs sur un grand registre, dans un étroit bureau vitré à rideaux de percaline verte, qu'éclaire un bec de gaz allumé nuit et jour, tout au fond d'une boutique de la rue de la Verrerie.

Tout au fond d'une boutique de la rue de la Verrerie, dans une étroite cage vitrée, sur les carreaux· de laquelle des rideaux de percaline verte s'abaissent comme des paupières de géant noyé, à la lueur d'une aigrette flamboyante de gaz qui fatigue l'œil et rougit la sclérotique, travaille, du matin à l'heure du souper, une jeune femme pâle dont la figure résignée inquiéta souvent mon regard.

Depuis de longues années — elle venait de se ma-

rier quand je la remarquai pour la première fois, et
n'avait pas dix-sept ans alors ; — depuis de longues
années, chaque fois que je passe dans la rue de la
Verrerie, je vois, entre les paupières flasques et
vertes des géants noyés, qui tombent sur le bureau
vitré, le visage fin, mais affaissé, de cette épouse de
marchand, toujours assise à la même place, quelle
que soit l'heure où j'arrive, et toujours pliant en deux
son corsage plat sur le bord cruel d'un registre épais
à coins de cuivre, à coins de ce cuivre qui exhale un
parfum d'empoisonnement pendant les heures des
chaleurs de l'été.

Pauvre petit corsage, hélas!

La maternité ne l'a pas gonflé de ces choses vénérables et charmantes qui sont ordinairement, dans le
négoce, l'ornement et l'honneur d'un comptoir.

Aucun enfant n'est venu mettre la lueur blonde de
cheveux follets dans l'obscurité de ce vaste et froid
magasin, où l'on respire une odeur de chicorée, de
poivre et de réglisse noir.

Non, la créature pâle et résignée, entrée à dix-sept
ans dans ce bureau vitré, n'a pas eu la joie ineffable
d'avoir quelque chose de vivant, de tiède, d'aimable
et de dévoué à presser sur son pauvre corsage plat.
Elle mûrit, sans enfants, devenue la première em-
ployée de son mari, sans amour, sans espoir, sans
triomphes féminins, dans la cage en verre où palpite
nuit et jour une aigrette de gaz enflammé.

Et je songe à cette femme encore jeune, mais déjà si ratatinée dans son ténébreux cabanon, par cette exquise matinée de printemps où l'on sent son cœur vibrer à plein muscle.

Je songe que la malheureuse boutiquière ne s'aperçoit de la renaissance générale que par l'apparition, au quatrième étage de la maison située vis-à-vis de la sienne, d'une bande de soleil jaune qui met en émoi deux serins suspendus en dehors d'une fenêtre à tabatière.

La pâle négociante au corsage plat reconnaît encore que le mois de l'Amour universel est revenu à ceci, qui a lieu annuellement : — on repeint en vert, — et quel vert ! — la boutique du marchand de sucre d'en face. C'est le renouveau de la verdure à l'huile !

Oh ! ce marchand de sucre ! comme la ratatinée créature le jetterait volontiers à l'eau, lui, ses garçons et ses pains, afin de les voir les uns fondre et les autres se noyer !

Oh ! ce marchand de sucre ! oh ! cet atroce horizon ! oh ! ce mur annuellement repeint en vert, où ses rêves, à peine sortis de la cage vitrée, vont casser leur aile timide !

Et toujours, toujours, 365 jours par an, dès que l'infortunée, redressant son corsage plat, cambrant son buste fatigué, lance un vague coup d'œil hors de la boutique, en face de sa guérite de verre et de percaline, elle voit un homme impassible et blanc de visage, en tablier bleu, qui ficelle régulièrement d'un même mouvement d'automate des pains de sucre enveloppés de papier bleu ou de papier d'un rose vif.

Elle voit aussi le Sosie de ce garçon impassible et blanc, un peu plus loin, empiler, tête-bêche, dans une balance carrée, les pains de sucre, roses ou bleus, que ficelle si bien son camarade.

Dans la rue, perpétuellement, plane une odeur de café brûlé, odeur qui s'insinue partout, dans les tiroirs des commodes, dans la barbe, dans les mouchoirs, dans le pain que l'on mange, dans les parapluies, dans la monnaie du comptoir.

La pâle créature au corsage plat est tout imprégnée de l'odeur du café brûlé. Une fine poussière de poivre s'amasse aussi dans les plis de ses robes ; et ses cheveux, tristement échafaudés sur un front d'un blanc jaunâtre, sentent les raisins de Malaga.

Si jamais elle prend un amant dans son monde, ce courageux individu, en la baisant au cou, croira déguster une figue sèche.

Hélas!... Mais le pas d'aucun amant, entendu de loin et reconnu avec délices, ne fera jamais frémir le cœur endormi dans le corsage plat. N-I-*ni*, c'est fini. Il n'y a plus rien de la femme, plus rien, ou bien peu de chose, sous les étoffes de couleur ennuyeuse qui entourent le corps de la dame pâle de la rue de la Verrerie.

Elle rêve parfois, la plume à l'oreille, en polissant

30.

du doigt les coins de cuivre de son registre ; elle rêve
de la campagne où, une fois par an, le jour de la fête
du patron de la maison, je veux dire de son mari,
elle va, avec les autres employés, manger des pois-
sons blancs pleins d'arêtes, et des côtelettes toujours
brûlées, au bord de la Seine, dans un village quelconque; mais elle ne songe pas à combler le vide étonnant de sa vie par les préoccupations énormes et les
maigres joies de l'adultère.

Non, elle ne pense pas à cela. Jamais personne, en
revenant de l'annuelle partie de plaisir, ne lui a pris,
retenu et serré la main, à la faveur des ténèbres,
dans l'omnibus qui la ramenait à Paris.

Personne n'a songé à commettre cette action
extraordinaire.

Et c'est peut-être pour cela que, par cette belle
matinée du 5 avril, en regardant mes beaux marronniers se couvrir de feuilles plissées comme les mains
des enfants nouveau-nés, j'ai pensé, tout à coup, à
cette infortunée sans enfants, sans mari, sans amour,
qui s'étiole sans murmurer dans une boutique de la rue
de la Verrerie, tandis que son corsage s'aplatit de
jour en jour.

MADAME P. K. O.

C'était par un gai matin d'avril, en l'avril de mes ans, à Paris.

Je suivais une dame.

Une dame! Oh! oh!

Une dame, oui. — Mais, comme dit l'Évangile selon saint Jean : *Qui sine peccato est, primum mittat lapidem.*

En français : Que celui qui n'a jamais suivi une dame, avec des pensées... gracieuses dans la tête, me jette le premier moellon.

Je suivais donc une dame, par un gai matin d'avril, en l'avril de mes ans, et mille choses charmantes gazouillaient dans mon esprit, tandis que, telle une docile paillette de fer, j'étais attiré par ce joli aimant féminin qui trottinait devant moi.

Je recommande aux hommes sages, à ce propos, de ne jamais fixer leurs regards sur les talons d'une dame qui file devant eux.

Dans un talon de bottine, sculpté comme un objet d'art, luisant comme un œil noir, il y a la perte d'un homme.

Or, le talon de la fine créature derrière laquelle je marchais avec une émotion grandissant de minute en minute, était luisant comme un œil noir, sculpté comme un objet d'art ; bref, c'était un talon subversif de toute morale.

Le talon en question était accompagné, d'ailleurs, de tout ce qui constitue une jolie femme. Je pense que l'on m'épargnera la description de la belle inconnue. Que chacun de vous, Messieurs, se représente la personne qu'il a suivie avec le plus de plaisir, un gai matin d'avril, en l'avril de ses ans, et ce sera comme s'il apercevait la dame dont je parle en ce moment.

Il verra distinctement alors les courbes et les ondulations d'une robe *faite à souhait pour le plaisir des yeux* (Fénelon) ; et les chers petits cheveux frisottés que la brise caresse entre un faux-col blanc et un chignon massif, sur une nuque délicate, lui apparaîtront soudain aussi.

Et il sera ravi rétrospectivement.

Donc je suivais une dame adorable de pied en cap, et ceci se passait à Paris, dans l'étroite rue Jean-Jacques Rousseau, où l'on vend tant de chapeaux retapés.

L'air était vif.

Les nez féminins étaient glacés, çà et là.

Les nez féminins étant glacés, on voyait fréquemment les propriétaires de ces nez tirer leur mouchoir et se le passer, çà et là, sur le bout rosé de cet organe, qui est comme un trait d'union vivant entre les femmes et les fleurs.

La dame que je suivais tira tout à coup de sa poche un mouchoir à peine grand comme un billet de banque, mais garni d'une large marge de dentelle.

En l'extrayant de sa retraite, elle fit tomber à ses pieds, sans s'en apercevoir, un petit morceau de papier plié en deux.

Je me précipitai éperdûment sur ce papier, et, galant, rougissant, tremblant, je lui dis :

— Madame, vous perdez quelque chose !

La dame se retourna, me regarda du haut de ses yeux parfaits de forme et de couleur, et me répondit séchement :

— Vous perdez votre temps, Monsieur. Merci !

Mort de ma vie ! pensai-je. Puis j'ajoutai à haute voix :

— Mais, Madame, je vous assure que vous venez de perdre...

— Oui, Monsieur, répliqua la dame, avec un sourire plein d'un écrasant mépris (et j'étais écrasé, du reste), oui, Monsieur. Et permettez-moi de vous dire, en employant une langue qui n'est pas la mienne... que « je la connais »...

— Vous la...

— Oui, Monsieur, je la connais ! Ce papier que vous m'offrez, poursuivit la dame, ce papier, c'est une feuille de votre carnet sur laquelle vous venez d'écrire un mot aimable à mon adresse, et vous espérez que je vais le lire... Non, Monsieur, je la connais. Merci !

Et, détournant la tête, la dame reprit sa course d'un air plus méprisant que jamais, avec des attitudes de Diane offensée.

Mort de ma vie! repensai-je. Rendez donc service aux gens!

Puis, après une seconde d'abattement bien excusable chez un honnête homme qui voit méconnaître la seule bonne pensée qu'il ait peut-être pu avoir, je tournai les talons, et je me mis à marcher dans une direction diamétralement opposée à celle que je suivais l'instant d'avant.

J'étais fâché. Je ne voulais plus avoir rien de commun avec cette dame si prompte à la réplique.

Et pourtant j'avais le cœur vide. La nature a horreur du vide, disaient les anciens physiciens. Mais si un plat vide, une bourse vide et un verre vide sont des objets bien faits pour inspirer de l'horreur à la nature en général, quelle horreur la nature en particulier doit-elle éprouver pour un cœur vide?

Tel était mon cœur. J'avais horreur du vide de mon cœur. Ce vide, je voulais le combler. C'est pourquoi, nourrissant un fol espoir, j'avais suivi cette dame par un gai matin d'avril, en l'avril de mes ans, dans la rue Jean-Jacques Rousseau, où l'on vend tant de chapeaux retapés.

Comme je ruminais la réponse cruelle de mon inconnue, le billet que j'avais ramassé et que je tenais machinalement entre les doigts, me revint à l'esprit, et machinalement je le dépliai, au lieu de le jeter au loin, comme j'en avais eu d'abord l'intention.

Je lus donc ce billet. Il ne contenait qu'une adresse : *Madame P. K. O., poste restante.*

— Ah ! vous faites la renchérie, madame P. K. O., dis-je avec ironie, et vous vous faites adresser des lettres aux initiales, poste restante, et qui plus est, vous allez les chercher vous-même, si j'en crois notre rencontre rue Jean-Jacques Rousseau, à deux pas de l'administration centrale des postes ! Ah ! Madame P. K. O... ah ! c'est bien mal !... Il est surtout bien mal à vous de repousser par des mots railleurs les jeunes hommes qui veulent vous rendre des services ! Ah ! Madame P. K. O., si j'étais indiscret, si j'étais méchant ! si je n'étais pas un galant homme, en un mot, j'userais du secret que cette adresse met entre mes mains, et... Mais non, je serai un galant homme.

. . . .

Je fus un galant homme pendant trois jours. Le quatrième, aiguillonné par mes souvenirs, et pensant sans cesse au talon de mon inconnue, aux courbes et ondulations de sa robe séduisante, bref, ayant plus que jamais horreur du vide, je voulus retrouver les traces de madame P. K. O...

— *Qui sine peccato est, primum mittat lapidem !*

Je fus un monstre. J'envoyai une dame de mes amies, qui ne m'était plus rien, à la poste restante;

avec mission de demander au guichet une lettre aux initiales P. K. O.

Je voulais connaître le nom du correspondant de madame P. K. O. J'espérais saisir ainsi un des bouts du fil du labyrinthe.

La dame de mes amies alla à la poste, et, avec une fidélité de pigeon messager, revint chez moi, rapportant sous son aile, je veux dire dans son porte-monnaie, une lettre adressée à madame P. K. O.

O victoire! triomphe! Le moment de la vengeance approchait...

Voici ce que je lus en tête de la lettre adressée à madame P. K. O. quand je l'eus ouverte :

« *Cabinet du docteur X... — Consultations de midi à une heure, les mardis et jeudis. — Traitement par correspondance.* »

J'eus comme un éblouissement après avoir lu ces mots.

Et je vous passe ceux qui suivaient. C'était une ordonnance... facile à suivre en secret, même en voyage.

Je m'évanouis de surprise. Quand je revins à moi, j'étais guéri... O amour!

MIEUX VAUT JAMAIS QUE TROP TARD

Pendant longtemps la main de mon ami P... fut pour moi une de ces mains parisiennes qu'on serre sur le boulevard, par habitude, avec une parfaite indifférence, comme s'il s'agissait d'une rampe d'escalier, d'un bouton de porte ou du dossier d'une chaise. Aujourd'hui, quand nos doigts s'entrelacent poliment, ce sont aussi nos deux cœurs qui échangent un affectueux salut. Une heure de confidence a suffi pour amener ce doux changement de ma part. Je ne prétends pas au premier prix de vertu, et, de fait, je ne mérite point même un accessit ; mais une bonne action faite simplement m'émeut beaucoup, et je me sens honoré de connaître celui qui n'a pas craint, en notre joli temps, de la *commettre*.

Un jour, mon ami P... m'a raconté ceci :

— J'aimais. — C'était l'été dernier. — La dame en question venait de partir pour la campagne. Une campagne d'opéra-comique, à quatre lieues de Paris. Une intimité coupable, — Frédérique étant mariée, — mais, à cause de ce léger obstacle, enivrante au possible, s'était établie peu à peu entre nous deux, grâce aux *cotillons* interminables de l'hiver. Pourtant cela n'avait point dépassé les bornes du violent

31

battement de cœur et du soupir discret, lorsque nous
nous trouvions assis, côte à côte, sur les siéges capi-
tonnés des bals ou des *tralalas*. Nous nous étions compris, voilà tout. Bref, en pesant bien les choses, je
puis vous affirmer que notre liaison était encore plus
un ardent enfantillage qu'une passion irréparable.
Une heure de tête-à-tête, hélas! eût gâté à jamais
ce délicieux surnumérariat des amours, nous le sa-
vions, — et cependant nous désirions tacitement ce
moment fatal.

Frédérique venait donc de quitter Paris. Je l'appris par une amie. En outre, nouvelle beaucoup plus
grave, on m'assura en même temps que son mari s'en
allait en province, régler quelque affaire d'argent.
Jadis, dans un instant d'imprudente confiance, ce
brave homme m'avait supplié de venir, sans façon,
croquer les fraises de son jardin. J'avais accepté,
Dieu sait avec quel frissonnement de joie! Devais-je
lui tenir parole?

Le combat ne fut pas long. Je me décidai rapidement à poursuivre sans pitié la réalisation de mes
rêves séduisants. Un jour, je pris le train pour le
paradis où mûrissait, en m'attendant, ce fruit si peu
défendu.

Frédérique devint très-pâle en me voyant de la
fenêtre de son petit salon traverser le jardin; puis,
soudain, elle rougit extrêmement. Je souriais d'un
air gauche. C'était la minute terrible qui sonnait.

Nous en entendions les échos tinter sans relâche dans le fond de nos âmes, et le son en était comme fêlé, quoique fort doux, car l'innocence manquait absolument en tout ceci. Vous me comprenez. Nous ne savons plus aujourd'hui nous contenter d'un ruban, comme Chérubin, et c'est la fin que nous savourons d'avance, trouvant, hélas! les moyens fades et surannés.

D'autres détails sont superflus. Sachez, mon cher, qu'après avoir épuisé les banalités d'usage, qui sont comme le beurre et les anchois d'un repas dont on connaît le délicat menu, nous nous assîmes, Frédérique et moi, sur le divan, tout à coup silencieux, cherchant des motifs de conversation, n'en trouvant pas.

Je tenais sa main dans les miennes. Ses doigts, tour à tour brûlants et froids, tremblaient. Nous devions avoir l'air fort bête l'un et l'autre. Je suis sûr qu'un repentir sincère, un regret d'en être venus là, si vite, et presque brutalement, était le fond de notre pensée à ce moment. Mais nous étions pleins de vie et de jeunesse. D'ailleurs, terreur de l'inconnu à part, nous nous aimions beaucoup. Nous venions de nous le dire, sans parler. Seulement nos yeux dans leurs rencontres, furtives d'abord, méditées ensuite, se criaient nos désirs avec une éloquence troublante, persuasive, irrésistible.

— Ah! Frédérique!— Comme j'achevais de prononcer avec passion ce nom murmuré si souvent, au bruit des orchestres, dans les bals, une petite fille entra brusquement dans le salon, avec une pétulance pleine de grâce, et vint se précipiter sur nos genoux rapprochés amoureusement, en poussant un cri.

La chère petite gamine avait compté nous surprendre, et de plus, *nous faire peur ;* — elle le dit très-gentiment en faisant une grosse voix.

Elle y réussit fort bien, allez !

Frédérique s'éloigna de moi tout doucement. Je restai immobile, raide, regardant les arbres par la fenêtre.

La petite fille (elle avait trois ans) posa ses mains potelées sur la robe de sa mère, et nous regarda l'un et l'autre avec ses beaux yeux purs, d'un air très-interrogateur. Notre visage singulièrement décomposé l'étonnait. Son bon sourire naïf, sa joie de nous avoir fait une « farce », s'éteignirent lentement, et, sans savoir pourquoi, — cher ange! elle esquissa un sourire embarrassé, mordant sa lèvre à belles dents, les prunelles grandes ouvertes.

Pendant que la belle petite se tenait ainsi devant nous, je regardais sa tête délicate. C'était la première fois que je voyais la fille de Frédérique.

Quelle chose exquise et attendrissante que cette petite tête aux oreilles pâles, ornées de boucles d'oreilles microscopiques en corail ! Et ses beaux cheveux follement bouclés, et qu'un ruban rose maintient à grand'peine en désordre, qu'il eût été doux de les caresser paternellement! Des veines bleues, délicates, couraient sous la peau transparente des tempes, appelant le baiser, provoquant l'émotion. Une fraîcheur rosée, que le ciel chaque matin verse aux enfants, — ces fleurs humaines, — étincelait sur le cou et les bras nus de la petite. Spectacle émouvant, qui rend meilleur, plus fort, plus jeune! L'enfant, vaguement inquiète et troublée, nous regardait toujours, et ses yeux, où le reste d'un petit sourire évanoui se mêlait à une naissante crainte de déplaire, contemplaient surtout le *monsieur* inconnu. Ses regards m'allaient au cœur.

— Va-t'en jouer, mon petit chat, dit enfin Frédérique assez sèchement. Où donc est ta bonne?

— Elle est sortie, maman, avec Marie.

— Bon. Va-t-en. Et sois sage.

L'enfant, embrassée par sa mère, retourna au jardin.

Tandis qu'elle s'éloignait, je pensais à son regard, terrible pour ma conscience soudain prise à partie. Je pensais que, plus tard, devenue jeune fille, sa mémoire innocente, mais inflexible, lui retracerait, avec tous ses détails honteux, le tableau mystérieux d'un jeune homme aux yeux brillants, aux pommettes rouges, assis dans le salon, un jour que son père n'était point à la maison. Alors (la vie ayant appris bien des choses à la jeune femme) elle devinerait avec horreur pourquoi on la renvoya à ses joujoux.

Oui, cette hideuse pensée me vint que mon souvenir souillerait parfois une mémoire pure, et qu'il ferait tomber en un clin d'œil, de la tête vénérable d'une mère à cheveux gris, l'auréole de respect et d'amour que les yeux de l'enfant y virent briller si longtemps.

Et je fus navré. Je ne sais quelles furent, après le départ de la petite, les réflexions de Frédérique. Mais elle ne fit aucun mouvement. Elle n'était point touchée, elle! Elle attendait, la tête basse.

Ce fut moi qui me levai... comme Joseph. Ah! ce fut dur!

Une heure après, j'étais de retour à Paris, un peu triste, le cœur gros, poussant d'énormes soupirs, mais résolu, mais respirant l'air avec force, mais content de moi et songeant avec des tendresses de père à la petite aux boucles d'oreilles microscopiques. Ah! je dînai bien, ce soir-là. J'avais fait mon devoir, petitement peut-être, mais selon mes forces, en Parisien. L'homme n'est pas parfait. Il ne reste de lui que des essais. Voilà mon histoire : *un Essai de vertu!*

Si j'avais eu des *bottes*, un *habit bleu* et un *gilet jaune*, j'aurais pu, comme Werther, me tirer un coup de pistolet dans l'œil. On aurait trouvé cela sublime! Mais je n'ai pas de gilet jaune ni d'habit bleu : aussi le monde me trouverait bien ridicule s'il connaissait mon acte d'abnégation. Qu'en dites-vous?

— Je dis que l'enfant se souviendra toujours, malgré sa fuite vertueuse, du monsieur qui pressait les mains de sa petite maman, mon cher!

— C'est vrai! sacrebleu! c'est vrai! — J'ai eu des remords quand il était absurde d'en avoir. — Mais la conscience?

— Mieux vaut jamais que trop tard, en ce monde.

———

LE LANGAGE DES FLEURS

En vérité, l'on saurait bien des choses, }
Si le bon Dieu faisait parler les fleurs. } *bis.*

Vous rappelez-vous ce refrain?

Il y a quelques années, les orgues de barbarie (la plus profonde) en serinaient l'air impitoyablement plaintif et trembleur aux échos parisiens.

Horrible!

J'ai retenu, paroles et musique, la fin de cette romance de septième classe.

Puisque l'harmonie à dos d'homme en a « orné » ma mémoire, utilisons cet air comme titre de mon petit récit.

Et voilà qui est fait.

Louis de P***, bon et brave garçon, déjà parvenu à cet âge mélancolique où, quand arrive l'automne, on se prend à penser à un petit bonheur intime, au coin d'un feu clair de chêne, auprès d'une charmante petite bonne femme gaie et rieuse, quoique légitime, Louis de P***, je le répète, un bon et brave garçon de mes amis, est amoureux de mademoiselle Laure.

Mademoiselle Laure, c'est la très-jolie enfant, au minois un peu poupin, que vous avez pu apercevoir cet été, lisant ou faisant de la *frivolité*, sur la terrasse de la maison de campagne de son père — route de Rueil à Port-Marly. — Je n'en dis pas plus long.

Mais vous n'alliez peut-être pas de ce côté-là ? C'est très-possible. En ce cas je vous plains. C'est un bonheur suave qui vous a été refusé, voilà tout.

Pour moi, quand je revenais de Paris, par le train de cinq heures, je me promettais — (et c'était la récompense de ma journée) — le plaisir de voir la délicieuse fille (à marier) assise sur sa terrasse :

« Si tu es bien sage, me disais-je, je te montrerai mademoiselle Laure ce soir ! »

Et j'étais d'un sage !... une véritable image !

Donc mademoiselle Laure est une merveille de grâce, d'ingénuité, d'innocence.

On se sent plus pur et meilleur lorsqu'on vient de causer chiffons avec elle, mon Dieu, oui ! Et tout bas on se livre à une série d'actes de contrition, qui feraient bien rire les camarades du boulevard, en quittant cet ange près duquel on se voit si grossier, si infâme, si homme !

Les sentiments que j'expose ici (attendrissement panaché de repentir), Louis de P*** les éprouvait.

Bref, à l'horizon se dessinait déjà ce *Maire* pompeusement paré, au pied du ventre en écharpe de qui nous allons tous nous jeter en un jour d'ivresse !

Oui, Louis de P***, tremblant, entrevoyait déjà avec des frissons délicieux entre les deux épaules ce moment où, les yeux baissés, la jeune fille mettrait sa petite main froide et blanche (dame ! l'émotion !) dans la sienne, brûlante et fébrile, en disant : — « Parlez à papa ! »

Avant de se déterminer à « parler à papa », concierge bienveillant du cœur de mademoiselle Laure, Louis de P*** s'efforçait de faire agréer l'expression parfaite de ses plus doux sentiments à la chère mignonne, par tous les moyens connus et archiconnus.

Le premier de ces moyens archiconnus, vous le devinez, grave lectrice, c'est d'envoyer des fleurs.

Les *sélams* botaniques, en Occident comme en Orient, ont toujours eu du succès.

En tête du Noël et Chapsal du cœur se trouvent d'ailleurs ces trois articles :

1. *La Flore française est l'art de parler et d'écrire correctement en amour.*

2. *Pour parler et pour écrire, on se sert de bouquets.*

3. *Les bouquets sont composés de fleurs.*

Louis de P***, ayant appris la grammaire de l'âme de fort bonne heure et sachant sa leçon sur le bout du doigt, n'avait pas tardé à la mettre en pratique.

Et Romanèche, son domestique dévoué, avait été envoyé à Paris dans le simple but d'acheter des fleurs.

Il faut vous prévenir, grave lectrice, que tout ceci se passe en automne. Louis de P*** et mademoiselle Laure, pardon, mademoiselle Laure et Louis de P***, sont encore à la campagne. Quand les arbres seront tout à fait chauves, ils reviendront à Paris.

En attendant, sur la route de Rueil à Port-Marly, — à une portée de chassepot l'un de l'autre, — les deux amoureux rêvent encore, à l'heure qu'il est, regardant la Seine grossie filer lourdement le long des saules.

Donc Louis de P*** avait envoyé Romanèche, le confident d'un passé que je n'ai pas mission de qualifier, à Paris, chez la célèbre marchande de fleurs que vous savez.

« Cours, vole, reviens à toute vapeur, et ce louis sera ta récompense, » avait dit Louis de P*** à son Frontin, lequel sembla charmé de ce petit voyage, pour des motifs que je n'ai pas mission, également, de sonder.

« Prends un lilas blanc, surtout ! »

Telles furent les dernières paroles du maître palpitant au valet impassible.

Romanèche, rasé de frais, débarqua dans la grande ville, courut au Palais-Royal, acheta le lilas blanc demandé, le fit envelopper, et, ma foi! comme il ne venait pas tous les jours à Paris, il se dirigea, son arbuste dans les bras, vers un certain café des Champs-Élysées où se réunissent les *grandes livrées* en vacances.

Le virginal lilas blanc fut posé sur une table, dans un coin, pendant que Romanèche apaisait les angoisses de la faim et de la soif avec quelques camarades.

Hélas! — des hors-d'œuvre au fromage — le pauvre lilas en entendit de belles et de fortes!... Les menus propos des amis de Romanèche auraient fait reverdir un poteau de télégraphe! On but, les cartes firent leur entrée en même temps que le café et les cigares.

Un nuage de fumée âcre, d'odeurs de cuisine, de senteurs de toute sorte enfin, enveloppa pendant quatre heures le lilas pudique, le lilas dont la signification si chaste est, dans le *langage des fleurs:* — première émotion d'amour!

Des nez infâmes vinrent le flairer de temps en temps. Des haleines empestées circulèrent au milieu des thyrses odorants de ses fleurs.

Sa pauvre petite âme de plante de serre, distinguée, frêle, eut à souffrir rudement, allez!

Comme Jésus et comme Charles Ier, au milieu des

soldats grossiers qui les insultaient et leur crachaient au visage, le lilas resta digne, royal, impassible, mais sentait la vie lui échapper par toutes ses branches.

Enfin, Romanèche plia bagage. Le lilas, suffoqué, revit la lumière du jour. Un air relativement pur le baigna de nouveau.

Mais je n'ose ajouter ce qui me reste à dire — Romanèche ne devait pas rentrer encore dans le sentier de la vertu et du devoir.

Et... (il venait rarement à Paris, vous savez...) et... bref, le lilas destiné à fleurir sous les yeux innocents d'une angélique jeune fille fut témoin d'une scène de réconciliation, bien sincère, il est vrai, entre Romanèche et une certaine Marie... connue dans sa maison comme une habile couturière : soit !

Passons l'éponge.

Louis de P***, six heures sonnant, reçut des mains de Romanèche le lilas, le *Ververt* des lilas, souillé de cent façons.

Le cœur chantant la Marseillaise de l'amour, le jeune homme courut chez mademoiselle Laure, l'arbre nain pressé contre son cœur !

On accepta son présent avec un de ces divins sourires filtrés entre les cils d'une paupière timidement abaissée, et qui font qu'on se sent capable de marcher sur les mains en criant de joie, une fois qu'on est dehors, et de manifester par des extravagances l'intense bonheur qui gonfle la poitrine !

Gris d'espoir, Louis de P*** rentra chez lui.

. . . .

Cette nuit-là, dans la chambre de mademoiselle Laure, un nid blanc, étroit, sur le seuil duquel les anges eux-mêmes essuient leurs ailes avant d'entrer, le lilas blanc trouva enfin le repos qui lui était si nécessaire. L'haleine de l'enfant et le parfum de la fleur montaient ensemble dans l'atmosphère calme, et l'ange gardien, les respirant, ne pouvait pas distinguer entre ces deux senteurs délicates.

Avant de s'endormir, la belle petite avait baisé tendrement le lilas du bien-aimé, et, d'un air charmant, lui avait dit :

« Parle-moi donc, fleur exquise. Dis-moi tout ce que tu sais. Ne mens pas, mignonne ! Parle. Oh ! la vilaine !... elle est muette ! Bonsoir, mon lilas adoré. Dormez bien. »

. . . .

Chers enfantillages !

Mais n'est-ce pas que cela fait plaisir de penser que le souhait du misérable chansonnier :

> .... l'on saurait bien des choses,
> Si le bon Dieu faisait parler les fleurs,

ne sera jamais exaucé ? Jamais ! Cela soulage !

Jamais ! Sans cela le bon Dieu ne serait plus le bon Dieu !

32

ÉTÉ DE LA SAINT-MARTIN

C'était un jeudi de novembre, parbleu! vers trois heures.

Il faisait très-doux. Le soleil mélancolique de l'été de la Saint-Martin traversait par instants les brumes délicates de l'automne, accrochant ses plus vifs rayons à la flèche dorée des églises.

On rencontrait des gens à face souriante, en traversant les ponts. Et les marchands de bois s'interrogeaient, étonnés!

Or, à cette heure clémente, profitant du sursis accordé par l'hiver, une dame s'en allait résolûment, du faubourg Saint-Germain au parc Monceaux, à pied, seule.

Une dame comme une autre, mon Dieu! en waterproof, en demi-bottes, les mains enfouies dans le tunnel ouaté d'un manchon en peau de singe à longs poils.

Cette passante était voilée mystérieusement. Une voilette double, épaisse, couvrait son fin visage.

Elle passait silencieuse, rapide, laissant derrière elle, dans la foule grossière, un sillage d'odeurs exquises et discrètes.

Où allait-elle? je l'ai dit. Au parc Monceaux.

Elle allait à un rendez-vous, à un rendez-vous d'amour : le premier !

Elle n'était plus jeune. Non. Mais elle était belle encore, et son cœur n'avait pas vécu.

Troublée comme une jeune fille, cette femme vieillie marchait, presque follement, à son but coupable, sans regarder derrière elle, avec désespoir.

Et je sais ce que disait son cœur fier, bien que ses lèvres pâles, serrées, ne laissassent passer aucune parole.

Il disait alors avec un sombre emportement :

« Je veux aimer, je veux être aimée, comme « d'autres femmes que je sais aiment et sont aimées !

« — La créature perverse qui vit en moi, ignorée, la « créature infâme que j'ai bravement domptée pendant « tant et de si longues années, crie grâce et se révolte !

« Elle supplie, et elle veut ! — La femme inconnue « que je sens là, sous mes vêtements d'épouse honnête, « demande enfin, violemment, à sortir du linceul glacé « où ma volonté l'a couchée autrefois.

« Eh bien, soit ! — tu vivras de cette vie terrible, « vierge inassouvie ! tu te gorgeras de ces fruits « impurs qu'on défend ! J'ai hâte de me plonger dans « cette fange divine et immonde qu'ils m'ont nommée « tant de fois, tout bas, à l'oreille, ces hommes qui « m'adulent !

« Je l'ai résolu. Je le veux ! Quelle infamie ! ah ! je « suis vieille ! Vieille ! quelle folie !

« Non ! je me sens jeune ! j'ai l'été dans le cœur ;
« et il me brûle, il m'énerve ! Et les mots troublants
« que ce jeune homme a murmurés, hier, au bal, me
« donnent aujourd'hui ces battements de cœur que
« d'autres connaissent à vingt ans.

« Aimer ! être aimée ! Que ce monde soit broyé, s'il
« plaît à Dieu, je n'en sentirai pas la moindre tristesse.
« J'aime ! après cela, vienne la mort : je lui cracherai
« mon âme perdue à la face ! »

Ainsi exaltée, violente, éperdue, la dame à la
double voilette s'en allait fendant avec mépris les flots
du peuple placide.

Que de saintes barrières franchies déjà, pourtant !

Elle avait tout brisé, tout détruit, passé et avenir,
dans son esprit ; et, rouge, non de honte, mais de ses
désirs voraces et affamés, elle serrait ses poings délicats dans son manchon, et pressait le pas, légère
comme une fillette sans soucis.

Elle fuyait l'honneur conquis, comme Napoléon
revenant de Moscou. La course de cette femme voilée,
c'était sa retraite de Russie. Quel désastre effrayant !
Devoir, souvenirs, réputation, résignation héroïque,
elle abandonnait tout, pour aller plus vite.

Derrière elle de chères voix l'appelaient sans relâche. Elle ne les écoutait plus.

Elle marchait, tendant l'âme comme on tend les
bras, vers ce pays étrange, terrible, au ciel torride,

aux fleurs empoisonnées, mais si délicieusement parfumées.

Tout à coup, à la hauteur des Champs-Élysées, elle croisa une bande de collégiens.

C'était un jeudi, parbleu! vers trois heures.

Pauvres enfants! Ils allaient, deux à deux, les grands en tête, prendre l'air, avec permission du pion, et sous son œil inflexible.

Ils allaient, deux par deux, les poches de la tunique gonflées par derrière, le pantalon trop court laissant voir le bas bleu mal tiré, avec des souliers de soldat, énormes.

Les petits trottaient pour emboîter le pas exactement.

Le dernier, celui que le garçon tenait par la main, marchait, *pâlot*, d'un pas fatigué. Il était fort gentil, ce moutard. Des taches de rousseur constellaient sa pauvre petite tête résignée.

Tous les enfants, en passant, regardèrent la dame qui courait si vite, droite, hermétiquement voilée.

La passante coupable regarda aussi, machinalement, les gamins.

Un cri étouffé sortit de sa bouche.

Personne ne l'entendit. Mais je sais qu'elle le poussa.

Certes, elle ne s'attendait pas à ce choc suprême. Elle n'avait pas pensé que son cher petit garçon, ce doux innocent, pourrait la rencontrer au moment où

32.

elle allait jeter l'honneur de son père aux pieds d'un amant.

Et elle venait de le voir !

Le coup fut rude.

Il lui sembla immédiatement qu'elle entendait autour d'elle les mots sauvagement cruels dont les enfants se servent entre eux pour reprocher à un camarade la faute de ses parents.

Elle vit, dans une cour déserte, pleurant de rage et mis en quarantaine par ses condisciples ingénieux, le pauvre petit pâlot, conçu sans joie, mais devenu son seul espoir dans la vie.

Elle le vit, plus tard, grave et triste, venant lui faire une visite dans quelque maison isolée, après l'éclat d'un procès en séparation.

La honte, peu lui importait ! mais les pleurs amers de son fils, du fils « de *la femme qui s'est mal conduite* », lui tombaient brûlantes sur le cœur. Elle les sentait.

Visions terribles !

Elle s'arrêta, blanche comme un linge, s'assit sur un banc, et éclata en sanglots sous ses voilettes épaisses.

Les collégiens étaient passés depuis longtemps.

Ce fut un petit bonhomme tout barbouillé, sa pelle de bois à la main, qui la tira de l'engourdissement qui suivit la crise nerveuse.

— Pourquoi tu pleures, Madame ? dit-il avec un gentil sourire interrogateur.

La dame au waterproof embrassa l'enfant avec emportement, puis, la tête basse, elle retourna sur ses pas.

Elle était résignée à jamais.

L'été de la Saint-Martin de l'amour venait de finir dans son âme, et le soleil se couchait sur Paris, paisiblement.

L'hiver arrivait, irrévocable, dans la nature et dans son cœur. Mais il restait le foyer!

FIN

TABLE DES MATIÈRES

———

FIN DE LA TABLE DES MATIÈRES.

Paris. — Impr. Viéville et Capiomont, rue des Poitevins, 6.

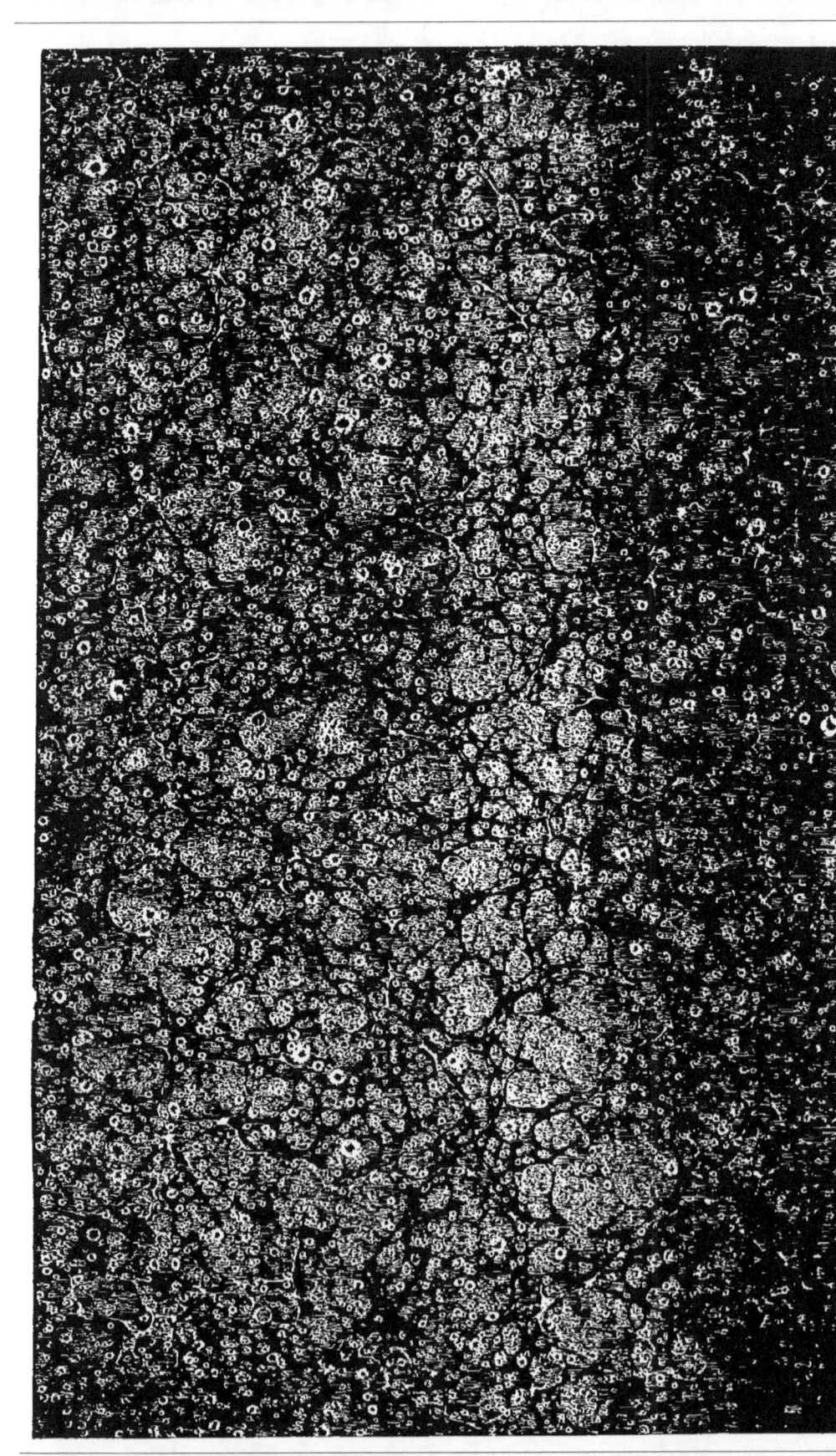

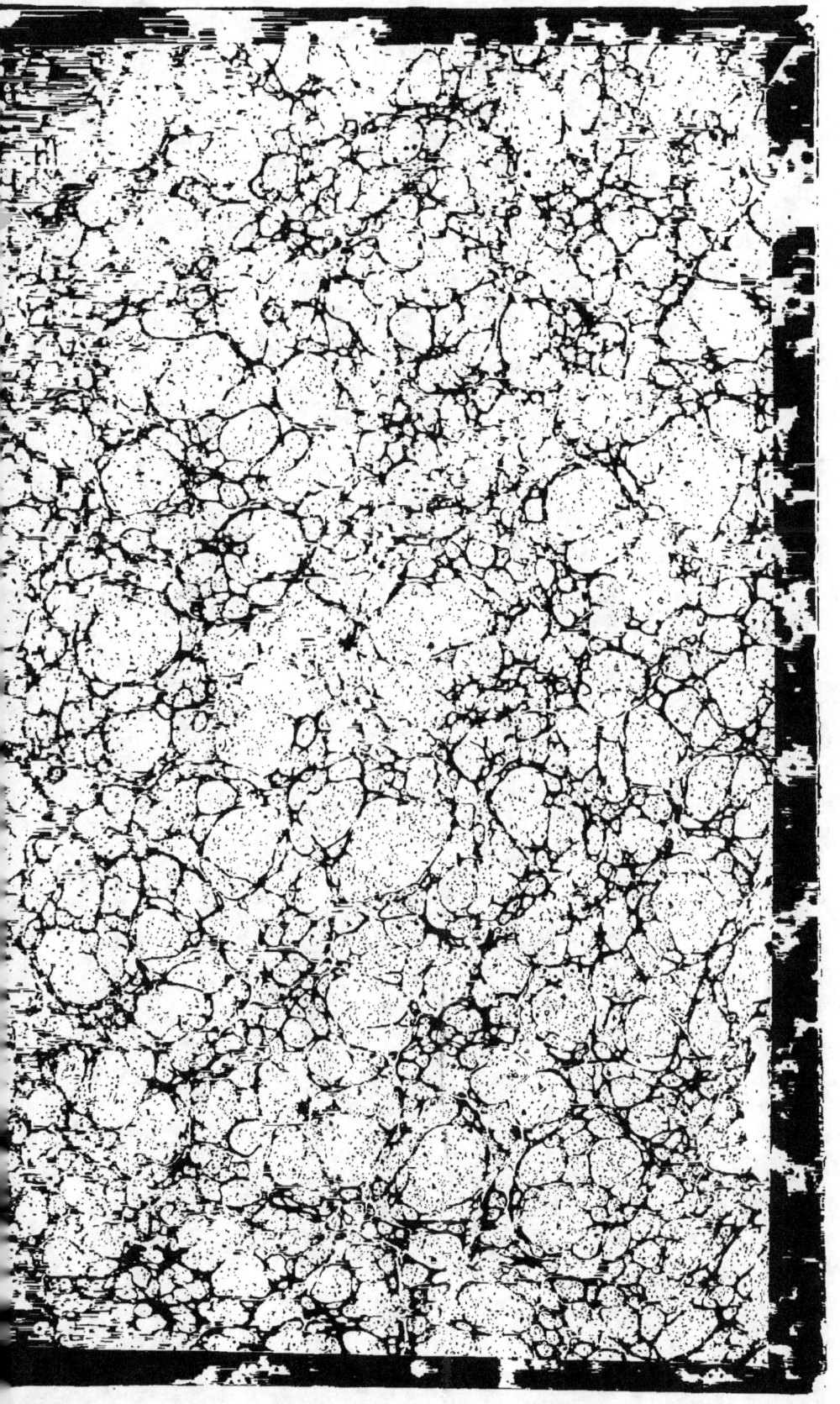

BIBLIOTHEQUE NATIONALE DE FRANCE

3 7511 00153579 1

www.ingramcontent.com/pod-product-compliance
Lightning Source LLC
Chambersburg PA
CBHW050302030726
47505CB00003B/536